ミゼリコルドの聖杖

永遠はわが王のために

高殿　円

13831

角川ビーンズ文庫

永遠はわが王のために

ミゼリコルドの聖杖

マウリシオ
＝セリー
セリー侯爵家の現当主。侍従として長くアルフォンスに仕える青年。
キース
＝ハーレイ
アルフォンスとうりふたつの旅芸人一座の少年。アルフォンスを陥れて王位を奪った。
永遠はわが王のために
ミゼリコルドの聖杖
I will love you forever.

Madoka Takadono Illustration by Kaya Kuramoto

The Mace of MISERICORDE

本文イラスト／椋本夏夜

第十章　名もなき世界

——鳥が飛んでいる。

大きな翼《つばさ》をはためかせ、はるか上空をまっぷたつに切り裂《さ》いていく…

驚《おどろ》いたことにその背には六枚もの羽根があり、それぞれがべつべつの色をまとっているのだった。

昔、乳母《うば》のコンスタンシアが語ってくれた物語の中にその鳥は出てきたことがある。死者しか歩いてわたれない黒い水の向こうにある楽園〈シャングリオン〉に棲《す》むという神の鳥、クリンピピルだ。

(すごく、きれいな鳥だ…)

アルフォンスは、惹《ひ》かれるようにその鳥に向かって手をさしのべた。

クリンピピルはアルフォンスのいる真上を横切ると、空の彼方《かなた》へ向かって気持ちよさそうに飛んでいく。空…、いや違《ちが》う。これはただの〝広がり〟だ。地面と空の境界線はなく、全《すべ》てがあいまいに混ざり合わさっている。そこにある全てのものが、まるで世界は幼児が画いたらくがきのように頼《たよ》りない色にふちどられているのだ。

ここはどこだろう。アルフォンスは目を瞑《つぶ》った。いつも嗅《か》いでいる部屋の匂《にお》いのように、

〃なつかしい〃。

（ああそうだ。ここは…）

彼は、ゆっくりと目を開いた。

その瞬間《しゅんかん》に、世界は音もなく一斉《いっせい》に芽吹《めぶ》いた。

アルフォンスのいる眼下に広がるのは、はるかなる大緑の大海原。空の青と海の青が混ざり合う一点に、太陽が焼けた石炭のように横たわる世界の果て…

（ソーンマーク！）

そこは、彼がずっと来たかった西の果て、ソーンマークだった。

アルフォンスは、潮風に髪《かみ》をなびかせて一歩を踏《ふ》み出した。

歩くたびに、白いヒースの花がアルフォンスのくるぶしを飲みこもうとする。古い記憶《きおく》を呼び覚ますように鼓膜《こまく》をゆさぶる波の音…。あの赤い太陽が沈《しず》めば、浜《はま》の巻貝が、星の形をした砂を吐《は》き出す夜がやってくる。

（ここが、あのマウリシオの愛した故郷…）

けれど、アルフォンスには違和《いわ》感があった。自分はこの光景をどこかで見たことがあるような気がするのだ。そういえば、ローランドをほとんど出たことがない自分が、どうしてこんな南の果てを知っているというのだろう。

アルフォンスは土の上に手をあてて、直接この土地に染《し》みこんだ記憶をひき出そうとした。

「教えてくれ、土よ。おれが前にここを訪《おとず》れたときのことを」

しばらくすると、土の上に細かな白い霧《きり》がかかって、小さなアルフォンスが現れた。彼は泣いていた。

『ごめんなさい。ごめんなさいマウリシオ…』

うぐっ、と喉《のど》を鳴らして、アルフォンスは涙《なみだ》を飲みこんだ。

(これは、十二年前のおれ…?)

『薔薇《ばら》を折ってしまってごめんなさい。マウリシオのお母さまの木…ご病気…だった…』

(ああこれは、おれがマウリシオの母親の薔薇の木を、不注意で折ってしまった夜のことだ)

アルフォンスのわがままのせいで、彼は母親の死に目にあえなかった。自分が彼をひきとめたのだ。彼は、あんなにも家に帰りたいって言っていたのに——!

アルフォンスは、泣きじゃくっている自分をしみじみと眺《なが》めていた。

あのとき、アルフォンスは自分を責め続けていた。マウリシオはかまわないと言ってくれたけれど、アルフォンスにはとてもそうは思えなかった。なんとか彼に償《つぐな》いをしたい。けれど、どうやって償ったらいいのかわからない。

(なにかしたい。マウリシオに嫌われたくない!!)

幼いながらもアルフォンスが考えついたのは、今からでもマウリシオを故郷に帰してあげたいということだった。

『マウリシオ、いっしょに来て。故郷へ帰してあげる』

うつろな目をして、彼はマウリシオの手を引いた。ヘスペリアンの力を使ってもそんな遠くまで飛んだことはなかったから、自分でもうまくいくか半信半疑だった。とにかく無我夢中で、アルフォンスはソーンマークまで身を飛ばした。マウリシオをなぐさめたくて、許してもらいたくて、彼の喜ぶことならなんでもしてあげたかった。

(そうだ。おれは、昔ここへ来たことがあるんだ！　馬車ではなくヘスペリアンの力を使って)

足元をすくわれるような浮遊《ふゆう》感のあと、二人はソーンマークに到着《とうちゃく》していた。いきなり目の前に広がった青い視界に、マウリシオは驚きを隠《かく》せないでいるようだった。

『殿下《でんか》、これは…』

マウリシオは言葉もないといった風に、銀色に光る波間をまぶしそうに見つめた。

彼は激しく首をふった。

『こんなはずは…。これはあなたの仕業《しわざ》ですか、殿下』

その問いかけには答えないまま、アルフォンスは黙《だま》って彼の手を引いて歩く。

どこまでも続くかと思われる、白の大地と白いヒースの花。そのなだらかな白い海岸線を縁《ふち》取《ど》っている、マウリシオの瞳《ひとみ》の色をした大緑海…

二人は、手をつないだまま丘《おか》の上を歩き続けた。

しばらく白い丘の上を歩いていた二人は、ふと顔を上げた。ヒースの花が咲《さ》いている先に、小さな館《やかた》が建っているのが見える。

その館の南向きの壁《かべ》は、柔《やわ》らかなじゅうたんを思わせる苔《こけ》と小薔薇の蔓《つる》にすっかり覆《おお》われてしまっていた。そのたもとで、一つだけ開いた花をうれしそうに見つめながら、小さな子供が母親を呼ぶ。

『見て見て、ははうえ。もう小薔薇のつるがあんなところまで！』

（マウリシオだ！）

それは、ほんの七、八歳くらいの小さいマウリシオだった。目元がマウリシオによく似た、けれどもっと儚《はかな》げな女性が、揺《ゆ》り椅《い》子《す》に座って愛《いと》おしそうに彼を見つめている。

（この人が、マウリシオの母親…）

美しい人だった。クリスティエリという名前しかアルフォンスは知らない。

小さいマウリシオは、庭に出した揺り椅子に座っていた母親の膝《ひざ》に乗りながら、少し寂《さび》しげに言った。

『でも、ははうえのおすきな薔薇は、ぜんぶ散ってしまいましたね…』

しょんぼりと肩《かた》を落として、

『ずっと、綺《き》麗《れい》なまま咲いてくれていたらいいのに』

『いいえリュシィ。これでいいの。花はまた来年も咲くのよ』

クリスティエリのひだまりのような声が、聞いているだれもの耳《じ》朶《だ》をくすぐる。

『来年も、再来年も。あなたが大人になって辛《つら》いことや悲しいことがあっても…、なにごともなかったかのように薔薇は咲くでしょう。咲いて、散るのが運命なのよ。また来年も綺麗に咲くために』

マウリシオは、うっとりと子守唄《うた》を聴《き》くように母親の膝に頬《ほお》を埋《うず》めていた。

『じゃあまた来年も咲きますよね。ね、ははうえ』

髪をすいている母親の指がくすぐったいのか、クスクスと声をたてながら、

『来年も、それからずうっと先も、ははうえとこうやって見ることができますよね』

『…そうね』

母親が息子《むすこ》に返事をするまでには、ほんの少しの間があった。

『リュシィがいい子にしてたらね』

『はい！』

まだ幼さを残した面立《おもだ》ちを赤く染めて、幼いマウリシオは一心に母親を見つめている。彼は知らないのだ。いずれそう遠くない未来、彼の愛する母親はもうこの世にはいなくなってしまうことを…

ざあああっと音をたてて風が吹《ふ》き、ヒースの花が一斉《いっせい》に散った。アルフォンスは思わず目を瞑った。

アルフォンスとマウリシオの二人は、まるで芝居《しばい》を鑑賞するときのように、手をつないでその光景に見入っていた。

——愛してるわ。リュシィ…

世界一やさしい声で彼の名を呼んだ母親は、もう——、とうにいないのだ。

マウリシオはそうやって長い間、とうの昔に失ってしまったはずのものを心に染みこませていた。ふいに彼が言った。

『ありがとうございます、殿下…』

マウリシオの片目から、涙が流れ星のように尾《お》を引いて流れた。小さな自分が驚《おどろ》いて言った。

『マウリシオ、どこかいたいの?』

子供のように泣きじゃくるマウリシオを前にして、彼はおろおろと地を踏んだ。

『ねえ、どっか、いたいの? なぜ、ないているの。マウリシオ…』

『すみません』

喜ばせようとしてやったことなのに、なぜかマウリシオは泣いている…。これじゃあ、自分がマウリシオをいじめてしまったようじゃないか。

どうしていいのかわからなくて、小さな自分はつられるように泣き出してしまった。

『ごめんなさい、ごめんなさい。もうしないから。泣かないで……』

びいびいと泣くアルフォンスの顔を見て、今度はマウリシオが涙目のまま笑った。

『殿下、殿下。どうぞ、お泣きにならないでください』

それでも泣き止《や》まない自分を、マウリシオはそっと花束でも受け取るように抱《だ》きしめた。

『綺麗なものを見せていただいて、ありがとうございます。とても懐《なつ》かしくて…、少し感傷的になってしまいました』

彼はまだしゃっくりのとまらない自分を抱き上げると、海のほうへ向かって歩き出した。

『ご存知ですか、この海の果てには神のすむ島があるそうです。そこは花が枯《か》れない不思議な大地で、人々は神と気軽におしゃべりをしたり、音楽を奏《かな》でたりしている。そこに私の母もいます』

マウリシオの腕《うで》の中で、アルフォンスが身じろぎした。

『そこへいくの？　マウリシオ』

『いいえ、行きません』

彼はアルフォンスを地面に下ろして、その前にゆっくりと膝をついた。

『ずっと殿下のお側《そば》におりますよ。いつまでもいつまでも、この命がつきぬ限り、永遠に…』

そうして、小さなアルフォンスの手を取って、甲《こう》に唇《くちびる》を押し当てた。


『わたしの、殿下』


それが何かの合図のように、いっせいにヒースの花が散る。二人の姿も、花びらとともに粉々になって消え失《う》せていた。

誰もいなくなった景色の中で、アルフォンスは、二人が見つめていた彼方《かなた》へと目をやった。

（きっと、どこにいてもわかる）

アルフォンスは目を瞑《つぶ》った。彼は側にいる。あの青い瞳が自分を見つめている…。見間違《みまちが》うはずはないんだ。その青い色は、自分が必要としているどんなものよりも身近でやさしいものだったのだから…

（迷ったときは、あの青い色を探そう。きっと、側にいるはずだから。あの色をめざしてゆけ

ばいい。そこにマウリシオがいる。…自分を、待っている）

「だから、帰らなきゃ」

その瞬間《しゅんかん》、ばささささっと大きな音がして、白いものがまわりに散った。それはヒースの花ではなく、はじめに見たあの六枚の翼《つばさ》を持つクリンピピルが飛び立った姿だった。

アルフォンスは驚いて立ちすくんだ。今まで立っていた場所は、鳥の羽根の上だったということなのだろうか。

アルフォンスが呆然《ぼうぜん》と見ている間にも、何百、いや何千というクリンピピルが足元から羽ばたき、そして海を渡《わた》っていく…

（クリンピピル――、そうか、あれは死の海を渡る天使…）

ならば、アルフォンスの行く先は、死の鳥が去った方角とは逆の方にあるはずだ。

「行こう」

鳥たちが飛び立ったあとの世界、幻《まぼろし》でも思い出でもないその上に、アルフォンスはしっかりと一歩を踏《ふ》み出した。

第十一章　ただひとつの聖域

十年もの長きにわたって、その〈聖戦〉は繰《く》り広げられたという。

パルメニアを構成するエオンの民《たみ》にとって、聖戦《いくさ》とはそれまで自分たちを支配してきたタルヘミタ民族から独立を勝ち取った、五〇〇年前の戦のことをさす。

異民族の支配から逃《のが》れ、自分たちの国を作ろうと始祖オリガロッドのもとに集《つど》った勇者は数知れず…、その中でも群を抜《ぬ》いて英雄視《えいゆうし》されるものがいた。オリガロッドの双子《ふたご》の弟シングレオ＝スカルディオと、のちの王国宰相《さいしょう》エリシオン＝リースベルジェである。

オリガロッドの弟シングレオは、パルメニア随一《ずいいち》の猛将《もうしょう》として知られていたが、普段《ふだん》は土いじりを愛する穏和《おんわ》で気さくな青年だった。彼は農業を愛するあまり普段からあまり王都に近寄ろうとせず、戦のないときはいつもタクシスの領地にある自分の畑にひっこんで農作物の世話をやいていた。

そんなおっとりした彼は（まわりの武将仲間からは、エヴァリオットを置いているときの彼はまるで草食動物のようにおとなしいといわれていた）、ローランドでなにかあるたびに、オリガロッドによって強制送還《そうかん》されるはめになった。

彼の治めるタクシスの領民たちは、たまに畑にやってくるシングレオを都の軍団兵が無理矢理横抱《よこだ》きにしてかっさらっていくのを何度か目撃《もくげき》している。そんなとき、彼らはおとなりの畑の兄ちゃんはなにか悪いことをしたのではないだろうかとしきりに心配しあったものだった。彼らは、シングレオに負けず劣《おと》らずおっとりしていたので、自分たちの領主の顔を知らなかったのである。

こうして、余暇《よか》のほとんどを田舎《いなか》で土いじりをしてすごしたシングレオは、毎年収穫期《しゅうかくき》になるとみごとな農作物をオリガロッドのもとへ送り届けてくるようになった。弟の好意を、オリガロッドは困ったような苦笑《くしょう》で受けとめた。

数学者エリシオン＝リースベルジェが、この兄弟との運命的な出会いを果たしたのは、まだ彼がホルト山の神殿《しんでん》の準神官だったころのことだといわれている。

彼は算術を得意とし、常にオリガロッドの提示する作戦案について冷静に勝率を計算してみせた。奔放《ほんぽう》でどこかとらえどころのないオリガロッドとは違《ちが》い、余暇を過ごすことが苦手な性格だった。彼はごくまれに暇《ひま》ができると、円周率の計算に没頭《ぼっとう》して彼の主君をおおいに呆《あき》れさせた。

エリシオンは、生来の頑固者《がんこもの》としても知られていた。一度決めたことは決してひかず、自分の王に対してすら膝《ひざ》を折らなかったことは有名である。オリガロッドが民衆の声に応《こた》えて王の座に就《つ》いた後も、戴冠式《たいかんしき》でかつての仲間たちが次々に臣下の礼をとる中、ただひとり毅然《きぜん》として起立でとおした。新王に対してあまりにも無礼ではないかとの声があがったが、オリガロッドはエリィらしいと笑って、とりたてて何もいわなかった。

オリガロッドは、機嫌《きげん》のいいときにはエリシオンのことをエリィと呼び、そうでないときはそっけなく宰相と呼んだ。エリシオンのほうは、オリガロッドが即位《そくい》してからは終始陛下という呼びかたを貫《つらぬ》いた。陛下と呼ばれることを嫌《きら》ったオリガロッドは、いつかそのいい方をやめさせるか、お前の膝を折らせてやる、と口癖《くちぐせ》のように言ったが、ついにその姿を見ることがなかったといわれている。

しかしエリシオンはオリガロッドの臨終の際、息を引き取った盟友を前にして、生涯《しょうがい》ただ一度だけ膝を折った。オリガロッドの弟のシングレオはとうにこの世にはなく、かつてこの国を自由に導いた仲間たちは、老いまたは戦刃《せんじん》に倒《たお》れ、次々にこの世から去っていった。

エリシオンはその後ミルドレッド一世、イザーシュ一世と三代の御世《みよ》にわたって王に仕えたが、前述のようにただの一度も、王に対して膝を折ることはなかった…

現在、ローランドの中心にそびえたつ赤の城——エスパルダ王宮は、その三代イザーシュ・ミゲル一世の手によって建てられたものだ。

鉄の城、血まみれの城と、数々の異名を持つこの城だったが、歴代の王の手によって改築を繰りかえすうちに、いつの間にか小さな田舎の町くらいの大きさを誇《ほこ》るようになっている。

その奥深くの地下の一室で、アルフォンスは長い眠《ねむ》りからめざめた。

「……ここ、は…」

目を開けると、見慣れた赤い色の煉瓦壁《れんがへき》が目に入ってきた。

アルフォンスは、ぼんやりと瞼《まぶた》を押し上げる。

（ここは、いったいどこだろう…）

ふわふわと意識が漂《ただよ》っていて、まるで夢の続きを見ているようだった。ここはいつかマウリシオが話してくれた神の島だろうか。それにしてはひどく殺風景だ。年中枯れることがないという花も咲《さ》いていないし、楽しげな音楽も聞こえてこない。ただ、ポッーンポッーンと地下水が滴《したた》っている音だけがきこえてくる。

（体が動かない…。目を開けるのもおっくうだ）

アルフォンスは、そっけなく目を閉じた。

少し眠って、アルフォンスはふたたび目覚めた。さっき目を覚ましてからどれくらい時間が経《た》ったのかわからない。

ただ、すぐ側に鉄格子《てつごうし》があるので、どうやらここは牢《ろう》の中で自分は捕《つか》まったらしいということは理解できた。いったい誰があの火事の中で自分を助け出してくれたのだろう。それとも、また自分は無意識のうちに飛んでいたのか…？

しばらくしても食事を運んでくる兵士以外、アルフォンスの入れられている牢を訪《おとず》れるものはなかった。

「う……」

運ばれてきたスープのにおいに食欲を刺激《しげき》されて、アルフォンスは起きあがった。

ゆっくりとあたりを見渡《みわた》してみる。窓のない部屋とわずかな蠟燭《ろうそく》の灯《あか》りが、アルフォンスにここが地下であることを教えていた。

しかし、地下牢とはいえ扱《あつか》いはまだましなほうだ。手足は縛《しば》られてはいないし、なにより牢の中は清潔でベッドや机、簡単な調度類までそろっている。どうやらここは、比較的《ひかく》身分のある罪人を投獄《とうごく》するときに使われる部屋のようであるらしい。

ふと、アルフォンスはまわりの壁《かべ》の色を見て驚《おどろ》いた。

「ここは、まさか王宮の中なのか⁉」

鉄格子に近づこうとして、足が硬《かた》いものを踏んだ。がしゃん、と音がして、器《うつわ》がスープを吐《は》き出した。

(食事…)

彼は沸《わ》き上がる空腹感よりも先に、あることを思いついていた。

(そうだ、もしここが王宮だったら、ヘスペリアンの力は使えないはず!)

アルフォンスは、じっと冷えたスープの器を凝視《ぎょうし》した。しかし、スープの器はぴくりとも動かない。

「……だめか」

やはり、思った通りここは王宮の中のようだ。ホルト山から飛ばされてくるウォーリックの壁が、アルフォンスの力をかき消している。

「おれは、いったいどうなるんだ…」

これからどうなってしまうのか、アルフォンスには予想だにつかなかった。自分の身分がどこまで知られているのかわからないし、どういったなりゆきでここに入れられたのかもわからない。

あのとき、無我夢中でビクターを飛ばして、アルフォンスは覚悟《かくご》を決めたはずだった。四方から襲《おそ》いかかってきた煙《けむり》は、まるで真綿で首を絞《し》めるようにゆっくりと彼の気道を塞《ふさ》いでいったのだ。だんだんと息苦しくなって、やがて立ち上がる力さえ失われた。もう二度と目を開けることはないと思った。あのままマウリシオにも会えずに、死ぬんだと…

だが、自分は生きている。

アルフォンスは思った。やはり飛んだとしか考えられない。無意識のうちに外へ飛び、なんとか外に出たはいいものの、力を使い果たして憲兵につかまってしまったのだろうか。

(じゃあみんなは…、ビクターは、エナは、ハインツは無事なのか!?)

自分の入れられた牢のまわりに、誰《だれ》か人のいる気配はない。ということは、ビクターたちは捕まっていないに違いない。

アルフォンスはほっと全身の力を抜いた。

いつのまにか、前身に感じていた節々の痛みはずいぶんとましになった。あとはこの空腹をみたせばもっと元気になるはずだ。そういえば、どのくらいものを食べていないのだろう。そう思うとアルフォンスは急に腹が減ってきた。

(きっと毒が入ってるんだろうな…。でもお腹《なか》がすいた)

アルフォンスはさっきからさかんに自己主張をしている腹を宥《なだ》めながら、壁にもたれかかった。いろいろなことが頭の中をめぐって離《はな》れない。このまま銃殺刑《じゅうさつけい》になってしまうのか、殺されてしまうのか、ひそかに毒を強《し》いられるのか、それとも…

「くそっ」

なにもできない歯がゆい気持ちが、彼に鉄格子をゆさぶらせた、そのときだった。

ふと覗き込んだ鉄格子の先で、自分を見張っていた兵士たちがあわてて敬礼するのが見えた。誰かが地下へ降りてきたらしい。人払《ひとばら》いを命じられたのか、兵士たちはみな持ち場を離れて、その人物とは入れ違いに上へかけあがっていく。

コッ、コッ、コッと硬い靴音《くつおと》が、冷え切った牢内に響《ひび》き渡《わた》る。そして、アルフォンスの牢の前で足音は止まった。

アルフォンスは、鉄格子の前に立ったその人物を見上げた。

「…キース」

彼の目の前に現れたのは、彼を陥《おとしい》れた張本人キース＝ハーレイだった。

「やはり生きていたのか、アルフォンス」

アルフォンスは息を呑《の》んだ。同じ色の髪《かみ》、同じ色の肌《はだ》、そして同じ色の瞳《ひとみ》…。たしかに自分とうりふたつの顔がそこにある。

たったひとつ違《ちが》うのは、ふたりの間にあるのは鏡ではなく鉄格子だということだった。

アルフォンスは思いがけず人の悪い笑《え》みを作った。

「キース、玉座のすわりごこちはどうだ？」

彼は、自分とまったく同じ顔をしているのに、自分と正反対の表情を浮かべていた。

「おまえのおかげで根性《こんじょう》がついたよ。硬い寝床《ねどこ》で寝るのにも、空腹で腹が痛くなるのにも慣れた。おれはお前に礼を言うべきなんだろうな」

「ぬけぬけと…、この死にぞこないが！」

同じ声が交互《こうご》に地下に響きわたる。知らないものが聞いたら、奇妙《きみょう》なひとりごとにきこえるだろう。

キースは、見上げてくるアルフォンスの視線をわざとらしい嘲笑《ちょうしょう》ではねかえした。

「なにがレジスタンスのリーダーだ。はっ、笑わせる。お前がやっていることは完全な利敵行為《りてきこうい》だ。サファロニアに付け入る隙《すき》をあたえ、パルメニアという国家の屋台骨をシロアリどもに食わせようとしている。いったいお前ってヤツは、どこまで自分勝手なことをすれば気が済むんだ！」

「お前は間違《まちが》ってるよ、キース」

アルフォンスは、自分でも驚くほど落ち着きをもって彼に相対していた。

「おれが煽動《せんどう》したんじゃない。時代がほんのすこし加速しただけだ。おれたちはその歯車に油をさしただけに過ぎない」

「ば、馬鹿《ばか》なことを言うな。お前は卑怯者《ひきょうもの》だ。自分が玉座に返り咲《ざ》きたいがために、民衆を利用しているだけなんだ。それなのに、この期《ご》に及《およ》んで民に責任をなすりつけるつもりか！」

「違う」

アルフォンスは小さく頭を振《ふ》った。

「キース。おれはもう、あそこへ戻《もど》る気はないよ」

キースは目を見開いた。彼はあきらかに面食らっていた。

「なん…だと…？」

「玉座へ戻る気はないと言ってるんだ」

アルフォンスは、キースから視線を外さないようにしながら、ゆっくりと彼の前に立った。

「たしかに最初はお前が憎《にく》くてしようがなかった。憎くて憎くて、顔が同じだというだけでお前を信用していた自分を呪《のろ》ったよ。いつかかならず殺してやろうと思っていた。だけど…」

そこで彼は、何かなつかしいものを見るように目を細めた。

(そうだ。おれはたったひとりで知らない世界に放《ほう》り出されて、そこで自分が玉座から追われたわけを知った。おれには王を名乗る資格などなかった。自分勝手で傲慢《ごうまん》で…、分別も何もない愚《おろ》かなこども。もし本当に選択《せんたく》の女神《めがみ》アスラミがいるとしたら、彼女がおれをさしおいてキースを選んだのも当然だ!!)

ビクターに命を救われて、そこではじめてアルフォンスは外の世界を知った。堅いパンが飲みこめなくて、吐いては飲みこみ続けた日々…。毎日オレンジを売るために何度も通りを往復して、足にできたマメがつぶれて、泣きながら舐《な》めて治したものだった。

それこそ、もう死にたいと何度思っただろう。

けれど時間とは不思議なものだ。ようやく殴《なぐ》られて蹴《け》られて、血の塊《かたまり》を飲みこめるようになったころには、自分はあの街に居場所を見つけていたのだから。

「それがわかっただけでも、キース。今は、お前に感謝してる…」

キースは瞬《まばた》きした。アルフォンスが何を言ったのか、わかっていない様子だった。

（おれはビクターに出会って、この国を救おうと一生懸命《けんめい》になっている人たちを見た。はじめはいくらかの打算があったが、いつのまにかそんなことなど忘れてしまった。ただおれは、彼らに認められたくて必死だった…）

どんなちっぽけなことでもいい、アルフォンスは自分が何かの役に立てることがうれしかった。みんなでテーブルを囲むとき、アルフォンスの席はかならずあった。それがどんなに誇らしかったか。

なによりも、素直《すなお》に感謝をできるようになったことが誇らしい。なぜ今までそうやって生きてこなかったのだろう、とアルフォンスは思った。ありがとうということを口にすることは、なにも難しいことではなかったのに…

今ならアルフォンスは誇《ほこ》りを持って言える。あの街で、自分ははじめて自分の足で歩いたのだ！

「キース、おれはこの国の頂点からどん底に落ちることで、いままで自分の知らなかった世界を知ることができた。そして思ったんだ」

ごくりと唾《つば》を呑む音が聞こえた。はたしてそれがどちらのものだったか、自分にもわからなかった。

アルフォンスは、キースに向かって挑《いど》むように言った。

「この国はもはや貴族を、王を必要としていない」

「な…」

思わず絶句するキースに、アルフォンスはさらに言葉を重ねた。

「王は必要ない。民の意識はそこまで高まっているんだ。キース、これは逃《に》げようのない事実だぞ！」

「馬鹿な！」

キースの目が、まるで火を噴《ふ》いた炉《ろ》のように真っ赤に燃え上がった。

「夢物語もいい加減にしろ。大昔ほろびたエドリアのように君主を排除《はいじょ》して、それで新しい何かをなしえるとでも思っているのか。それこそ退行だ。過去から何も学んでいない証拠《しょうこ》だ！」

「キース…」

「お前たちは王がいなくなったあとで、いったいどうやって諸外国に対抗《たいこう》するつもりだ。ローランド市民は甘ったれだ。この都市は今までほとんど外敵に屈《くっ》したことがない。堅固《けんご》な城壁《じょうへき》に守られ安穏《あんのん》と暮らしてきたやつらに、幾千《いくせん》もの軍靴《ぐんか》に踏《ふ》みにじられる屈辱《くつじょく》がわかるものか！」

アルフォンスが内心驚《おどろ》くほど、キースの舌端《ぜったん》から発せられた言葉にはなみなみならぬ熱意が籠《こ》もっていた。

「お前たちレジスタンスは、貴族が市民の上にあぐらを組み、暴利をむさぼっていると声高《こわだか》に叫《さけ》ぶ。だが、お前たちもまた大多数の弱者の上にあぐらをかいているんだ。パルメニアは一部の大都市だけでできているんじゃない。なのに、そのことを棚《たな》に上げて自分たちだけが自由を叫ぶのか。自分たちだけの権利を主張するのか」

このままでは彼の迫力《はくりょく》に呑まれてしまいそうで、アルフォンスは叫んだ。

「違う、彼らだって貴族の圧政に苦しんでる。いまはすこしでも税を軽くして、彼らの生活をもとに戻すことが大事なんだ。強い国を造るのは強い軍隊じゃない。強い心だ。国民ひとりひとりの誇りある心だ。力ずくで事を運ぼうとすれば、かならず歪《ゆが》みが生まれる。それこそが外国の付け入る隙をつくるんだ。それがわからないのか！」

「詭弁《きべん》はたくさんだ！」

キースの言葉は、ばっさりとアルフォンスの言う先を切り捨てた。

「今の国庫の状態で無理に税を下げれば、ローランドにいる軍を解散せざるを得ない。そうしていったいだれが国を守る？　王や貴族に対して暴動を起こすことができるのに、お前たちはなぜその剣《けん》を侵略者《しんりゃくしゃ》たちへ向けない？　お前たちに本当の愛国精神があるのなら、今すぐ国境へ行けばいいんだ。行って、都市で生きる自分たちの生活がどんなに豊かなものか思い知るがいい。彼らは毎日毎日サファロニアの軍靴の音におびえながら暮らしている。国を…、彼らを守れるのは強い軍隊だ。きれいごとじゃない！」

「〝きれいごと〟じゃない。〝詭弁〟じゃない。理想だ。人の心には必要な糧《かて》だ！　キース、お前は玉座にいて人の心まで忘れたのか！」

「精神論で一国がまかなえるものか！」

二人の声は、地下の冷たい石壁《いしかべ》にぶつかって長いこと尾《お》を引いていた。

ふいに、肩《かた》で息をしていたキースがくっと唇をゆがめた。

「…面白いものをお前に見せてやるよ。アルフォンス」

舞台《ぶたい》で役者がするようにわざとらしく笑って、彼はおもむろに兵士を呼んだ。

「警備兵！」

キースの命令で戻ってきた兵士たちは牢《ろう》の中に押し入ってくると、抵抗《ていこう》するアルフォンスに革でできた猿轡《さるぐつわ》をむりやり嚙《か》ませた。

「なにす…、ううっ」

その後の言葉はまともな言葉にはならず、アルフォンスは両手と両足を縄《なわ》でしばられて床《ゆか》に転がされた。

「うーっ、うう…、うーっ…」

まるで獣《けもの》のように唸《うな》りつづけるアルフォンスを見て、キースは挑発《ちょうはつ》的に笑った。

「お楽しみはこれからさ」

兵士のひとりが、なにごとかをキースに耳打ちする。彼は頷《うなず》いて、おもむろに足音のする階段のほうを見やった。

コツン、コツンと革靴《かわぐつ》の音がする。アルフォンスは唸るのをやめてじっと耳をすませた。誰《だれ》かが、この先の階段を下りてくるのがわかる。

（まさか…）

もっとよく見ようと、アルフォンスは身をよじって頬《ほお》に格子があたるくらい身を乗り出した。そして、思わぬものを見ることになった。

（マウリシオ…！）

顔だけをめいっぱい動かして見上げると、そこに自分のよく見知っている顔があった。

南方人の血を引くことをあらわす情熱を秘《ひ》めた黒い髪《かみ》、そしてなつかしい青い色のまなざし。いつもはむっつりと引き結ばれた唇《くちびる》が、笑うとどんなにやさしいかアルフォンスは知っている。派手派手しいのを嫌《きら》い、いつも同じ色のローブを身につけ、それでも花は紅《あか》いのがいいと言っていた彼…

アルフォンスは、なつかしさに思わず涙《なみだ》がにじむのを感じていた。

（いまがチャンスだ！）

彼の頭の中で、パチンと指をならしたような音がした。

マウリシオに伝えなければ。自分はここにいる、いま目の前にいる王はアルフォンスではない、にせものなのだと…

（でも声が出せない。猿轡を嚙まされているから伝えようにも言葉にならない。どうすればいい。どうしたら彼にわかってもらえるんだ⁉）

アルフォンスは必死で、彼の目に向かってなにかを飛ばすように念じた。ここがウォーリックの壁にはばまれる場所だっていうのは知っている。けれど、彼に伝えるにはこれしかない。

でも、今自分にできることはこうする以外なにもないのだった。

(マウリシオ!)

するとと、不思議なことに彼が驚いたようにアルフォンスを見た。アルフォンスは自分の心が驚喜《きょうき》するのを感じた。

マウリシオは食い入るようにアルフォンスを見つめている。きっと伝わった。彼にはわかったはずだ。アルフォンスは鼓動《こどう》が速くなるのを感じた。

ふいっと、マウリシオが視線を外した。

(え…?)

まるで何事もなかったように、彼はキースのほうを向いて軽く頭を下げた。

「なるほど。面白い余興とはこれのことですか、陛下」

いつものスケジュールを告げるときと同じ淡々《たんたん》とした口調だった。アルフォンスは違和《いわ》感を感じた。

(マウリシオ…?)

呆然《ぼうぜん》とするアルフォンスの目の前で、キースはいたずらを見破られた子供のように肩をすくめてみせる。

「なんだ、興ざめだな。もっと驚くかと思ったのに」

「何故《なぜ》ですか」

「似ているだろう、オレに」

するとマウリシオの視線がゆっくりと動いて、転がっているアルフォンスに注がれる。アルフォンスは瞬《まばた》きもできずにいた。

まるで檻《おり》の中の獣を見るような目つきで、マウリシオは、

「たしかに、外見は陛下に似ているようにも思われますが…」

と言って、別段興味なさそうにキースのほうを見やる。

「これが、陛下であるはずがありません」

「そのとおりだ」

キースは満足そうに頷いてみせた。

「暴動を鎮圧《ちんあつ》するよう命じたローランドの警察隊から、捕《と》らえたリーダーの少年がオレに似ているという話を聞いたので、こうやってこっそり見に来たんだ。この者も、おおかたこの顔のせいで革命軍のリーダーにまつりあげられたんだろう。不運なことだな」

「陛下は、この少年をどうなさるおつもりですか?」

「お前ならどうする」

「私なら、殺します」

アルフォンスは、心臓をわしづかみにされたように息を吞んだ。

(いま、なんて言った?)

信じられない思いで、彼はマウリシオの唇が動くのを眺《なが》めていた。たったいま、彼はなんと

言ったのだろう。

（おれを殺せと、たしかに、そう言っ……た……）

「この少年はあきらかに災《わざわ》いの種です。いま彼らのもとに返すのは野に獣を放つようなもの。このまま獄中《ごくちゅう》に繋《つな》ぎ置き、人々がこの少年の存在を忘れるのを待つのです。この少年がお飾《かざ》りだとすれば、彼らはまた新たに指導者を立てるに違《ちが》いありません。

殺すにせよ、繋ぎ置くにせよ、この少年の命がここで終わることに変わりはありますまい」

キースはその答えに満足したようだった。彼は呆然としているアルフォンスに、冷ややかな一瞥《いちべつ》を投げつけて、

「そうだな。お前の言うことはもっともだ、マウリシオ。お前はこのパルメニア国王の最も忠実な僕《しもべ》だ」

「はい」

「では、ここで膝《ひざ》を折れ」

思わぬことを言われたように、マウリシオはキースを見た。キースの声に微量《びりょう》の苛立《いらだ》ちが混じる。

「どうした、できないのか」

「いえ…」

マウリシオはまったく表情を変えないまま、冷たい石畳《いしだたみ》の上に膝をついた。

「我がゆいいつなる王に、永遠の忠誠をお誓《ちか》い申し上げます」

それは、アルフォンスが生まれたときから彼のためだけに繰《く》り返されてきた剣《つるぎ》の宣誓《せんせい》だった。アルフォンスが見ている前で、マウリシオは厳《おごそ》かにキースの差し出した手に口づけた。

（うそ…）

うち捨てられた古代の彫刻《ちょうこく》のように固まっているアルフォンスに、キースはしたたかに笑いあげた。その笑い声は何重にも重なり合って、アルフォンスの頭の中がぐるぐると回り始める。

（うそだ、こんなのはうそだ。うそだうそだ！）

わからなかったはずはない。アルフォンスと視線があったさい、一瞬《いっしゅん》だけ見せたあのマウリシオの表情。驚《おどろ》きとなつかしさの入り混じったような顔をしていた。

きっと、わかっていたはずだ。なのに、どうして——！

驚愕《きょうがく》にうちふるえるアルフォンスの上に、キースの冷酷《れいこく》な声が氷の欠片《かけら》のようにふりそそがれる。

「この者の処刑《しょけい》は明後日《あさって》、市民の感情も考えて極秘裏《ごくひり》に行うのがよかろう」

「御意《ぎょい》」

もはや目の前のアルフォンスを忘れたように言い捨てて、キースは踵《きびす》を返した。次第《しだい》に遠ざかってゆく足音を聞きながら、アルフォンスは今度は喉《のど》を振《ふ》り絞《しぼ》ってマウリシオの名前を呼び続けた。

「——っ、——っっ、—!!」

しかし、いくら身をよじっても声を出そうと力を振り絞っても、猿轡《さるぐつわ》を嚙《か》まされた身ではうなり声を発することしかできない。

マウリシオは、一度も振り向かなかった。

(どうして…)

殺す、と言った。どこか侮蔑《ぶべつ》の混じったような眼差《まなざ》しで、アルフォンスを殺すと。眠《ねむ》れない夜は思いつくかぎりの昔話をしてくれたあのやさしい声で、自分を殺す、と…

たしかに、彼はそう言った…

(うそ…)

いつのまにか、頬《ほお》が熱いものでぬれていた。涙だ。そう気づいたときには、アルフォンスはしゃくりあげて泣いていた。

「…っく…、…ひっ…っ…」

(うそつき……!)

頬を流れた涙は顎《あご》をつたって、静かにアルフォンスの横たわる石畳をぬらした。どんなときでもかならず側《そば》にいると、そう約束したじゃないか。それがどうしてもかなわないときは陛下のことを夢に見るようにします。そうしていつもあの大きな手で頬をつつんで、アルフォンスの目をのぞきこむようにして言った…

『わたしの、陛下』

いままでどんなに辛《つら》いことがあっても耐《た》えてこられたのは、側にかならずマウリシオがいたからだ。

マウリシオは、全《すべ》てを失ったアルフォンスにとってたったひとつ残された聖域だった。ここへ投獄《とうごく》されたのがわかったとき、アルフォンスはマウリシオに会えるかもしれないという予感を感じていた。もしかしたら会いにきてくれるかもしれない。もうとっくにキースに気づいていて、それで自分を呼び戻《もど》すために助けにきてくれたのかもしれない。それがありえないことは百も承知だったが、彼はそれでもマウリシオのことを思うと、そんな淡《あわ》い期待を抱《いだ》かずにはいられなかった。

だが、彼と対面してその望みは消え失《う》せた。

牢《ろう》の中にいるのが、本物のアルフォンスだとわかっていて、彼は気づかないふりをした。

(なぜだ…)

ずっと不思議に思っていた。こんなにも長く離《はな》れていて、あのマウリシオが気づかないはずがないのだ。いくら姿かたちがそっくりとはいえ、自分とキースとでは考え方もののとらえかたもずいぶん違《ちが》うはずだった。いつもわがままを言ってはマウリシオを困らせていた自分。彼の気を引きたくて、わざと子供っぽい反抗《はんこう》ばかり繰り返していた…。あのキースがそんなことをするはずがない。なのに——

(まさか、まさかマウリシオは、おれを嫌《きら》って…)

ふいに思い当たったその予想は、アルフォンスをガタガタとふるえさせた。

そうだ。マウリシオは知っていたのだ。アルフォンスがキースと頻繁《ひんぱん》に入れ替《か》わっていたことを。とうに気づいていて気づいていないふりをしていた。なぜなら、マウリシオが欲しかったのは本物の王ではない。賢《かしこ》い王だからだ。この疲弊《ひへい》したパルメニアを救うために、彼は王にふさわしい才覚の持ち主を望んでいた。だが、アルフォンスは彼に反抗してばかりで、まったく王としての責務をはたそうとしなかった。

（マウリシオは、おれに絶望したんだ。だからいまさっきおれを見て見ぬふりをした！）

キースが目の前に現れたとき、マウリシオは彼を選んだのだ。自分ではなく、キースを。血統ではなく、その器《うつわ》を。そしてキースの王としての才能は、マウリシオを満足させた。そのときに、マウリシオはキースを自分の王とすることに決めたのだ。だから、彼はアルフォンスを見捨てた。彼はキースに膝を折り、永遠の忠誠を誓って、自分を殺せとそう言ったのだ。

彼は、アルフォンスを完全に見捨てたのだ。

そう思った瞬間に、激情がほとばしった。

（マウリシオ、このおれを、裏切ったのか――!!）

パシィッと、馬の腹に鞭打《むちう》つような音がした。ぱらぱらと顔の上に砂のようなものが降ってくる。それが数秒前には皿の形をしていたことに、アルフォンスは気づいてはいなかった。

（許さない…）

ついで、ガシャーンという荒々《あらあら》しい音が牢の中に響《ひび》く。宙に浮《う》いた金属製のスプーンやトレイが、なぜか磁器でできたもののように壊《こわ》れてちらばった。

アルフォンスは、ゆらりと立ち上がっていた。すでに彼の手や足をいましめていた縄《なわ》は引きちぎられて跡形《あとかた》もなかった。彼は口から猿轡をむしり取ると、目の前を阻《はば》んでいる鉄の格子《こうし》を素手《すで》でつかんだ。

(消えろ!)

鉄でできていたはずの格子は、アルフォンスにつかまれただけで音もなくぐにゃりと溶《と》け去った。

彼は涙《なみだ》のあとが残る顔をぼんやりとあげて、少し先の明かり取りの蠟燭《ろうそく》を見た。継《つ》ぎ足されずに消えかかっていた炎《ほのお》は、アルフォンスに見つめられた瞬間、竈《かまど》の中の火の如《ごと》く火を噴《ふ》いて燃えあがった。

(殺してやる、マウリシオ、キース!)

憎《にく》しみに心をあけわたして、アルフォンスはひたすらマウリシオの姿を捜した。

驚いたことに、彼が通ったあとは燃えるはずのないものが燃えていた。石が、煉瓦《れんが》が、そして鉄が。アルフォンスの体がふれたもの全てが、うすっぺらい油紙のようにけたたましく火を噴いていたのだ。

「うわああっ、いったい何が起こってるんだ!」

駆《か》けつけて来た兵士たちが、炎《ほのお》に包まれた牢を見て仰天《ぎょうてん》した声をあげる。しかし兵たちにみとめられるよりも先に、アルフォンスは力を使って王宮の中へ移動していた。

(裏切りには、それにふさわしい死を!)

パルメニアを構成するエオンの民《たみ》は、復讐《ふくしゅう》を尊ぶ種族だ。そして、アルフォンスの体にはそのもっとも濃《こ》い血が流れている。

（殺してやる、二人とも——！）

王宮の建物の中に飛んだとたん、外部からの強い圧力のようなものを感じた。ホルト山の神官がつくる〝ウォーリックの壁《かべ》〟だ。しかし、怒《いか》りという炎に身を任せているアルフォンスには、その力さえなんの阻害《そがい》にもならない。

「うるさい！」

アルフォンスがひと睨《にら》みしただけで、その外部からによる見えない壁は霧《きり》のように粉砕《ふんさい》してしまう。

侍従《じじゅう》たちが使う〈鷲《わし》の目〉の宿直所にもマウリシオの姿はなかった。

（違う、ここじゃない）

アルフォンスは、反射的に身をひるがえした。

（どこだ、キース、マウリシオ…！）

ふらふらと夢遊病者のように廊下《ろうか》を歩いていく。途中《とちゅう》で行き会った女官たちが、アルフォンスの姿を見て驚《おどろ》いて悲鳴をあげる。それにもかまわず、彼は二人の気配を捜して王宮の隅塔《ぐうとう》から隅塔へ、まともに歩くと半時はかかる距離《きょり》を一瞬《いっしゅん》にして駆けさっていった。

まるで自分の体に火をつけたような熱さ、ただそれだけがアルフォンスの体の全てを操《あやつ》っていた。熱い…。かけあがる息が熱い、胸を満たす空気が熱い。体中をめぐる血が、こんなに
——熱い！

アルフォンスが触《ふ》れた瞬間、重厚な胡桃《くるみ》材の扉《とびら》がけたたましい音をたてて崩《くず》れ落ちる。その

向こうに、アルフォンスはたしかに求め続けた標的を捉《とら》えた。

「キースッ!!」

弾《はじ》けたバネのようにキースが立ちあがった。その赤い目が驚愕《きょうがく》に見開かれる。

「な…」

それ以上を言う余裕《よゆう》はキースには与《あた》えられなかった。

「うあああああああああああ!!」

いま自分の前にいるただひとつの標的だけを見つめて、アルフォンスは咆哮《ほうこう》した。いまや彼の髪《かみ》は色を失ったように白く光り、キースのほうに向かって伸《の》ばされた手の先からは、まるで千年の間燃え続けているというニグリュードの木の枝のように、炎がゆらゆらとたちのぼっている。

その姿は、伝承にある怒れる炎の精霊王《ガヌーヴァ》のごとくその場にいるものを威圧《いあつ》していた。あまりの異様な光景に、キースは我を忘れて後ずさった。

「うわああっっ」

「殺してやる!」

喉《のど》がつぶれたような声でアルフォンスは吼《ほ》えた。それと同時に彼をとりまく炎のひれが、まるで巨大《きょだい》な赤い蛇《へび》の如くキースに襲《おそ》いかかろうとする!

キースは絶叫《ぜっきょう》した。

「うわあああああっ!」

「殺してやる、キー…」

「なりません！」

一瞬、アルフォンスの視界が横から飛び出してきた誰《だれ》かによって黒くふさがれた。

(え…っ)

アルフォンスは目を見開いたまま、まるで糸の切れた人形のようにその場に立ち尽《つ》くしていた。

アルフォンスは困惑《こんわく》していた。なに…なんだ…。誰かが自分を抱きしめている…？

(だれ…？)

彼はゆっくりと顔を動かした。視界の端《はし》に、ぼんやりと黒い髪が見える。アルフォンスは驚いて、自分を抱きしめている体を無理矢理引き剝《は》がした。

そして、

「マウリ…」

「なりません、陛下…」

顔に苦悶《くもん》の色を浮かべながら、マウリシオはアルフォンスだけに聞こえるくらいの声でささやいた。

「今はまだ…、…かなら…ず…」

アルフォンスの体から、急速に熱が奪《うば》われていく。それとともにマウリシオの体のまわりから、シュウシュウと白い煙《けむり》が立ちのぼる。

「かならず、迎《むか》えにいき…ま…」

ずるりとマウリシオの手がアルフォンスの肩《かた》をすべった。

「わたしの、陛下」

床《ゆか》に崩れ落ちる瞬間、彼はたしかにそうつぶやいた。

どさっと音がして、マウリシオは意識を失って倒《たお》れ込んだ。そのときに、ぷんと肉の焼ける臭《にお》いが鼻についた。マウリシオの衣服は黒く焦《こ》げつき、投げ出された腕《うで》にはいくつもの水疱《すいほう》ができているのがわかった。ひどい火傷《やけど》を負っている。襲いかかってくるアルフォンスを炎ごと抱きとめたせいで、右腕から上半身にかけてが溶けたように焼け爛《ただ》れているのだ。

アルフォンスは目に見えて混乱した。

(おれが…、おれがマウリシオに傷を負わせた)

(――いや、おれは彼を殺そうとした。だって彼がおれを見捨てたからだ)

(違《ちが》う！　彼は見捨ててなんかいなかった。たしかに彼は耳元で言ったんだ。かならず、迎えにいくと…)

頭の中が内乱をおこしたようにぐちゃぐちゃだった。アルフォンスはいまなにが起きているのかわからず、目を見開いて絶叫した。

「ひ、あ、あ…、…うあああああっ、あああああああああっ!!」

アルフォンスの切《さ》り裂くような叫《さけ》び声は、まさにその場の空間を引き裂いて彼の小さな体を包み込んだ。

アルフォンスは無我夢中で、目の前にぱっくりと口をあけた闇《やみ》に身を滑《すべ》りこませた。

（もうここにはいられない。彼を傷つけてしまった。怒りに目が眩《くら》んでいたとはいえ、自分は一瞬でもあのマウリシオを殺そうと――）

次の瞬間、アルフォンスの体は大きく王宮の外に向かってはき出されていた。

「わああっ」

アルフォンスは、石畳《いしだたみ》の上に放《ほう》り出されてごろごろと転がった。

起き上がろうとすると、頭の中に剣《けん》をさしこまれたような痛みを感じた。

「…っっ！」

怒りに我を忘れていたとはいえ、あのウォーリックの壁を押し破って力を使ったのだ。あのときアルフォンスの体はあきらかに限界を超《こ》えていた。あのまま怒りに身を任せてキースを焼き殺していれば、力の使いすぎで命の火まで削《けず》っていたかもしれない。

（おれは、マウリシオに助けられたんだろうか…）

彼はしばらくの間、体中の痛みがおさまるのを待ってそこでじっと横になっていた。星のない夜だった。見上げると東の空は火を噴《ふ》いて明々と燃えさかり、城内は火事を知らせる声と悲鳴に包まれている。

頭痛がおさまったのを見計らって、アルフォンスは立ち上がった。どうにか頭のふらつきはなくなったが、疲労《ひろう》のためか肩が鉛《なまり》を担《かつ》いだように重い。この調子では数歩も歩かないうちによろよろと膝《ひざ》をついてしまいそうだ。

てきた。

「アル！」

すぐ後ろで知っている声がした。アルフォンスが振《ふ》り向くより早く、ばらばらと誰かが走っ
「まさか、本当に!?」

「無事だったのか！」

アルフォンスを取り囲んだのは懐《なつ》かしい顔ばかりだった。柔《やわ》らかい若草色の瞳《ひとみ》のエナの恋人《こいびと》、そのほかのメンバーも集会でよく見かけた顔ばかりだ。

「ハインツ、どうしてここに…」

「あのあとキミが投獄《とうごく》されたかもしれないという噂《うわさ》を聞いて、心配になって見に来たんだ。そしたらキミがここにいた。自分でも驚いてるよ。無事で良かった」

彼はアルフォンスの身を支え起こしながら、立てるか、と肩を貸した。

「ビクターやエナは？」

「エナは無事だ。マティスやノルマンたちもみんな元気でいる。だが、ビクターが…」

「ビクターがどうかしたのかっ!?」

ハインツは黙《だま》って頭を振った。

「行方《ゆくえ》不明なんだ。あの集会の日から姿が見えない。たぶん捕《つか》まってシュミシャの監獄《かんごく》に連れて行かれたんだ。あの日は大勢の同志が連行された。きっと二〇〇人以上は捕まったと思う。その中にビクターらしき人物が連れられていくのを、ほかの何人かが目撃《もくげき》している」

アルフォンスは息を呑んだ。

（捕まった、ビクターが……！）

「で、でも、とにかく命は助かったんだよね。あれほどの大惨事《だいさんじ》だったのに…。シュミシャの牢獄《ろうごく》にいるなら、またおれが…」

〝力〟が使えるようになればすぐに助けられる、そうアルフォンスは言おうとした。

しかし、ハインツが次に言った言葉は、アルフォンスを恐怖《きょうふ》のどん底に突《つ》き落とした。

「…そんな悠長《ゆうちょう》なことは言ってられなくなったんだ。アル、ビクターの公開処刑《しょけい》は十日後らしい」

「処刑だって⁉」

アルフォンスは思わずハインツの肩から腕を外した。

「そんな馬鹿《ばか》な。どうしてそんなことを…。そんなことをしたらますます民衆の反感を買うだけだっていうのがわからないのか！　キースはいったい何を考えて…」

彼らは明々と燃えている王宮のほうをみやった。その炎《ほのお》はさきほどよりかは少し勢いがなくなっていたが、広場の前は灯《あか》りをもって行き来する兵士と、火事を見に来たローランド市民たちで昼間のように明るかった。

アルフォンスは、ふつふつとわき起こる怒《いか》りをなだめながら、もはや自分の居場所があそこにはないことを悟《さと》った。

（もう戻《もど》ってはこない）

「ビクターを死なせはしない。もちろんほかの捕まった人もだ。あの場所にいたのならみんな仲間のはずだ。ぜったいに助け出そう！」

アルフォンスの言葉に、暗い顔だったハインツたちも強く頷《うなず》いた。

「よし、行こう。ぐずぐずしているヒマはない」

こうしてはいられないとばかりに、アルフォンスたちは王宮に背を向けて走り出した。

自分の本当の居場所へ、

そして、自分たちを待っている人の下《もと》へ——

第十二章　シュミシャ、襲撃

いつも三人で囲むテーブルに、ひとつだけ空いている椅子《いす》がある。

それはビクターの使っていた椅子だった。

大柄な彼が座ると、木製の椅子はかならず悲鳴を上げた。とくに原稿《げんこう》を書いているときは貧《びん》乏《ぼう》ゆすりをするクセがあって、エミリオと二人でよく文句を言ったものだった。「もー、うるさいよビクター、また貧乏ゆすりをしてるだろ!」

まだ一ヶ月も住んでいないアパートの部屋には、およそ殺風景なほどなにもなかった。憲兵に押し入られては逃《に》げるということをくり返してきたビクターには、はじめから荷物らしい荷物もなかったからだ。ただ、床にへこんだ椅子のあとと、テーブルの上に並んだたくさんのジャムの壺《つぼ》が、たしかにここが彼の家だということをアルフォンスに教えていた。

「なんだか、寂《さび》しいですね」

あの集会後久しぶりに部屋にもどってきたエミリオが、ぽつりとそうつぶやいた。

それからすぐ、主《あるじ》のいない部屋で行われた会議で、アルフォンスは仲間たちにビクターを助けに行くことを提案した。

「――シュミシャを、襲撃する」

アルフォンスの声には、なみなみならぬ決意がにじんでいた。その場にいた誰もが、彼の決意の重さを感じて息を呑んだ。

「これはビクターを助けるためだけじゃない。国王アルフォンスへの挑戦状《ちょうせんじょう》でもあるんだ」

集まった顔ひとつひとつを確かめるように見つめて、アルフォンスはテーブルの上に地図を広げた。

「王への挑戦状だって？」

「そうだ。おれたちはまだなにも達成してはいない。多くもない頭を突き合わせて、革命だ、改革だと話し合っているだけで、実際には何かひとつでも王に対して勝利を収めたわけじゃない」

それは鞭《むち》のように厳しい意見だったが、ハインツをはじめ義勇軍のメンバーたちはそれらを黙って受けいれた。たしかに、現在のパルメニアの貴族中心の体制や、増え続ける税へ不満は日に日に増えつつある。しかしテーブルの上で話し合っているだけではなにもなしえたことにはならないことを、彼らは誰《だれ》よりも重く感じていたに違《ちが》いなかった。

「だから、そろそろここらで行動に移したほうがいいと思うんだ。おれたちの持っている力を王に見せつけて、おれたちが王に対抗《たいこう》する勢力であることを、ただの烏合《うごう》の衆ではないことを知らしめる必要がある。シュミシャの牢獄に家族を捕《と》らえられた者も多いはずだ。ここで彼らを解放できれば、おれたち革命軍にとって大きな益になる。そうじゃないか」

「だが、どうやって助ける？」

アルフォンスの独壇場《どくだんじょう》に、ハインツがさりげなく意見をすべりこませた。

「アルが言ったように、我々は現段階でまだまとまりを欠く。義勇軍といっても軍隊経験のある者は全体の半数にも満たない。こんな状態であのシュミシャを落とせるのか？」

ハインツに同意する声が、ためらいがちにではあったが少しずつあがった。

「アル、キミはたしかに私や仲間が捕まったとき、あのシュミシャに単独で忍《しの》び入り助けてくれた。今回もその方法を使うわけにはいかないのか」

アルフォンスは硬い顔で首を振った。

「そうできるならそうしたかったけど、一度使った手はもう通用しないと思う。ハインツたちを逃がしたときに、あの牢獄の欠点である人が出入りできる大きさの排水溝《はいすいこう》のことは知られてしまったし…」

「そうか…」

落胆《らくたん》した様子のハインツに、アルフォンスはわざと声を明るくして、

「でも、おかげでいい方法を思いついたんだ。もしおれの予想が当たっていれば、大軍を投じることなく、もちろん大砲《たいほう》や火薬を使うことなく、あの牢獄をつかいものにならなくさせることができると思う」

「ほんとうに!?」

彼は、側《そば》にいたエミリオと顔を見合わせると、広げた地図を指でなぞりながら、わかりやすいように説明をはじめた。

「まず、おれたちがかかえている問題は三つある。ひとつは中に仲間が捕らわれていて、いわば人質《ひとじち》をとられた状態にあること。二つめは、動かせる人員が少なく訓練もろくにできていないため、シュミシャの牢獄を守るパルメニアの第十三歩兵連隊にいろいろな面で大きくおとること。そして、三つめはそのための大砲や武器を調達できないこと、この三つだ」

仲間たちの間から苦々しいため息が漏《も》れた。仲間を捕らわれているという弱みがあり、数の面でも軍資金にもとぼしいとあっては、勝てるみこみはゼロのように思われるからだ。

「たしかにシュミシャの四方はレマン河から引いた水で二重の水堀《みずぼり》で囲まれている。橋が下りるのは正門だけだ。それ以外に侵入《しんにゅう》方法はない。正面きって戦えば、あの強固な塀《へい》の上から雨のように矢をあびせかけられるだけだろう。それはどう考えても得策じゃない」

アルフォンスはインクのついていないペンの先で、表の門の位置を指し示した。

「じゃあ、いったいどうやって…」

「この前中に潜入《せんにゅう》したときに、おれはひとつおかしなことに気づいた。それはほかでもない、あの牢獄自身の老朽化《ろうきゅうか》のことなんだ。ねえハインツ、あのシュミシャはどうして政治犯の牢獄なんかに使われるようになったんだろう…」

突然《とつぜん》、いままでの話題とはまったく関係のない（と思われる）話題を振《ふ》られて、ハインツは面食らった。

「シュミシャはもともとローランドの街を外敵から守るための砦《とりで》だったといわれている。そうじゃないのか」

「うん、正解。じゃあローランドの街は王宮も通りもみんなどこもかしこも赤っぽいけれど、ここに住んでいるみんなはそれはなぜか知ってる？」

ハインツをはじめ、その場にいた誰もがアルフォンスの問いの意味を測りかねて顔をしかめていた。

「この街が赤い理由だって……？」

「そう、おれの考えるかぎり、実はそれこそが……」

アルフォンスの指の上で、ペンが器用に二回転した。

「あのシュミシャをおれたちの手でつぶすことのできる、あの砦の最大の弱点でもあるんだ！」

*

リオの月が中天にさしかかったころ、シュミシャの牢獄《ろうごく》のまわりを、およそ五〇〇の兵が取り囲んでいた。

彼らは森の茂《しげ》みにじっと身を隠《かく》して、ある合図を待っていた。あの合図さえあがれば、彼らは一斉《いっせい》に牢獄に突入《とつにゅう》できるのだ。

「さすがに砦というだけあって、このシュミシャの外壁《がいへき》は頑丈《がんじょう》だ。しかも、攻城戦《こうじょうせん》が中心だった古代のものらしく十分な高さがある。中には石弾《いしだま》も豊富にあって、約三十台の投石機と二十台の大砲が橋を渡《わた》ろうとおしかけてきた兵をねらいうちにする。

その上、砦の周りには自然の川の蛇行《だこう》を利用した堀が造られていて、容易に渡ることはできない。つまり外からはおとすことができないというわけだ」

と、アルフォンスは絶望的にも聞こえる解説をしてみせた。

しかし、彼の話にはまだ続きがあった。

「でも、おれはなんとしてもこの牢獄を壊《こわ》してしまいたい。なぜなら、ここは旧《ふる》いパルメニアの体制の象徴《しょうちょう》であり、なおかつ政治犯の収容所でもあるからだ。ここがおれたちの手によって落とされたことを知れば、パルメニアの上層部や貴族たちもおれたちの行動をたんなる暴動ではなく、革命とうけとめるだろう」

シュミシャの牢獄がもともとはローランドの守りの要《かなめ》であり、ただの一度も落ちたことがないことを知っているローランド市民には、この砦の陥落《かんらく》は青天《せいてん》の霹靂《へきれき》のようにうつるに違いないというのだった。

「そして、なによりもこの牢獄はローランドの土を使って造られている」

アルフォンスが言った、〝ローランドの街が赤い理由〟。それは、なんとこの地形にあったのだった。

「赤い土というのが、あの城の弱点になんの関係があるんだ」

「おおありさ。つまり、あの城はもともと壊すために造られた可能性が高いってことなんだ」

「壊すために造られただって⁉」

とうてい信じられない、という顔がアルフォンスに向けられる。アルフォンスはひとつひとつ、彼らにわかりやすいように説明していくことにした。

　つまり、ローランドという街は、もともとパルメニアの国内でももっとも河口が大きいといわれているこのレマン河の沖積土《ちゅうせきど》がつもってできた土地なのだ。そして、そのような土は鉄分を多く含《ふく》む砂利《じゃり》混じりの粘土質土壌《ねんどしつどじょう》であることが多い。

　だからこそ、ローランド近郊《きんこう》では水はけの良い土を好む葡萄《ぶどう》がよく育つのである。

　アルフォンスはこのことに、葡萄のしぼりかすを運びながら気づいたという。

「そして、近くにてごろな石切場をもたなかったローランドに城を造るために、三代イザーシュ＝ミゲルが考え出したのが、この粘土質の土をつかった素焼《すや》きの煉瓦《れんが》づくりだったってわけ」

　なんと、古い時代のパルメニア人たちは、遠くの石切場から石材を運ぶよりも、自分たちでそれにかわるものを発明してしまったのである。そして、エスパルダや多くのローランドの建造物が、この赤煉瓦《あかれんが》で造られることになった。

「そのことを応用したのが、かの遠征《えんせい》王アイオリア一世なんだ。シュミシャの牢獄は、なんと彼女が、あの天才建築家といわれたリオ＝ジェロニモに命じて造らせたもののひとつらしいよ。たぶんここシュミシャは、彼女がサンテミリオンの戦いで多用した、〝壊れる城〟のモデルのひとつなんだろうと思う」

　と、アルフォンスは説明した。

　遠征王アイオリア一世は、宿敵ホークランドとの剣盾戦争を約十年にもわたって戦い抜《ぬ》いた英雄《えいゆう》として知られている。その生涯《しょうがい》には謎《なぞ》も多く、パルメニア史に登場する王の中では男装の女王として特に人気が高い。

そのアイオリア一世がサンテミリオンの初戦でとった作戦は、まさに奇策《きさく》といえるものばかりだった。

彼女はあらかじめ外から壊すことができるように砦をいくつも造り、そこをわざと敵に奪取《だっしゅ》させるようにしむけた。あるときは陽動にひっかかったふりをして砦を空にしたり、あるときはおとなしく降伏《こうふく》して敵に砦をあけ渡したふりをしたのだった。そうして敵が戦勝気分に浮かれているときに、外から砦が壊れるようにしむけて敵をたたいてしまう。彼女はこの方法で、なんと十万ものホークランド兵を葬《ほうむ》ったといわれている。

「土さえあれば素焼きの煉瓦はすぐに作れるから、即席《そくせき》で砦を造るのにとてもいい素材なんだよ。そしてね、アイオリア一世はこれに小細工を加えた。つまりどうやって外部から壊したかなんだけど、火を使って城が簡単に燃えるようにした。この煉瓦の材料となった粘土質の土のつなぎには、大量に油が使われていたんだ」

「油だって!?」

彼は、レマン河の上流からどんどんと油を流し込み、そこに紙で作った船に蠟燭《ろうそく》を載《の》せて水門に流せば、ハインツたちが捕《と》らわれていた地下の部屋に流れ込むに違いないと言った。

「これは、実際にアイオリア一世が、昔王宮の後背にあった死者の塔《とう》を壊すときに使った手なんだよ」

アルフォンスが昔読んだ彼女の遠征記には、彼女が従兄弟《いとこ》であるコルネリアス＝ゴッドフロアの反乱にあったさいに、この計画を実行したことや、ステラマルゴで城が壊れるところに居合わせた彼女が、後日リオ＝ジェロニモに相談して城を壊すことを考えついたことが記されてあった。

アルフォンスは、組んだ指の上にあごをのせた。

「おれの予想では、あの城はホークランド兵がローランドに攻《せ》め寄せてきたときのことを考えて造ったに間違いないんだ。だからぜったいに〝壊れる〟。中から火事を起こし、そして逃《に》げ出してきた兵たちを正面から討つ。これだとおれたちは無理をして堀を渡らなくてもいい。敵さんが自分から出てくるのを待っていればいいのだから」

その確信めいた顔に、まるでキツネにつままれたようだった仲間たちの顔にも希望がひろがりはじめる。

「そうか。鉄分を含んだ土か。だからローランドは赤い街だと言われるんだな。ずっと住んでいるのにそんなこと考えもしなかったよ」

ハインツがアルフォンスの肩《かた》をたたいて言った。

「アル、きみは不思議な子だな。きみの知識は、まるでレマン河の水のように豊かで止まることを知らない。いつか海にさえたどりつけるのではないかと思うくらいだ」

ハインツの素直な感嘆《かんたん》に、アルフォンスは戸惑《とまど》ったように顔を赤らめた。しかしまわりの大人たちもそのような彼の子供らしさがこのましいといった表情だった。

アルフォンスは知らないことだったが、ハインツはひょんなことから自分たちの仲間になったこのアルフォンスという少年のことを、ビクターとはまた違《ちが》った視点で観察するようになっていた。

「私は貴族たちが地位や財産を先祖から世襲《せしゅう》することをずっと否定してきたが、たしかに血統や家によって受け継《つ》がれていくものはあるのだ、ということをあの子を見ていて悟《さと》った気がするよ。人の上に立つ人間は、どんなに努力してもなしえない星のようなものを生まれつき備えているものだ。でなければ、血によって受け継がれるこのやり方が、こんなにも長続きするはずはないからだ」

そんな風に、彼は仲間たちに常々語っていた。

「あの子が来てから、いままで一ヵ所に押しとどめられていた水が、一気に解放されて流れをつくってっているようだ。このまま行けば、彼はいまの濁《にご》った政治体制はおろか新しい時代にまで押し流していくかもしれない……」

いまや彼らのアルフォンスへの期待は、彼が子供だということや仲間になってまだ日が浅いという不安をはるかに上回っていたのだった。

「よし、そうと決まれば善は急げだ！」

こうしているうちにも、ビクターたちの処刑《しょけい》の日は刻一刻とせまりつつある。ハインツの手はずで、シュミシャの周りを取り囲むための市民兵がひそかに集められ、中に火事を起こすための小細工をする別働隊はアルフォンスが率いることになった。

「よし、手はず通りだ。油を流せ！」

彼らは、ローランド市内で人の動きがないかどうかを監視《かんし》している保安警察の目からのがれるため、この部隊をレマン河にかかる十三本目の橋の建設のために集められた工員だと思わせることにした。これならば、大勢の人数で昼間からシュミシャに近づいても、不審《ふしん》に思われない。

シュミシャの表門を守る番兵たちは、煙草《たばこ》の火を貸し合いながら、煙《けむり》ともため息ともつかない息を吐《は》いた。

「なあ、例のレジスタンスたちが、このシュミシャを襲《おそ》いにくるって噂《うわさ》があるらしいぜ」

「まさか」

と、もう一人は肩をすくめてみせた。

「そんな動きでもあれば、ローランドの保安警察がだまっちゃいない。大丈夫《だいじょうぶ》さ、このまわりにゃさっきからどぶさらいの工員しかいないじゃないか」

そして、ハインツたちは内部に火の手が上がるまでの間、何食わぬ顔でシュミシャの堀《ほり》へと流れ込む水路に油を流し続けたのである。彼らが作っているのが橋をかけるためのものではなく、自分たちを攻撃《こうげき》するための武器であることに、その二人の門兵はついに気づくことはなかった。

夜中では逆に警戒《けいかい》されるというアルフォンスの指摘《してき》もあって、計画は夕ぐれ近くに行われることになった。あたりが古い本のように黄ばんでくると、ハインツたちは突撃《とつげき》の準備をととのえながら、別働隊からの合図を今や遅《おそ》しと待っていた。もう日は炉《ろ》の中の消えかけの火のようにゆっくりと輝《かがや》きをなくしてきている。当初の計画ではそのころをめどに、壁《かべ》の向こう側から合図があがるはずだった。しかし、いまのところ、牢獄《ろうごく》内に異変がおきた様子はない。

「遅いな…、何かあったのか」

仲間たちからも、そんな不安の声があがりはじめた。

「まさか、失敗したんじゃ…」

焦《じ》れる心をもみ消すように、ハインツは硬く目を瞑《つぶ》った。

「アルは言った。派手な花火があがるからすぐにわかると。ここで待機している私たちより、中に潜入《せんにゅう》している彼のほうがずっと危険に身をおいている。私たちは彼を信じよう」

そんなハインツの言葉に、集まった仲間たちは改めて頷《うなず》きあった。

(きっと、合図はある!)

あの大惨事《だいさんじ》の中で、最後まで仲間を助け続けたアルフォンスを、そして捕《と》らえられてなお不死鳥のように舞《ま》い戻《もど》ってきた彼の生命力をいまは信じよう。誰《だれ》もがそんなふうに、心に同じ熱いものを抱《いだ》いていた。

そのときだった！

「火だ！　東の塔から火の手があがっている！」

彼らは弾《はじ》かれたように、壁の色をオレンジにかえつつあるシュミシャの外壁《がいへき》を見上げた。

すかさず、ハインツが立ち上がった。

「火の手があがったぞ。城内から出てくる十三連隊の連中をのがすな。橋の上でねらい打ちにするんだ」

粗末《そまつ》な武器を手にした市民たちが、一斉《いっせい》に茂《しげ》みから飛び出していく。

ハインツは、棒にシーツを巻きつけただけの粗末な旗を大きく振《ふ》り下ろした。

「全員、突撃！」

＊

アルフォンスの思ったとおり、シュミシャの牢獄の水門という水門には、人が通れなくなるくらいの鉄の格子《こうし》がつけられていた。

「やっぱりね。もうあの手は使えないとみて正解だったな」

堀に流れこむ水の量をたしかめていたエミリオが、アルフォンスの元に走って戻ってきた。

「陛下、油が混じっています。ハインツさんたちが作業をはじめた時間を考えると、もう十分な量が中に流れこんでいるはずです」

アルフォンスは頷いた。そして、顎《あご》に指をかけて少しの間考えこんでいたが、

「たしかアイオリア一世は、紙で作った小舟《こぶね》に蠟燭をのせて流したんだよな…」

大学でそのあたりの歴史を勉強しているエミリオが言った。

「では、陛下も同じようになさいますか」

「まさか。そんなことをしたら中のビクターたちまで丸コゲになっちゃうじゃないか。アイオリア一世だって、人質《ひとじち》の愛妾《あいしょう》たちを逃《のが》してから火をつけたんだ。まずはビクターたちを助けなきゃ」

「では、いったいどうやって…」

アルフォンスは、おもむろに油の混じっているらしい水の中に飛び込んだ。

「へ、陛下⁉」

「どうせこうなると思って、この前忍《しの》び込んだときにわざと水門を使ったことがわかるように脱出《だっしゅつ》してみせたのさ。だからこうして鉄格子がかかっているだろ」

「ええ、だからもう同じ手は使えないと、陛下が…」

エミリオの心配そうな顔とは対照的に、アルフォンスは水の中をゆっくりと進み排水溝《はいすいこう》の鉄格子に手をかけた。

「ところが人間っていうのはおかしなもので、一度失敗をしてこうして万全《ばんぜん》の守りをしたつもりでいると、なぜか敵はもう同じ手はつかわないだろうと思うものなんだ。ま、たしかに鉄格子がかかっていればもう水門をとめても中には入れない。でもおれは違《ちが》う——」

そう言って、体中にめぐる血を手のひらに集中させるように力を込める。

「あっ」

エミリオの見ている前で、水門の鉄格子はあっけなく外れてしまった。アルフォンスは一度だけ自ら顔を出すと、

「もう時間がない。おまえは手はず通り、しばらくしたら筏《いかだ》に組んだ武器をここから中に流してくれ」

アルフォンスが率いる別働隊の主な役割は、集めたなけなしの武器を水門から中に流してビクターたちに渡《わた》すことだったのだ。

たしかにそうすれば、アルフォンスが中でビクターを解放したあと、その武器を彼らに渡すことができる。中からとハインツたち率いる義勇軍の外からの攻撃で、シュミシャにいる十三連隊を挟《はさ》み撃《う》ちにすれば、彼らとてふいをつかれたも同然だろう。

「頼《たの》んだぞ、エミリオ」

「はい！」

エミリオの返事を聞いて、アルフォンスはすぐに水の中に潜《もぐ》った。

（急がなくては、ハインツたちの動きが察知されてしまう！）

アルフォンスは半地下へと流れ込む水の通路を、ところどころに仕掛《しか》けられた鉄の格子を外しながら進んでいった。この堀の水を中へ引き込む水路は、前に一度通ったことがあるのでとくに迷うことはなかった。

「よし、格子は全部外した。あとはビクターたちを解放するだけだ」

アルフォンスはなるべく頭の中にビクターの姿を思い描《えが》くようにしながら、水牢《みずろう》へと続く壁の中に体をとおしていった。そうして、彼はほどなくビクターを発見することができた。

「ビクター、無事だったのか!!」

ふいに、目の前に現れたアルフォンスの姿に、ビクターは体中にある傷をものともせずに笑って見せた。

「なんだ、本当にきやがったのか」

その言いぐさがあまりにもいつもどおりなので、アルフォンスは拍子抜《ひょうしぬ》けした。

「もっと驚《おどろ》いてくれたっていいのに」

「おめえに驚かされるのはなれてるからな。なんせパンで体を洗おうとしたヤツははじめてだ」

「うっ」

弱いところをつかれたように胸に手を当ててから、アルフォンスはビクターの腕《うで》の戒《いまし》めに触《ふ》れた。すると、ビクターの手に巻かれていた鎖《くさり》が、死んだ蛇《へび》のようにじゃらりと落ちて床《ゆか》にとぐろを巻いた。

ビクターは驚いたように身じろぎしたが、そのことに言及《げんきゅう》したりはしなかった。

アルフォンスは腰《こし》にぶら下げていた懐中時計《かいちゅう》を見た。

「悪いけど感動の再会をしてるヒマはないんだ。あと少ししたら、この水牢に武器を入れた箱が流れてくる。ハインツたちがかき集めてくれたものだ。それを使って、ビクターたちに中からシュミシャを攻撃してほしいんだ」

「シュミシャを、攻撃だって!?」

驚くビクターに、アルフォンスはしっと声をひそめるように促《うなが》しながら、ハインツたちと計画した手順を彼に説明した。

「この城を中から燃やせるよう、あらかじめシュミシャの堀から油を流してある。中から火事が起これば、きっとここにつめている十三連隊の連中は、あわてふためいて砦《とりで》から出てくるだろう。そこへ、すでにシュミシャをとりかこんでいるハインツたち五〇〇の兵が待ちかまえているという算段さ。おれはこれからできるだけ多くの建物に火をつけて回るつもりなんだ。火は勢い以上に、ひとを混乱させる効果があるから」

「炎《ほのお》は一〇〇万の軍勢を友とするに同じ、か」

そうつぶやいたビクターに、アルフォンスは意外そうに目をみはった。

「朱星《しゅせい》シングレオの言葉だ。よく知ってるね」

「まあな。俺たちにとっちゃ聖書みたいなもんだからよ」

それはどういう意味かと問い返すより先に、ビクターはおもむろにアルフォンスの肩《かた》に手を乗せて言った。

「アル。お前、あまり無理をするなよ」

「えっ」

アルフォンスは驚いてまじまじと彼の顔を見上げた。不精《ぶしょう》ひげを生やしたビクターは、いつもよりすこし老《ふ》けて見えた。

「その…、お前もしかして精霊《せいれい》の力とか、そういうのが使えるんだろう?」

この力のことを言っているのだ、とアルフォンスはビクターを見つめた。あのマナグアの洞《どう》窟《くつ》からはじき出されたとき、彼はおそらくアルフォンスがヘスペリアンであることに気づいたのだろう。

「ああいったたぐいの力は命の火を削《けず》っているようなもんだから、使いすぎると削って枯《か》れ木みたいになって死んじまうって、死んだばあちゃんが言ってたのを思い出した。アル、お前はたしかにすごい力をもっていて、俺たちは何度もお前に助けられてるよ。でも、お前の命がなくなったりするのは俺ァ許せない。自分の能力以上のことをしようとするのは、ただの無謀《むぼう》だ。お前はできることをできるだけやってくれたらいい。助けてもらっといてなんだけどな」

ビクターの言葉はぶっきらぼうだったけれど、その真摯《しんし》さは十分にアルフォンスの心にしみ通ってきた。

「わかった。無茶はしないよ」

アルフォンスが頷《うなず》くと、ビクターは安心したように笑った。

「よし、じゃあ行くとするか！」

ビクターは水路から流れてきた檜《ひのき》の箱を開けると、中に入っていた数本のサーベルを取り出した。アルフォンスは奥の牢から錠《じょう》を壊《こわ》していき、あの集会で捕《と》らえられた人たちを牢の外に出すことにとりかかった。

全員外に出たのを確認《かくにん》して、ビクターが燃え残っていた蠟燭《ろうそく》の炎を水路の中へ投げ込む。あっというまに水に浮《う》いた油に火がついた。隣《となり》の牢から仲間を引きずり出すようにしながら、ビクターはあらん限りの声を張り上げた。

「おい、看守、火事だ！　このままじゃ、焼け死んじまうぞ。早く出しやがれ！」

騒《さわ》ぎを聞いて階段を駆《か》け下りてきた看守が、炎を見て仰天《ぎょうてん》した。

「た、た、大変だ！」

慌《あわ》てて首にかけた警笛を吹《ふ》こうとする。しかしその笛の音が出るより先に、一瞬《いっしゅん》早く飛んでいたアルフォンスが、看守の喉《のど》を背後から羽交《はが》い締《じ》めにする。すかさずビクターの野太い手が男の腰の鍵束《かぎたば》をひきちぎった！

「剣《けん》をとれ、国王の兵隊を挟み撃ちにしてやれ！」

つぎつぎと地下牢から飛び出したレジスタンスたちが、手にサーベルをもって突然《とつぜん》の火事にあわてふためいている十三連隊の兵士たちに襲《おそ》いかかった。

「危ない、壁《かべ》が崩《くず》れるぞ！」

東の地下牢から燃え広がった火は、驚くほどの速さでシュミシャの牢獄《ろうごく》中に燃え広がった。見ると、西の簡易牢からも火の手が上がっている。やはり、アイオリアの〝潰《つぶ》れる城〟だったのだとアルフォンスは確信した。

すると、四方からたちこめる煙《けむり》の間を縫《ぬ》って、アルフォンスの背後から歓声《かんせい》があがった。

「橋を渡って出てくる兵をねらえ！　弓におぼえがないものはみんな橋をねらうんだ！」

かすかに壁の向こうから聞こえてくるのは、ハインツの声だった。ハインツ率いる本隊が、内部から火の手があがったのを確認して包囲をはじめたのだ。

勇ましげに剣を片手に指揮をするハインツを見て、ビクターが首の後ろを揉《も》みほぐしながらつぶやいた。

「うちの財政長官までかり出されてんのか。こりゃ、帰ったらエナにどやされるな…」

＊

シュミシャの牢獄が、レジスタンスたちの襲撃《しゅうげき》によってもろくも陥落《かんらく》したという知らせは、その夜、王宮の左翼宮《さよくきゅう》でのんきに夜会を楽しんでいた貴族たちを震撼《しんかん》させた。

「平民どもが、小癪《こしゃく》な真似《まね》を！」

ベロア公爵家《こうしゃくけ》の次男ガルロ＝ベロアは、その知らせを聞くなりガラス製のグラスを床に叩《たた》きつけて、いますぐに思い上がった平民たちを討伐《とうばつ》するための貴族軍の結集をつのった。

「諸君、国王はふぬけでこの事態に対処できない。我々の手でこのパルメニアに秩序《ちつじょ》をとりもどすのだ！」

「秩序ねえ…」

ガルロは唾《つば》を飛ばして〝平民ども〟の粛清《しゅくせい》を訴えたが、彼が忌《い》み嫌《きら》うジャスター＝キングスレイなどは、両脇《りょうわき》に侍《はべ》る美女に、

「暴挙が服を着た御仁《ごじん》が暴挙を語る」

と、ひっそり含《ふく》み笑いをもらしたのだった。

その場にいた大部分の貴族たちはガルロと意見を同じくしていたものの、それと同時に、レジスタンスたちが国王にたてつくだけの兵力を有していることを無視することはできなかった。

いままでのことをただの暴動だと思っていた人々は、近年ホークランドで起こった市民による革命のことを思い出さずにはいられなかったのである。

「まあどうしましょう。ローランドであんなことが起こったら…」

「ホークランドでは、皇帝《こうてい》一家が銃殺刑《じゅうさつけい》にあったときくぞ」

「まさか、このパルメニアでも革命が⁉」

誰もが、夜会に姿をみせることのなくなった国王の、からっぽの玉座を眺《なが》めて噂《うわさ》した。

「いったい国王陛下は、この事態をどうなさるおつもりなのか…」


――その知らせを受けたとき、キースはめずらしくマウリシオの実家であるセリー侯爵家に見舞《みまい》に訪《おとず》れていた。

あの火事の日の翌日、何食わぬ顔で執務室《しつむしつ》に現れたマウリシオを見て、キースはひどく怒《おこ》って彼を部屋へ追い返した。

「火傷《やけど》を甘く見るな、化膿《かのう》すれば切り落とすしかないんだぞ！」

水ぶくれと化膿のひどい腕を見て、キースは火事で足を失った母親のことを思い出さずにはいられなかった。

(母さんも、火事で足を失った…)

家に火をつけられ国を追われたあの日、医者を呼ぶ金もなかったキースは、焼けつぶれた母親の足を鋸《のこぎり》で切り落としたのだ。

彼の母は踊《おど》り子だった。かつてタンバリンを片手に円を描《えが》きながら土を踏《ふ》んだ母の美しい足を、キースは箱に詰《つ》めて国境に埋《う》めた。思えばあれが母の墓になってしまった。目印もなにもない粗末《そまつ》な墓…。短い夏に咲《さ》く名もなき花々が、せめて母をなぐさめてくれるといいのだけれど。彼は密《ひそ》かにそう思っていた。

マウリシオは国王の突然の訪問にも驚《おどろ》いた様子をみせず、キースにいつものポーカーフェイスで、

「陛下におかれてはご不自由をおかけしてもうしわけありません。明日からは公務に復帰いたしますので」

と頭を下げた。

「…シュミシャの牢獄が、例のレジスタンスたちによって襲撃されたそうだ」

彼はすでにその報告を受けていたらしく、黙《だま》って頷いた。

「オレは、どうすべきだと思う？」

「いまは静観なさるべきかと」

キースもまた頷いた。ここでガルロのいうように武力でレジスタンスたちをおさえつければ、心情的に彼らにながれているローランド市民たちの怒《いか》りをあおることにもなりかねない。

それよりは、彼らの唯一《ゆいいつ》の力である結束を乱すための手をうったほうが効果的だといえた。

「大事にするんだぞ。ぜったいに無理はするな」

キースはマウリシオの部屋を退出したあと、数日前から放《ほう》りっぱなしの書類にかたちだけ手

をつけた。

(とうとう、マウリシオに礼を言えないままだったな…)

あの夜、炎《ほのお》にくるまれたアルフォンスが飛び込んできたとき、彼は身を呈《てい》してキースをかばってくれた。そのことに言及《げんきゅう》すべきだと思うのに、その彼に未《いま》だ礼を言えていないのにはわけがあった。

キースは恐《おそ》れていた。あの日、火つぶてのように自分に襲いかかってきたアルフォンスの姿が目に焼き付いて離《はな》れなかった。白い陽炎《かげろう》を身にまとわせ、鞭《むち》のようにしなやかな剣でまっすぐに自分に斬《き》りかかってきた彼…。まるで蛇《へび》ににらみつけられたカエルのように、キースはその場から動けなかった。

マウリシオがかばってくれなかったら、どうなっていたかわからない。

(かばった…?　いや、むしろあれは…)

キースは奇妙《きみょう》に思った。キースを庇《かば》ったというよりは、むしろ自分を焼《や》かんとする勢いのアルフォンスを(あの奇妙な現象はいったいどういうことなのだろうと彼は混乱していた)、これ以上炎にまかれることのないように抱《だ》きしめた——ように見えたのだ。

(もしやマウリシオは、とっくに気づいているのではないか…、いや…)

キースは頭を振《ふ》った。考えてはいけない、いや考えたくはない。

彼はインク壺《つぼ》につけっぱなしにしてあったペンをとりあげた。文字を書こうとして、インクがぴりりと紙にとんだ。キースは舌打ちして、ナイフですこしずつ紙を削《けず》った。

染みは深く、削っても削ってもなかなか消えてくれない。

それが、キースの心の中にある不信感のように思えて、彼は夢中でナイフを動かした。

＊

侍医《じい》に傷口を消毒してもらい、風通しのよい布で巻いてもらうと、マウリシオは途端《とたん》に手持《ても》ち無沙汰《ぶさた》になった。

王宮で目を通す公式書類をセリー家の屋敷《やしき》に持って帰るわけにもいかず、実家に置いたままだった本のしおりを外してみたがそう長くは続かない。

「やれやれ、つくづくゆっくりとするのが性《しょう》に合わないらしい」

と、彼はベッドの上でひとりごちた。

小一時間を自室で過ごしたあと、どうにも居心地の悪さを感じてマウリシオは立ち上がった。

いまのところ、彼の興味はもっぱら活動を活発にしはじめたレジスタンスのことにあった。シュミシャの牢獄《ろうごく》が、義勇軍を名乗る市民たちの手によって攻撃《こうげき》されたことは彼の放った間諜《かんちょう》の報告でとっくに耳に入っていた。

時代はその足に車輪をつけたように、一気に加速度をましつつある。ついに市民たちが武器を手に立ち上がったのだ。彼らの目が王宮に向けられたらいったいどうなるのか。マウリシオは握《にぎ》り締《し》めた手のひらがじっとりと汗《あせ》ばむのを感じた。

「事態は急を要する、か…」

ふいに扉《とびら》をたたく音がして、彼は表情をひきしめた。

「マウリシオ様、入ります」

彼の従卒のルネの声だった。きわだった長身のルネは、いつものように頭上を気にしながら部屋に入ってきた。

マウリシオはルネがトレイにのせて持ってきたばかりの手紙を受け取ると、開封《かいふう》用のナイフをさしこんだ。差出人の名前はない。

「…なるほど」

中に入っていたのは乾燥《かんそう》した人の髪《かみ》の毛だった。彼は、ぱらぱらとこぼれ落ちる赤毛を無感動に見つめた。

彼の思案顔は、ほんの五秒ほどで崩《くず》れた。

「これを、王宮内のある屋敷に届けてくれ。ただし、差出人がわたしとは知れぬよう、極力目立たぬように」

マウリシオは、ビューローの引き出しから取り出した小箱を彼に渡《わた》して、そう頼《たの》んだ。

ルネが部屋を出て行くと、マウリシオはひと息ついて王宮に行く支度《したく》をはじめた。王はああ言ったが、この程度の怪我《けが》のために今という時間を無駄《むだ》にすることはできなかった。

（陛下はむやみに力ずくでかたづけようとはせず、彼らの生命線を絶《た》つ方向で動かれている。彼らレジスタンスの最大の弱点は、それだけの軍備をまかなうための経済力がないことだからあれだけ堅牢《けんろう》さをほこっていたシュミシャの牢獄が、レジスタンスたちの襲撃《しゅうげき》を受けて、まるでうすっぺらい紙のように燃えてしまったという。

あれは、レジスタンスたちの中に、特にパルメニアの国史に詳《くわ》しい人物がいたことをしめしている。レマンのほとりにある水の豊富な場所を燃やそうなどという発想は、もともとあの砦《とりで》の本来の使われるべき用途《ようと》を知っていたからに違いないからだ。

マウリシオはその発想のよさを快く思うと同時に、先日火傷をおったときの別の熱さを思わずにはいられなかった。

「我ながら、無様だな」

マウリシオはかるく頭を振った。彼の後悔《こうかい》は、ときに津波《つなみ》となって岸壁《がんぺき》に押し寄せ、そうでなくとも寄せては返し満ちては引いて、たえず心の砂浜《すなはま》を削ってゆく…

(一度決心したことだというのに…)

王宮に向かうために部屋を出て自室のドアを閉めたところで、マウリシオはとびあがった。

「ひ…」

すんでのところで悲鳴を噛《か》み砕《くだ》いて、マウリシオはドアにへばりついた。驚いたことに、マウリシオの部屋を出たところに、あのクープラン大司教がたたずんでいたのである。

「おう、マウリシオどの！　これはよいところに」

彼はめずらしく混乱した。

「…な、ど、どうしてあなたがここに」

ルネが彼らしからぬ慌《あわ》てた様子で、マウリシオの下《もと》へ走ってきた。

「もうしわけありません、旦那《だんな》さま。そのお方が旦那さまとはそのような堅苦《かたくる》しい仲ではないからとおっしゃって…」

マウリシオは激しい殺意を覚えた。

「お帰りいただきなさい。ルネ、すぐに馬車の用意を」

顎《あご》に真っ白なひげを蓄《たくわ》えたクープラン大司教は、初恋《はつこい》の相手にふられたような顔で言った。

「そないに迷惑《めいわく》そうな顔をせんでも…」

「迷惑ですから」

「マウリシオどのの、そういうテレ屋なところがわしは好きじゃな」

「迷惑、ですから！」

あえぐようにいって、彼はめいっぱいクープランから距離《きょり》をおいた。

「今日はマウリシオどののために、火傷《やけど》によく効く軟膏《なんこう》をつくってきましたのじゃ」

と、クープランは一歩踏《ふ》み出す。

「い、いりません」

「まあま、そう遠慮《えんりょ》なさらんと」

大司教が右へ行けば、マウリシオは左へずれる。ふたりはじりじりと円を描《えが》くように牽制《けんせい》しあった。

(このなまぐさ坊主め、まさかわたしの屋敷にまであのおぞましいものを持ち込んだのではないだろうな⁉)

マウリシオはしきりに大司教のポケットのふくらみを気にしていた。もぞもぞと蠢《うごめ》くその中に、マウリシオがこの世でもっとも嫌《きら》いな生物が（おそらく）いるのだ。

「というのは、口実で」

「え…」

クープラン大司教はゆったりと顎ひげを撫《な》でた。

「実は用というのはほかでもない。昨夜遅《おそ》く、ホルト山から使者がつきましてな。なんでもあのウォーリックの壁《かべ》が破られたとのこと…」

マウリシオはポーカーフェイスを装《よそお》うとしたが、うまくいったようには思えなかった。クープランは別段彼の様子をうかがったりせず、

「こんなことは前代未聞だ。誰《だれ》か強力なヘスペリアンが城内で力を使ったに違《ちが》いない、と。これほどの術者はホルト山にもいない、そう神官長も申しておりましたな」

「それが、何か…」

「なに、それだけじゃ」

クープランは片眼をつぶってみせてから、おもむろにふくらんだポケットの中に手を突《つ》っ込んだ。

てっきりねずみが出てくるものとばかり思っていたポケットには、小さな陶器《とうき》の小瓶《こびん》が入っ

ていた。

「ピサドの葉と実をすりつぶして作った軟膏ですのじゃ。火傷にはこれがいちばん効きますぞ」

「はあ…」

恐《おそ》る恐る手を伸《の》ばす。耳の側で振《ふ》ってみた。どうやら中はちゃんとした液体のようだ（ねずみは入れる大きさではない）。

早くこの迷惑な老人を追い払《はら》いたい一心で、マウリシオはこの軟膏をありがたくいただいておくことにした。

「もうひとつの病のほうは、つける薬がないのでな、ご自分でなんとかされるしかあるまいて」

「もうひとつの病？」

「わしにもむかし経験があること、マウリシオどののお気持ち、このジジイ痛いほどわかりまする。とても他人とは思えませんのぉ」

「他人です」

さりげなく反抗《はんこう》してみたが、どうやら聞こえていないようだ。

「それはそうと、マウリシオどの。髪を切られたのじゃな」

クープランがめざとく短くなっているマウリシオの後ろ髪を見つけて言った。

「猫《ねこ》のしっぽのようにひと房《ふさ》だけ伸ばしておられたじゃろう。てっきり、願でもかけておられるのかと思っておったが」

「ええ、まあ」

穏《おだ》やかに彼は笑った。クープランの前ではおよそ見せたこともないような表情だった。

「ずいぶん待たされましたが、ようやく叶いそうです」

「ふむ、それはよかった」

両目を糸のように細めてクープランは笑った。

「待つときを知らず、無用に急《せ》くものはいずれ滅《ほろ》びる。マウリシオどのは待つ意味をよくご存じじゃ」

ぐふぐふと意味ありげに笑って、クープランは老人とは思えぬほどかろやかに踵《きびす》を返した。

足腰《あしこし》のしっかりした彼は、これから旧友であるファリャ公爵《こうしゃく》の屋敷《やしき》にも突撃《とつげき》するのだといって、ルネが用意した馬車を断った。

(やれやれ、ようやく帰ってくれたか…)

マウリシオは長年の垢《あか》を洗い落としたような気分で、ふたたび自分の部屋へ足を踏み入れた。

すると、しばらくもしないうちに、窓の向こうに誰かがどたどたと走ってくるのが見えた。

なんとクープランだ。

「いったいいつの間に逃《に》げ出したのやら。おおい、ルビィやあい。ここはマウリシオどのの屋敷じゃ。そなたの嫌いな猫がうろついておるぞい。取って食われても知らんぞ」

「!?」

ほどなく彼はルビィの居場所を知った。

――絶叫《ぜっきょう》が、響《ひび》き渡ったのである。

第十三章　娼館シャングリオン

あのシュミシャの牢獄《ろうごく》が、義勇軍の手によって落ちた。

そのことを耳ざとく聞きつけたローランド市民は、新年と収穫祭《しゅうかくさい》がいっぺんにきたようなお祭り騒《さわ》ぎで義勇軍を迎《むか》えた。

しかし、現体制に対してはなばなしい勝利をおさめたはずのレジスタンス軍のほうも、ただ浮《う》かれているわけにはいかなかった。

「金がない」

シュミシャを落としたことで一気に勢いづいていた一同は、財政担当のハインツによって明かされた事実に鼻白んだ。

「し、しかし今日は義勇軍をもっと訓練すべきだという議題で……」

「そうだ。われわれの組織も大きくなってきた。先に、そろそろ運営と実行部隊を切り離《はな》したほうがいいんじゃないか」

それらの意見に、現実という切っ先をつきつけて、ハインツは愛用のペンをテーブルに転がした。

「軍を訓練するのもいいだろう。組織を改革するのもたしかに必要だ。だがその前に先立つものがない」

実際、ビクターたちレジスタンスは、シュミシャの牢獄を落とすために有り金を使い果たしてしまったのだった。だからと言って、いま援助《えんじょ》してくれている人たちにこれ以上用立ててもらうこともできない。みな、都合のつきにくい中を、精一杯やってくれている。

「義勇軍の数が、急激に増えすぎたんだ」

アルフォンスの言った通り、シュミシャを落としたことで市民たちのレジスタンスに対する態度は一八〇度変わったと言ってもよかった。しかし、仲間が増えたことを手放しで喜んでもいられない。

「もっと強力な後援者《こうえんしゃ》が欲しいな」

「貴族…、いや商人でもいい。出所の綺麗《きれい》な金でおれたちの活動を支援《しえん》してくれるところがあれば…」

メンバーたちは、思わぬ現実をつきつけられて頭をかかえた。

「夢を食べても腹《ふく》は膨れない…か」

いままで黙《だま》って部屋の隅《すみ》でジャガイモの皮を剝《む》いていたアルフォンスが（これは、ビクターたちの話に入るときの彼のポーズになっていた）、ひとりごとのように口をはさんだ。

「ねえ、そのお金って、いくらぐらいあればいいの」

ビクターがニヤニヤ笑いながら手をふってみせる。

「うれしい心がけだが、さすがにこういう話はお前はあてにならねえよ。なんせパンで体を洗おうとしたやつだ」

「なんだよ、まだ言われるの、その話」

ぶうっと頬《ほお》をふくらましたアルフォンスに、テーブルの周りから好意的な笑い声がおこる。ビクターやエナをのぞいたその場にいたメンバーは、アルフォンスのことを〝事情があって下町で暮らしているいいところのぼっちゃん〟としか認識《にんしき》していない。

「たしかにロッドのところで働いているうちに、自分にまったく金銭感覚がなかったことぐらいわかったよ。そうじゃなくて、ビクターたちが心配しているのはもっと大きな金額のことだろう。たしかにいままでは人の好意でなんとかしのいできた感じだけど、あれだけ派手なことをやってしまった以上は、いままでのようにはいかないよね…」

そして、少しナイフを動かす手を止めて考え込んでいたが、

「ねえビクター、馬ってどこで買えばいいの」

と、とんでもないことを言い出した。

「馬ぁ、いったいいきなりなんだ」

アルフォンスが突拍子《とっぴょうし》のないことを言い出すのに慣れているメンバーも、いちように顔を見合わせた。

「あんまり街中には売ってないようだけど、…そういえば軍隊用の馬や車両ってどこから納入してるんだろう。だめだな、おれは。まだまだ知らないことでいっぱいだ」

「馬ならタクシス産かマラドーラ産が有名だが…」

ハインツが何気なく口元にペンをあてて言う。その隣《となり》で、ビクターがいつもの貧乏《びんぼう》ゆすりをやめて足を組みなおした。

「なんでえ、その心当たりのある支援者ってのは馬が好きなのか。だったら俺にアテがあるぞ。タクシスには縁者《えんじゃ》がいるんだ」

「ビクターの恋人《こいびと》なのよね」

ふいに、男どもの服のつくろいものを引き受けていたエナが、からかい混じりに口を挟んだ。周りから意外そうな声があがる。ビクターに恋人がいるという話は、アルフォンスにも初耳だった。

「ああ、それでタクシスあての手紙を書いてたのか。おおざっぱなビクターにしちゃマメだから、変だと思ってた」

「な、違《ちが》う！　いったいなんでそんな話になるんだ!!」

と、ビクターが椅子《いす》が分解しそうになるほど暴れはじめたので、アルフォンスはもっとつっこんで聞きたい気持ちを抑《おさ》えて話を続けた。

「おれの言っているアテっていうのは、エドリアの商人だよ。毎年この時期になったら馬を買い付けにやってくるんだ。ゾバコは都で行われている競馬に出資しているから、馬が肥える季節にはたいていパルメニアにいる。もしかしたら彼に相談できるかも」

「ゾバコ…って、あの、ポルキーレ＝ゾバコか？」

思いがけなく飛び出した大物の名に、テーブルを囲んでいる面子《メンツ》の顔が驚《おどろ》きに変わる。

古くから商業の国として名高いエドリアの鉄商人、ポルキーレ＝ゾバコ。もともとはエドリア軍の後方管理官だった男で、この大陸のありとあらゆる道に武器を運ぶといわれている大商人である。

「ゾバコはもうとっくに使い切れないほどの富をかかえている男だけど、そういった商人が次に求めるのは身分なんだ。エドリアの王制はごく最近始まったばかりだから、エドリア人たちは自分の国の爵位《しゃくい》よりパルメニアのものを欲しがる。だから彼も例に漏《も》れず、なにかと理由をつけてはパルメニアの王宮に出入りしたがっている…」

「たしかにあのゾバコに頼《たの》めるなら願ってもない。なんとしても支援者にひきいれたいが、しかし…」

ハインツがまだ事情がよく飲みこめていない顔で、

「しかし、本当に大丈夫《だいじょうぶ》なのか。アル」

「ああ、彼の常宿を聞いたことがあるんだ。でももしゾバコに会いにいくのなら、ハインツだけは今回の件から外れたほうがいいかもしれない…な…」

アルフォンスは、彼とエナの顔を見比べながら、ごにょごにょと言葉を濁《にご》した。

「あら、どうして？」

「問題は、ローランドでのゾバコの常宿なんだけど、〈シャングリオン〉なんだ」

「シャングリオン…」

思わずエナとハインツが顔を見合わせる。

〈楽園《シャングリオン》〉――それはローランド随一《ずいいち》といわれる、高級娼館《しょうかん》の名前だった。

＊

アルフォンスの知己《ちき》であるというそのポルキーレ＝ゾバコは、エドリア有数の武器商人である。

彼は、エドリア南部にあるテンガ村の鍛冶屋《かじや》の次男坊《じなんぼう》としてこの世に生を受けた。

エドリア人らしくそろばんが得意だった彼は、十歳のころにガザーラへ丁稚奉公《でっちぼうこう》にあがったが、ほどなく徴兵《ちょうへい》されて、そのころまだ不穏《ふおん》だった北部の戦地におくられた。まったく体技に向かなかったため後方で武器庫の管理を任され、その後ホークランド軍の捕虜《ほりょ》になったが、管理能力をかわれてそのままホークランド軍にとどまった。

それから半年もしないうちに別の前線へ送られ、運の悪い彼はそこでもまた捕虜となった。これでまたもとのエドリアに戻《もど》ってきたのだったが、逃亡兵《とうぼうへい》あつかいになっていたゾバコはあやうく銃殺刑《じゅうさつけい》にあいそうになり、もう軍隊はこりごりだとばかりにほうほうのていで軍を逃《に》げ出した。

ゾバコはいくつもの武器庫を見てきた。そしてその中身を見れば、おおかたの戦局に予想がつくことに気づいた。勇将のもとに弱卒なしというが、あれはよっぽどの才能をさしていうもので、最近ではとくに武器の性能が戦局にものをいうものだ……

目先の利にさとかった彼が、やがて名の知れた武器商人になるまで時間はかからなかった。

そして、富を手に入れた者の多くがそう望むように、昨今の彼はパルメニアでの地位を築くことにやっきになっていた。

「エドリアの爵位なンぞ金で買える。金で買えない敬意は、やはり金で買えないものに対して払《はら》われるものだァよ」

その年の秋、ゾバコはいつものようにパルメニアの王都ローランドまで競馬を楽しむためにやって来ていた。ただの観光というだけではなく、パルメニアの上流階級にとりいって少しでもここで立場を確保したいという思惑《おもわく》があった。彼には娘《むすめ》がおり（意外にもゾバコに似ず愛らしい顔立ちだった）、ぜひともパルメニアの貴族に嫁《とつ》がせたいと考えていたのである。

愛娘《まなむすめ》の嫁ぎ先を開拓《かいたく》しようと、ゾバコはせっせと王宮に赴《おもむ》き、ローランドの貴人たちに気前よく金をばらまいた。はじめのほうこそエドリアの成り上がりネズミとまったく相手にされなかったが、それでも彼は根気よく彼らに付き合った。彼は待つということを知っていたし、鍛冶屋の子らしく、鉄をしなやかにするには何度も火を加えなければならないことを熟知していたのである。

そんなパルメニアの王宮でゾバコともっとも親しかったのが、意外なことにあの少年王アルフォンスだったというのだ。

「あのおちいさかったアルフォンス陛下は、今ごろどーしていらっさるのかー…」

と、ゾバコはひとりごちた。

ゾバコがパルメニアの宮廷《きゅうてい》で嫌《きら》われる所以《ゆえん》は、このひどいエドリア訛《なま》りのせいもあった。だがあのアルフォンスは、エドリアの巻き舌訛りはどこかあたたかみがあって好きだと言ってくれたのだ。ゾバコはそれ以来、こと少年王に好意をもっていた。

「お会いできる機会があればいいがなァ…。いま行ったとして、はたしてわしなんぞに会わせてもらえるかどうか」

なまりのきついポリシア語でそうつぶやいて、ゾバコはローランドで定宿にしている娼館《しょうかん》シャングリオンの前に降り立った。

昨今パルメニアの政情がおかしなことになっていることは、耳ざといゾバコのすでに知るところだった。年若い国王は内部にベロア公爵《こうしゃく》という強大な敵をかかえ、また外部にはサファロニアが、そして最近ローランドのレジスタンスたちの活躍《かつやく》もめざましいものがある。まさかホークランドのように革命が起こって皇帝《こうてい》一家が皆殺《みなごろ》しにあうようなことはないだろうが、三つも敵をかかえていてはいずれアルフォンス王も身動きがしにくいだろう。

ゾバコは、近いうちに王がそのうちのどれかの勢力と手を結び、一方の敵を排除《はいじょ》しにかかるだろうと予測していた。そのときに自分が一枚嚙《か》むことができれば、これはゾバコの経営する会社にとってたいへんな名誉《めいよ》と利益になる。

（問題は、国王がベロア公爵・サファロニア・レジスタンスのどの勢力と手を結ぼうとしているかじゃナァ。それさえ分かれば…）

「おやん？」

ほろ酔い加減で輿をおりたゾバコは、入り口のすぐ側にめずらしい馬が繋がれているのを見つけた。

「こりゃァヒクソスの馬だ。蹄鉄《ていてつ》に騎士《きし》団の徽章《きしょう》が彫《ほ》られている。本物だァ！」

思わぬところで理想の黒毛を見つけたゾバコは、店の軒先《のきさき》で子供のようにはしゃぎまわった。

（シングレオ騎士団といえば、大陸ではイリカのファルマーズ騎士団と並ぶ騎士団じゃないかい。こりゃァなんとしてもつなぎをつくらにゃ！）

もし、何かの縁《えん》でシングレオ騎士団に武器を供給できることにでもなれば、自分の悪名も彼らの名声によってぬぐわれるであろう。それともただの盗馬だったら、シングレオ騎士団につき出して恩を売るもよし、口止めして安く買い叩《たた》くのもよいだろう。あれほどの馬ならば、自分の鞍《くら》をつけて来年のレースには出せるかもしれない。

がめつい商人らしくあれこれ思案を巡《めぐ》らせながら、ゾバコはシャングリオンの女将《おかみ》に、あの馬の持ち主と会うだんどりをつけてくれるよう金貨の入った袋《ふくろ》を握《にぎ》らせた。

しばらくして、女将が先方も承知して今からこちらへくることを伝えにきた。その顔が少し意外そうだったので、ゾバコは気に留めた。そう言えば迎《むか》えに出ているらしい若い娼婦《しょうふ》たちが、はしたなく黄色い声をあげているのが聞こえる。

「なんじゃい、よっぽどいい男なンかァな」

と、鼻をならしたゾバコは、水晶《すいしょう》の簾《すだれ》をくぐって入ってきた小さな影《かげ》を見たとたん、ぽかんとだらしなく口を垂らした。

「久しぶりだな、ポルキーレ＝ゾバコ」

その人物は、人目を避《さ》けるようにかぶっていたローブをばさりと床《ゆか》に落として言った。贅《ぜい》を尽《つ》くしたシャンデリアの明かり取りの下で、金を水に溶《と》かしたような淡《あわ》い金髪《きんぱつ》があらわになる。

「へ、陛下ァ…、まさか!?」

ゾバコは文字通り腰《こし》を抜《ぬ》かした。なんと彼の目の前に現れたのは、先刻思い出したばかりのパルメニア国王アルフォンス二世だったのだ。

言葉もないといった様子のゾバコに、アルフォンスは、

「武器商人で名をはせたお前が、自分の娘だけは売りのがしているようだな、ゾバコ」

そう言って、ゾバコの知るよりも少し大人びた顔でソファに腰掛《こしか》けた。あとから数名のお付きのものが続いた。屈強《くっきょう》ないかにも戦士といった風の大男とこちらは侍従《じじゅう》らしい整った面立《おもだ》ちの少年…、たしかにこの顔はアルフォンスの侍従の中にいた気がする。

ゾバコは顔から驚《おどろ》いた表情を四散させると、ニヤリと笑った。

「陛下もお人がわるィ。ひとことおっしゃってくだされば、このゾバコ、喜んでお連れ申しましたンに」

なるほど、あのアルフォンスがシャングリオンにお忍《しの》びで来ているのであれば、あんな上等な馬が繫がれていても不思議はない。からくり時計に夢中だったあの少年王がもうそんな歳《とし》になったのかと、ゾバコは内心感慨《かんがい》深く思った。

ゾバコは部屋から人払《ひとばら》いをしつつ、しみじみと言った。

「表の馬は陛下の馬でございましたかぁ。いい馬でしたなァ。あれが手に入れば今年も優勝は絶対にいただきィなんですがなァ」

「馬なんかより、もっといい話があるぞ、ゾバコ」

籠《かご》に盛られた果物に手を伸《の》ばしながら、さりげなくアルフォンスは切り出した。

「さては、このゾバコになにか買わせよゥという魂胆《こんたん》ですかな」

「お前が教えてくれたことじゃないか。儲《もう》かる商売は、まず相手の欲しがっているものを知ることから始まると」

「そのとォり」

ゾバコは片膝《かたひざ》を立て、火のつけられた細い煙管《キセル》を口へ運んだ。

「して、陛下はアタシに、なンを買いあげろとおっしゃるンで」

「…なあ、ゾバコ。お前のことだ。余がいま、ちょっと困ったことになっているのは知っているだろう」

「ベロア公爵さまのことでございましょう」

アルフォンスは頷《うなず》いた。彼は水で薄《うす》めた林檎酒《りんごしゅ》を口にしながら、ゾバコのほうに少し体を傾《かたむ》けて、

「ゾバコ。お前はたしか競馬が趣味《しゅみ》だったな。馬は走らせるのも持つのも好きだと」

「さようでござィますが」

「なら、勝ち馬に乗りたくはないか」

アルフォンスはおもむろに、側に座っていたあの大柄《おおがら》な従者のひとりをうながして言った。

「ゾバコ、こちらはビクター＝コーンウェルという。先だってあのシュミシャの牢獄《ろうごく》を落としたローランド義勇軍のメンバーの一人だ」

ゾバコは意外そうな顔でビクターという名の青年を見た。てっきりあの青い目の侍従長がつけた護衛だと思っていたのだが、そうではなかったらしい。

（…ということは、王はレジスタンスと手を組んだということかいな！）

ゾバコの頭の中にある天秤《てんびん》が、いままでとは反対の方向にかたむきはじめた。

やはり国王派はゾバコの思ったとおりに動いていたのだ。たしかに貴族制度の廃止《はいし》を訴《うった》えるレジスタンスと、ベロア公らに国権を掌握《しょうあく》されたくはない国王派は、敵をおなじくしていることになる。

まさに一枚噛みたいと思っていた計画が目の前に広げられていると知って、ゾバコはだんだんと自分が興奮してくるのを感じていた。

「こちらとしてもそろそろ反撃《はんげき》に出たいところだが、敵は今までに貯《た》め込んだ金をここぞとばかりにばら撒《ま》いて貴族どもを買収しようとするだろう。それに対抗《たいこう》するには、いつまでも王の権威《けんい》ばかりを振《ふ》りまわしているわけにはいかない。…わかるな？」

アルフォンスが敵という語を使ったことに、ゾバコは気づいていた。

「…つまり、アタシにその財源になれと」

「そうだ。お前の望みは最善のかたちで報《むく》われるだろう。これ以上ないくらいに」

「ほほう、これ以上ないくらい、と申しますと?」

ゾバコが片眉《かたまゆ》をあげた。

「もし、お前のその懐《ふところ》を気にせず使わせてくれるのなら…」

どこか居心地の悪そうにしている侍従の少年と大男を盗み見ながら、アルフォンスはゾバコが煙《けむり》を吐《は》き出す最も効果的なタイミングを計って切り出した。

「――お前の娘《むすめ》を王妃《おうひ》にしてやる」

「な…」

あまりの驚きに、ゾバコは思わず火のついた煙管を放《ほう》り投げた。背後で娼婦が悲鳴を上げたが、そんなことは耳にも入っていなかった。

「な、なんですとォ、お、お、お、…王妃に!?」

「おい、ちょっと、アル!」

「いいから黙《だま》ってろ!」

有無をいわさず一喝《いっかつ》されて、お付きの大男はそのまま口の中の空気を飲み下した。

ゾバコは、自分がかつてないほどこめかみに汗《あせ》をかいていることを感じていた。アルフォンスがいま口にした言葉は、交渉《こうしょう》ごとなど百戦錬磨《ひゃくせんれんま》な商人であるゾバコをもってしても、にわかには信じがたいものだった。

(ううう、うちの娘をパルメニアの王妃に!? いやまさか、そんなことが、そんなことができるわけがない！）

やや混乱ぎみのゾバコだったが、そこは金銭がからむと頭に血の巡《めぐ》りが良くなるエドリア人らしく、もっとべつの可能性を考えついた。

つまり、アルフォンスはそうまでして、このゾバコを味方に引き入れたいと思っているのだ。実際に、彼の結婚《けっこん》問題は本人の一存で決めることなどできはしない。たとえアルフォンス本人がゾバコの娘を望んだとしても、それはかなわないだろう。

しかし、なんとしてもパルメニアの宮廷《きゅうてい》に突破《とっぱ》口《こう》を開きたいゾバコにとって、この話はまたとないチャンスとも言えた。王妃などという高望みはしない。そんなことをすれば、あの気位の高いパルメニア宮廷全部を敵にまわしかねない。それよりも、王妃でなくてもアルフォンスの愛妾《あいしょう》に加えてもらうだけで、ゾバコの地位はいまよりももっと堅いものになるのだ。

（ここはアルフォンス王が門閥《もんばつ》貴族たちを一掃《いっそう》するのに協力して、パルメニアでの地位を確固たるものにするのだ！）

ゾバコの腹は決まった。彼は顎《あご》の下で指をならした。エドリアの商人は商談が成立したとき、このように指を鳴らすのだ。

「よろしいでしょう。このゾバコ、つつしんで陛下の手となり足となりァしょう。しかし、ずいぶんと思い切ったことをなされましたなァ、陛下。エドリア人のアタシを陣営《じんえい》に引き込んでくださるとは」

「今回のことで、ほとんどの大貴族たちはベロア公につくだろう。それを打ち破るのは至難の業《わざ》だが、もし成功すればいままで宮廷での地位を独占《どくせん》していた一部の貴族どもを一掃できるだろう。風通しがよくなった宮廷では、以前の処女のような頑《かたく》なさはなくなっているだろうな」

「ぜひともそうありたいものですな」

ゾバコは、高く杯《さかずき》を掲《かか》げてアルフォンスに感謝の意をあらわした。アルフォンスは、ベロア公爵《こうしゃく》らを追い出したあとの宮廷には、異国人もいやすいような雰囲気《ふんいき》があるだろうと言ってくれているのだ。

(どうやらこのパルメニア王は、毛並みだけの馬ではないらしい)

そして、アルフォンスの敵がベロア公と定まっている以上、レジスタンスやサファロニアとの関係も気になるところだった。できればサファロニアとは早々に講和にもちこんだほうがいい。

「でしたら、こちらもいろいろなことを早めたほうがいい。ベロア公がサファロニアと接触《せっしょく》していないかどうか、早めに調べを付ける必要がありますな」

「頼《たの》めるか」

「もちろんでござぃますよ。貴族どもはしょせん華美《かび》な鞍《くら》をつけた駄馬《だば》に同じ。重い鞍は外してやるのが親切ってもンでござぃァしょう」

ゾバコは気持ちよく笑ってみせた。大勝負に出たときの高揚感《こうよう》がさせたものだったが、損得はおいておいても、彼はアルフォンスの「勝ち馬にのせてやる」という口説き文句に惚《ほ》れたのだ。

「てこずるだろうが、よろしくたのむ」

「なんのォ、馬は乗り心地がいちばんにござィます。ぜひとも陛下には最上級の白毛に乗っていただきたいですな」

ゾバコはアルフォンスたちをシャングリオンの外まで出て見送った。

軽《かろ》やかに馬上の人となったアルフォンスは、お忍《しの》びらしくローブを砂漠《さばく》の民《たみ》のように頭からかぶっていた。

「では、くわしいことはのちほど」

フードをかぶった三人が、シャングリオンの門を急ぎ足でくぐって行く。

そのとき、彼ら三人がソンブレイユの方角に去った後に、ひそやかに馬車に乗りこんだものがいた。

「なぜ、ここに国王が…」

同じシャングリオンの客であった紳士《しんし》風の男は、いま自分が見たものが信じられないとばかりに、大きく目をみはっていた。

「伯爵《はくしゃく》、どうかなさいましたの」

肩《かた》にもたれるようにしていた美姫《びき》が、心配そうに男に声をかける。なんでもないと手を振って、彼はおもむろに馬車に乗りこんだ。

彼はステッキで小窓を叩《たた》くと、

「ベロア公の屋敷《やしき》へ至急先触《さきぶ》れを出してくれ。ジャスターがご報告申し上げたいことがあると」

馬車が王宮に向って走り出すと、彼は再び睫《まつげ》を伏《ふ》せて考えごとをはじめた。さきほどまでは女のうなじをまさぐっていた指が、膝《ひざ》の上で軽快なダンスを踊《おど》っている…

「妙《みょう》なことになったな」

と、彼はひとりごちた。

今日一番の収穫《しゅうかく》は、一時間待たされて抱《だ》いた女ではなく、月明かりにぬすみ見た年若い王の姿であるようだった。

＊

シャングリオンから戻《もど》ったアルフォンスは、その夜から頻繁《ひんぱん》に体調を崩《くず》すようになった。

以前からあったという頭痛にくわえて、はしかにかかったときのような高熱が彼を襲《おそ》った。ぐったりと死んだ猫《ねこ》のように横たわるアルフォンスを見てビクターはあわてふためき、真夜中だというのに医者を抱《かか》えて帰ってきた。眠《ねむ》っているところをたたき起こされた不運な医者は、寝間着《ねまき》のままアルフォンスの脈を取った。

「極度の疲労《ひろう》と精神的な負荷のせいで、内臓がひどく弱っている。熱が下がっても絶対安静にしないと、次倒《たお》れたときには体がもちませんぞ」

と、医者は言い置いて、くしゃみをしながら帰っていった。

エナがまずビクターの部屋が不潔すぎることを指摘《してき》し、アルフォンスは意識がはっきりしないまま宿屋へうつされることになった。

「なあアル、きっとこれは俺たちが無理をさせすぎたせいだ。お前はあの精霊の力を使いすぎたんだよ」

おろおろと狼狽《うろた》えるビクターが、まるで借りてきた猫のようでアルフォンスは首を振《ふ》ってみせた。

「違《ちが》うよ。ちょっと疲《つか》れただけだ。すぐに治るって。そしたら、みんなといっしょにまた…」

「いいや、だめだ」

ビクターは強い調子でアルフォンスを睨《にら》みつけた。

「約束してくれ。たとえ俺たちがどんなに危ない目にあったとしても、けっしてあの力を使わないと」

「ビクター…」

「俺ァ、もしお前がそれで命を落とすようなことになったら、自分で自分をゆるせねえ。聞いただろう。おまえの内臓はもうぼろぼろなんだ。ゾバコとの約束をとりつけてくれただけで、十分お前は貢献《こうけん》してくれている。今はゆっくり体を治すんだ。いいな」

鋭《するど》いがどこかすがるような目で見つめられて、アルフォンスは頷《うなず》くしかなかった。

協力者のひとりであるネゴシじいさんの宿屋にうつされた夜、アルフォンスは寝苦《ねぐる》しさを感じて長いこと寝付けずにいた。

あの体の中をこねくりまわされているような不快感と吐き気はおさまっていたが、これからのことを思うと別の不安が胸にこみあげてくるのだった。

キースの前で膝を折り、自分を殺すといったマウリシオ…

『わたしなら、殺します』

もうやめて、とアルフォンスは耳をふさいだ。

この街にやってきて、ずいぶんと冷静にものを見られるようになっていた。ロッドの店で働くことによって、アルフォンスは人の意見を聞き、まずは何よりも受け止めることが大事なんだと今さらながらに学んだのだった。

ビクターにからかわれる的になっている金銭感覚も、世間知らずなところも（ビクターに言わせればまだまだということだったが）以前ほどではなくなった。ごめんなさい、とありがとうを言うことが恥《は》ずかしくなくなった。だから、自分で言うのもおこがましいかもしれないけれど、自分は少しずつ成長しているのだと思う…

けれど、ことマウリシオのことに関してだけはなぜか冷静ではいられない。彼が自分をさしおいてキースに笑いかけ、キースの前で膝を折ったことをどうしても許せない。

いままで積み重ねてきたことをかなぐり捨ててまで、うそつき！　おれのことが一番大事だって言ったくせに！——そう叫《さけ》んで、彼の胸をどんどんとたたきたい衝動《しょうどう》にかられるのだ。

（こんなふうに一番側《そば》にいてほしいときに、マウリシオがいない…）

気がつくと、窓の外の世界はもうとっくに重い瞼《まぶた》を落としていた。

じっとりと汗《あせ》ばんだシーツを握《にぎ》って、アルフォンスはふと視線をさまよわせた。

そうして、虚《うつ》ろに思った。

（いや、もう彼はおれの側にはいてくれないのだ）

アルフォンスは、無意識のうちにぎゅっとシーツのはじを噛《か》んでいた。

喉《のど》の渇《かわ》きを覚えて、アルフォンスはベッドから起きあがって側にあったテーブルに水差しを探した。

アルフォンスは盥《たらい》に水を移し替《か》えると、顔にぴしゃっと水をたたきつけた。足が石のように重い。どこか自分の体が自分のものでないような感覚がある。

（ビクターが言うように力を使いすぎたんだ。そう言えばあのマナグアの洞窟《どうくつ》での事件から、立て続けに力をつかっていたもの）

これ以上力を使い続ければ、いずれ自分はひからびて死んでしまうだろう。力を使い果たして死んだヘスペリアンがいることは、クープラン大司教からよくきかされていたことだった。ヘスペリアンの力は命の火そのもの。使いすぎれば当然、大きなしっぺ返しがやってくる……

「でも、あのときは必要だったんだ。ビクターやみんなを死なせたくなかった！」

アルフォンスは迷っていた。ただでさえ不利な状況《じようきよう》に置かれている義勇軍を助けるためには、この自分にしかやれないことがある。この国に五〇〇年かけてふり積もった埃《ほこり》は、いつしか人と人の間に理不尽《りふじん》な段差を作りあげていた。それを打ち崩そうとするのは容易なことではないはずだ。

（迷うな！）

アルフォンスは、自分に強くいい聞かせた。

（精一杯やれるだけのことをしたい。だって、ビクターたちに出会ってから、おれはヘスペリアンでよかったって思えるようになったんだもの！）

特別なことをするんじゃない。自分にとっていま生きるということがそういうことなんだ。

たとえ力を使いすぎてこの体がもたなかったとしても、そのときはそのときだ。

そう考えて顔をあげた瞬間《しゅんかん》、アルフォンスは下腹部にするどい痛みを感じていた。

「…っ」

アルフォンスは、おそるおそる腹に手をやった。汗ばんだ股《もも》の間に、なぜか汗とは違ったぬるっとした感触《かんしょく》がある。

「血——！」

アルフォンスは急いでベッドに戻った。シーツをめくりあげると、やはりそこに赤い染《し》みが広がっていた。

アルフォンスは軽い眩暈《めまい》を覚えた。

「なんだよ、これ…」

わけがわからなくなって、彼は両手で顔をおおった。

「なんだよ、これ!!」

自分の体が知らない間に血を流しているということを、アルフォンスは体が死に近づいてい

るのだと思いこんだ。そうでないと考えられない。高熱を出したり、ずっと体が重く感じたり、いままでにこんなこと一度もなかったのに…

アルフォンスは思わずシーツをかき寄せた。

後悔《こうかい》しないと誓《ちか》った。今できることをやるんだと、この国を変えようとしている新しい力の支えになるんだと、そう誓ったはずなのに…、怖《こわ》い。

「恐《こわ》いよ…」

歯をカチカチいわせながら、アルフォンスは泣いた。

「……恐いよ…、…恐いようっ」

窓辺に、やわやわとした月の光がすべりこんでくる。しかし。いまのアルフォンスには、シーツの上に落ちた自分の影《かげ》が、まるで自分を狩《か》りにきた死神のように見えた。

第十四章　血染めの糸

ジャキン。ハサミが閉じる音がする。

すると、重い髪《かみ》の束が、蛇《へび》のようにうねって床《ゆか》にとぐろを巻いた。

美しい金髪《きんぱつ》を惜《お》しげもなく切り落とすと、ベロア公爵《こうしゃく》は蛭《ひる》のような唇《くちびる》をわななかせた。

「おおお、なんと美しい…」

居ならぶ女たちの顔には、恐怖《きょうふ》が刻まれていた。美しく化粧《けしょう》した顔を汗だくにして、彼女たちは銀色の切っ先が首筋を離《はな》れるのを待っている。

この長い金髪にハサミを入れる瞬間が、この男にとってもっとも至福のときだった。身の丈《たけ》まで髪を伸《の》ばすことは難しい。それに、美しく色素の薄《うす》い髪や瞳《ひとみ》は、いままで多くの芸術家によって愛されてきたのだ。ベロア公は自らの「女の髪を切りたがる」というフェティシズムの権化のような趣味《しゅみ》を、むしろ芸術的だとさえ思っている。

女たちの髪を無惨《むざん》にも切り落としたそのとき、家令の無粋《ぶすい》な声が公爵の私室に響《ひび》きわたった。

「し、失礼いたします。公爵さま。キングスレイ伯爵《はくしゃく》さまがお越《こ》しでございます」

「なに、ジャスターが?」

夜着の胸元をかきあわせて、公爵は女たちに下がるように言った。ハサミの切っ先がいつ身に突《つ》き刺《さ》さるかとおびえていた女たちは、みな一様にほっとした表情で、床に散らばった衣類をかきあつめて部屋を出ていった。

入れ替わるように部屋に入ってきた男は、女たちに無感動な一瞥《いちべつ》をくれると、

「相変わらずですな。お義父上《ちちうえ》のご趣味は…」

と、ジャスターは戸口によりかかった。

「こんな夜更《よふ》けになんの用だ」

「宮中の女官から、おもしろい話を仕入れたのですよ」

「おもしろい話だと？」

一度開けたボトルのコルクをねじりながら、公爵はそのでっぷりとした体をソファに沈《しず》ませた。

「もったいぶらずに、さっさと言え」

「ああ、恐いな。義父上。そうつんけんなさいますな。お楽しみのお時間にお邪魔《じゃま》してしまったことはお詫《わ》び申し上げますから」

ジャスターはすすめられてもいないうちに、ベロア公の向かい側に腰《こし》をおろし、

「日頃《ひごろ》私が懇意《こんい》にしている女官が言うにはですね。今日、アルフォンス王はエスパルダ宮から一歩も出てはおられないそうです」

「なにをいまさら。王が王宮にいるのは当たり前のことではないか」

「そうなのです。されば、先ほどシャングリオンで私が見たものはいったい誰《だれ》なのでしょうね」

「なんだと？　いったい誰を見たというのだ、ジャスターよ」

「王ですよ」

　ジャスターはコトリとグラスをテーブルの上に置いた。赤い液体はグラスの中で、円を描《えが》くように波打った。

「…いや、王とそっくりな顔をした少年というべきでしょうか。いつだったか、ガルロどのが申しておられたでしょう。街で王にそっくりな少年にしてやられ…」

　ふと気づいたように、ジャスターは笑っていい方を換えた。

「いやいや、そっくりな少年に街で会ったと。今日私も会ったのですよ。それもなんとシャングリオンの近くで。その時間、確かに王は王宮にいたという言質《げんち》もとってあります。ならば、あれはいったい誰なのか」

「まさか、王の影武者《かげむしゃ》なのではないのか」

　ジャスターはもっともらしく頷《うなず》いた。

「ええ、それは私も考えました。ですが、それはどうやら違《ちが》うようなのですよ。義父上」

　彼の骨張った人差し指がコッコッとテーブルを打った。

「あれは義勇軍のリーダーの少年です」

「義勇軍？　あの、ガルロがやっきになってつぶしにかかっている、あの平民どもの集まりか？」

「ええ、それももはやただの烏合《うごう》の衆ではない。彼らによってあのシュミシャの牢獄《ろうごく》が落とされたのは義父上もご存じでしょう。彼らはいつのまにかそれだけの兵力を有している。あれだけ手際《てぎわ》よくシュミシャを落としてみせたんだ。内部に軍経験者がいるに違いない。もはや王ですら、彼らの勢力を無視することはできないでしょう。

そして、そのレジスタンスのリーダーの少年が王にそっくりだという…」

ジャスターは渇《かわ》いた口腔《こうこう》をうるおすために、グラスを傾《かたむ》けて、

「その噂は、実は少し前から聞き及《およ》んでいました。彼に関することを調べさせてみたのですが、これがおかしなことになにも出てこないのですよ。どうもあの少年は外国人で、市場の物売りだった以前は芝居《しばい》小屋で働いていたということですが、名前が違う。これがどうにもわたしにはひっかかるのです。義父上、そのレジスタンスの少年の名前はアルというのですよ」

「な、なに⁉」

「いまのところ、このふたりの間に接点はありません。ふふ、接点どころか、彼らはまごうことなく敵同士だ。皮肉ですよね。偶然《ぐうぜん》とはいえ同じ顔をしたふたりが殺し合うなんて…」

ベロア公爵は押し開いた目を軽くこすった。にわかには信じがたいといった表情だった。

「しかし、…しかしジャスターよ。同じ顔をもつ二人が、まったくの偶然で殺し合うなどということがあるのだろうか。やはりそれは、王が我々の目をかく乱させようとして街に放した影武者では…」

「そう、不自然ですよね」

ジャスターの目に、青い炎《ほのお》のような輝《かがや》きがこもった。

「そう、そんな偶然などあるはずがない。しかし王が影武者を革命軍のリーダーに仕立て上げるはずもまたない。

わたしが見たところ、ここ数ヶ月で王は変わられたように思われます。側《そば》にあまり人を寄せつけなくなり、子供っぽい遊びをしなくなり、この前までまったく興味を示さなかった政治に口を出すようになった。考えられることはただひとつ。王宮にいるのはにせもの…、街にいる革命軍のリーダーこそが本物の王だ」

「そ、そんな、バカなことがあるか！」

ベロア公は立ち上がった。

「なにゆえに王がわざわざ市中にもぐりこんで暴動を起こすのだ。自分で自分の首を絞《し》めるようなものではないか！」

「全《すべ》てはまだ仮説にすぎません。どうかお座りを、義父上」

と、ジャスターはグラスの中身を喉奥《のど》に流しこんだ。

「ですが義父上。我々にとっては革命軍のリーダーが誰であろうと、このさいどうでもよいのですよ」

「どういう意味だ」

フン、と鼻をならして、ベロア公はつられるように杯《さかずき》をあおる。

「彼らが連携《れんけい》していないとすれば、それはますます我々にとっても好都合だ。街に本物がいようといなかろうと、全ては王宮の中で起こることですからね。いくらでも出し抜《ぬ》くことができる。我々はそろそろ王手をかけてもよいころですよ。義父上。駒《こま》は揃《そろ》った。あとはそれをあるべき方向へ…」

そう言って、盤《ばん》ゲームの駒を指すように空のグラスを前へ押し出した。

「すすめるだけです」

ジャスターは上着の懐《ふところ》から小さな革張りの小箱を取り出した。それは、少し前に彼がベロア公に持ってきたものと同じ箱だった。

「…クレマンド皇子からの返事です」

蓋《ふた》を開けると、ジャスターは中に指を差し入れた。彼が摘《つま》み上げたものを見て、公爵《こうしゃく》は息を飲んだ。

「こ、これは…」

彼は摘み上げたものをそっと手のひらにのせた。それは女の髪《かみ》だった。しっとりと艶《つや》をおびたそれは、まるで黒曜石をけずったような色をしていた。

「黒髪《くろかみ》か！」

「クレマンド皇子のほうもサファロニア軍を動かす準備はととのったということです。こちらから合図さえ送れば、一月《ひとつき》もしないうちにヒエロソリマを越えて〝黒い悪魔《あくま》〟がやってくるでしょう。我々もその準備をしなくてはね」

黒い悪魔とはサファロニアの第二皇子クレマンドが率いる親衛隊の異名で、隊が全て黒馬で編制されているためこのような名がついたのだという。悪魔の名にふさわしく、彼の侵略《しんりゃく》した街からは明かりが消えるという噂もあった。

「王が偽物《にせもの》だといううわさを使えば、いま国王側についている貴族たちもうまくこちらに引き込むことができるでしょう。

問題はあのシングレオ騎士《きし》団ですが、ヒクソスとローランドの距離《きょり》を考えるにあまり恐《おそ》れることはないかと思われます。もしものことを考えて、シングレオ騎士団には内偵《ないてい》をもぐらせてあります。いざというときに小細工が施《ほどこ》せるようにね…」

ジャスターは喉で声を殺すようにして笑った。彼がこのような笑いかたをするとき、ベロア公はこの男の残酷《ざんこく》さを目《ま》の当たりにしたようで、ぞっとするのである。

「まずは国王側の貴族の懐柔《かいじゅう》にかかることです。そしてころあいをみて、クレマンド皇子に合図を送ればいい。なに、レジスタンスなど放《ほう》っておけばよいのです。ローランドのすぐ側までサファロニア軍が押し迫《せま》ったとなれば、義勇軍を名乗る輩《やから》も革命などと言ってはおれない。みな自分の命が惜《お》しいに決まっている。

もし、サファロニア軍が王都まで侵攻《しんこう》したとなれば、それを許した王の罪は重い。民《たみ》の心はアルフォンスを離《はな》れ、正統な血筋であるアンリさまを推す声も高まりましょう。そこで、我々貴族を中心に編制された救済軍が、サファロニアの兵をローランドから追い出すのです。この国を救うのは、王でもない、シングレオ騎士団でもない、我々貴族なのだということを民に知らしめるのです。その黒い悪魔から市民を救う英雄《えいゆう》こそがベロア公爵、あなたさまなのですよ」

美しいすじがきを一気にならべたてると、ジャスターは優雅《ゆうが》な動作で立ち上がった。

「ま、待て、ジャスター」

ベロア公は慌《あわ》てて彼を止めた。

「たしかにお前の計画はすばらしい。もし王宮にいる王がお前の言うとおり偽物なら、それを貴族たちの前であばくだけでも効果は絶大だろう。儂《わし》はなんなく王位を手にすることができるというものだ。しかし、偽物でなければどうする。その証拠《しょうこ》はいったいどうやって…」

ジャスターはくっと喉を鳴らした。

「偽物でなければ？」

その眼光をまともにうけて、ベロア公は一瞬《いっしゅん》、頰《ほお》を引きつらせた。女たちに美しい翡翠《ひすい》のようだと愛されたその瞳《ひとみ》は、いまは温度を失って青味さえ帯びていた。

まるで恋人《こいびと》に終わった恋を告げるように、ジャスターは言ってみせた。

「ならば、偽物に仕立てあげるまでのことです」

＊

ジャスターは、甘い香《かお》りのたちのぼる部屋でうっとりとたたずんでいた。

早くも火の入れられた暖炉《だんろ》には、真っ赤な薔薇《ばら》が大量に燃《も》されている。香りのみなもとはどうやらそれらしい。

ジャスターは部屋に戻《もど》ればこの薔薇の香りに、そしてしとねの中では女たちのやわらかな汗《あせ》の匂《にお》いに酔《よ》った。それこそが、彼にこの世に生きていることを感じさせる唯一《ゆいいつ》のものだったからだ。

彼はよくたわむれに薔薇の花びらを口に含《ふく》むことをした。彼がそのようなことをすると女たちは一様に驚《おどろ》いたが、とくに何も言わないまま、彼の指が薔薇に飽《あ》きて自分の肌《はだ》を求めるまでベッドの上でお行儀《ぎょうぎ》よく待っている…

『意地汚《いじきたな》いわよ、ジャスター！』

かつて、そんなふうに自分を叱《しか》ってくれたのは、隣《となり》の屋敷《やしき》に住むふたつ年下の幼なじみの少女だった。

あのころ、ふたりを隔《へだ》てていたのは、背丈《せたけ》ほどの高さのジンチョウゲの垣根《かきね》しかなかった。ジャスターはその琥珀《こはく》色の頭が見えるたびに、もっとよく見ようと背伸《せの》びをして垣根に手をかけていたものだ。

『もう、またのぞいてるのね、ジャスター。そうやっていつもスコーンを焼いたときを狙《ねら》ったみたいに来るんだから！』

二本のおさげをぴこぴことゆらせて、そう彼女はくちびるを尖《とが》らせた。ジャスターは異議をとなえなかった。スコーンのにおいにつられてきたというふうに装っていれば、そのささやかなお茶会に招待してもらえることを知っていたからだ。

どうして無理をしてでも、あの垣根を乗り越《こ》えようとはしなかったのだろう。と、ジャスターは今でも、後悔《こうかい》という小さな針が胸にささるのを感じるのだった。

それは、いつの日かふたりの背が伸《の》びたら、互《たが》いに背伸びをしなくても自然にみつめあえると思っていたせいだ。それくらい日々は平凡《へいぼん》で、自分たちを取り囲む環境《かんきょう》もなにげないものばかりだった。

なにげない昼と夜ばかり…

(あの、赤い腕輪《うでわ》…)

ジャスターは、いつだったか彼女が別れ際《ぎわ》にくれた血赤の手巻きのことを思い出した。もうあれは自分の手にはないが、あの糸を染めるとき彼女はどこから血を流したのだろうかとふと思った。泣き虫だった彼女は、やはり痛いと言って泣いたのだろうか。それはジャスターと別れるときや、彼を見捨てて行ったときよりも痛かっただろうか。

(胸は、痛まなかったのだろうか…)

彼はゆっくりと部屋の中を流れる時間を楽しんでいた。ひさしぶりだった。こんなにも心が浮きたち、なにかを待ちこがれたようになるのは…

「ふふ…」

彼女との想《おも》い出《で》は、なおりかけた傷のかさぶたのようだ。あまりのむずがゆさに、思わず爪《つめ》をたててしまう。傷はふたたび血を流す。その血が固まってかさぶたになれば、また自分は性《しょう》懲《こ》りもなく爪を立てるだろう。

あの別れの日、涙目《なみだめ》で自分の右手に血染めの糸を巻いてくれた少女はもういない。彼女はすっかり大人になり、他人の妻となり、子を産んで人の親になった。

そして、今は――

「だんなさま。お客さまがお見えでございます」

キングスレイ家の執事《しつじ》が客の来訪を告げた。ジャスターは思い出しかけていた記憶《きおく》を胸の箱にしまって、待ち人が現れるのを待った。

しばらくして、戸口に誰《だれ》かが立った気配がした。

「これはこれは、ようこそいらっしゃいました」

現れたのは、三十を少し過ぎたあたりの、たとえるなら活《い》けられた白百合のような落ち着きを感じさせる貴婦人だった。とはいえ、ジャスターの情人ではない。子供を一人産んだとは思えないほっそりとした体を、彼女の地位にふさわしくない地味なベージュ色のコタルディでつつんでいる。

その額に埋《う》められたカメルが、自分の瞳の色と同じであることにジャスターは気づいた。

「先代セリー侯爵《こうしゃく》の瞳は、わたしと同じ色をしていらしたのですね」

彼女は怯《おび》えたように額に手をやった。眉間《みけん》に貼りつけられた高価なエメラルドのカメルが、彼女の現在の身分をジャスターに暗に伝えていた。

「皮肉なことだ。私はその色を、いつかあなたにつけて欲しいとずっと思っていた」

「ジャスター…」

彼の言葉にどこか不穏《ふおん》さを感じ取ったのか、彼女は猫《ねこ》に狙われた小鳥のように体を居竦《いすく》ませる。

それに気づいて、ジャスターはすぐにいつもの微笑《びしょう》を唇《くちびる》に浮《う》かべなおした。

「まさか、あなたが直々にここまでいらしてくださるとは思わなかった。せっかくですから今日は懐《なつ》かしい話でもしようではありませんか。お互いの立場や身分を忘れて、ただの幼なじみに戻って…。ねえコンスタンシア。いや…」

一瞬のためらいのあと、ジャスターは彼の知らない女の名を呼んだ。

「イベール男爵《だんしやく》夫人」

＊

懐かしい話をしましょう、と、ジャスターはコンスタンシアに言った。

初めて出会ったときとなんら変わらぬ笑顔《えがお》で、いつも自分をスタンと呼んでいたあの顔で、彼はとにかく話をしましょうと言った。

(ジャスター、ああ変わっていないわ…)

実際に、こうしてジャスターと向き合って話をすると、彼女は自分でも忘れていた感情がわき上がってくるのを押さえることができなかった。

彼と初めて出会った日のことを、コンスタンシアは思い出していた。

彼らは、パルメニア南東部のタクシスという田舎《いなか》の州に生まれ育った。

コンスタンシアにとって、ジャスターは近所に住む仲の良い幼なじみであり、そしてそれ以上の存在になるのにきっかけや長い時間はいらなかった。

『コンスタンシアっていうよりは、スタンのほうが似合ってるよ!』

そう言って、彼は行儀みならいの時間をおえて裸足《はだし》で駆《か》け出してくるコンスタンシアのおてんばさを笑った。

そのくせはじめて自分がカメルをつけた日は、なんだか急に改まった顔をして自分のことをコンスタンシアと呼んだ。コンスタンシア、いつか…

『いつかボクがもっと大人になったら、ボクと同じ目の色のカメルをしてもらえますか?』

結婚《けっこん》してくださいと同じ意味の言葉を、コンスタンシアはひどく自然に——たとえるなら、木々が水を吸い込むように受けとめた。

コンスタンシアは、このまま自分はジャスターと結婚することになるだろうと思っていた。彼はどちらかというと内向的な性格で、両親は財産もてない次男坊《じなんぼう》などとつきあっても意味がないと言っていたが、コンスタンシアにとってはそれはどうでもいいことだった。彼の家がかたむきかけているということや彼の父親が彼を軍人にさせたいと思っていることよりも、彼がいつもコンスタンシアにまっすぐ向き合ってくれることのほうが大事だった。

彼女の父親の経営していた会社が倒産《とうさん》して、その屋敷を出なければならなかったときも、彼女はまだ信じていた。いつかわたしはこの男と結婚するんだと。いまは家庭の事情でやむなく別れ別れになってしまうけれど、おたがいの気持ちさえしっかりあれば、距離《きょり》や時間は乗り越えていける…

『ジャスター、元気でね』

別れの日は雨になった。

最近急速に大人になりかけていた少年は、そのときばかりは時を巻き戻したように昔の泣き虫に戻《もど》って泣いた。

『何どうしてキミが王宮の女官になんかならきゃならないのさ。ずっとここにいればいい。このタクシスでいっしょに暮らそう。ボクは金も地位も何もないけれど、キミがそれでもいいって言ってくれるならそれでいい。ボクはキミ以外なにもいらないんだ！』

それはまるで子供の論理だったが、コンスタンシアには彼がそう言ってくれたことがなによりうれしかった。

彼女は彼の腕《うで》に、昨日の晩に自分で紡《つむ》いで作ったお守りをつけた。それはタクシス地方に伝わる血染めの腕輪で、女たちが戦地に赴《おもむ》く男たちに「もう一度会えますように」と祈《いの》りを込めて、自分の血で糸を染めてつくるものだった。

『かならず迎《むか》えにきてね。あたし、ずっと待ってるから。だからお別れは言わない』

彼女の乗った馬車が見えなくなるまで追いかけてくるジャスターを見て、コンスタンシアは間違《まちが》いなく彼を愛していると思った。

けれど——

『明日、セリー侯爵家から迎えの馬車がくる。お前は侯爵様の後添《のちぞ》えになるんだ』

王妃《おうひ》付きの女官としてつとめをはたすようになっていたコンスタンシアを実家にむりやり呼

び戻すと、彼女の父親は一方的にそう宣告した。コンスタンシアにとって、それはまさに青天《せいてん》の霹靂《へきれき》だった。

『ど、どういうことですか。お父様、後添えって…』

『お前は運のいい女だ。お前を宮廷《きゅうてい》にあげたのは正解だった。子爵の称号《しょうごう》しかもたない家の娘《むすめ》が、まさか侯爵家と縁《えん》をむすべるなんてな！』

彼女の父親は、娘を商売道具にしたことをそう臆面《おくめん》もなく口にした。

そうして、酔《よ》った勢いにまかせてさまざまなことを彼女にぶちまけた。セリー侯爵ホープサスは、王家とより強く結びつくために自分の子供を侍従《じじゅう》にさし出そうとしている。しかし、彼の本妻は病気がちでとても子供の望める状態ではない。

国王夫妻にはそろそろ子供ができそうな気配がする。同じ時期にみごもることができる妻を侯爵は探《さが》しているのだ、と…

『その本妻ってのももう長くはないそうだ。お前が侯爵の子供を産めば、お前自身も正式にセリー家へいれてくださるとのおたっしだ。ありがたいことじゃないか』

コンスタンシアは、自分の心が真っ黒い魔物《まもの》に食われるような気がした。つまり、自分は侯爵が政治に利用できる子供を産むためだけに、彼の愛人にさせられるのだ。

（ジャスター、ジャスター、助けて！　あのときの誓《ちか》い通り、今すぐわたしを迎えに来て。お願いよ！）

コンスタンシアは、心の中で何度もジャスターの名前を呼んだ。そうすることくらいしか、彼女には抵抗《ていこう》することができなかったのだ。

しばらくもしないうちに、侯爵家の使いがコンスタンシアを迎えにきた。花嫁衣装《はなよめいしょう》もなく、誓いのことばすらない、子供のころ思い描《えが》いていたものとはまったく違った結末がその先に用意されていた。

彼女が逃《に》げ出さないよう部屋の窓は全《すべ》てぬりこめられ、彼女はまっ暗な部屋の中に一日中閉じ込められていた。コンスタンシアにとっては、あれから明けない日々が続いているようだった。

夫となったセリー侯爵は、コンスタンシアに別段興味をもっているような感じはなかった。まるで時計が服をきているように、いつも決まった時間にコンスタンシアの部屋へやってきて、かならず夜のうちに自分の部屋へ戻っていく。夫婦の間にこれといった会話はなく、コンスタンシアはだんだんと心から温かいものが抜《ぬ》けおちていくのを感じていた。

あるとき、コンスタンシアは寝台《しんだい》を降りようとする夫に向かって聞いた。

「侯爵様は、なぜわたくしをお召《め》しになったのですか」

彼は、無感動に言った。

「…おまえが健康で、子供の多い家系だからだ」

わかっていたことながら、コンスタンシアは心に亀裂《きれつ》が入ったような痛みを覚えずにはいられなかった。まさに、自分はお金で買われたも同然だったのだ。

（もう会えない…）

たった一人きり、話し合える人も友人も誰《だれ》もいないセリー家の屋敷《やしき》で、コンスタンシアは愛《いと》しいジャスターのことを思って泣きじゃくった。

お金で買われるような女になってしまった自分を、彼はいったいどう思うだろう。彼に知られたくなかった。こんなみじめな自分を見られたくなかった。

（でもジャスター、あなただけはわたしを忘れないで。わたしも忘れないから、あなただけはあの日のきれいな約束を覚えていて！）

しばらくして、コンスタンシアの懐妊《かいにん》が明らかになった。すると、召使《めしつか》いたちはコンスタンシアのことを「奥様」と呼ぶようになった。

それは、夫のセリー侯爵《こうしゃく》がコンスタンシアが懐妊したことで、彼女を正妻としてあつかうことを決めたことを意味していた。しかし、彼の夫人クリスティエリは、数年前からあぶないと言われているもののまだ亡《な》くなったわけではない。

コンスタンシアは彼女の息子《むすこ》であるマウリシオの心情を慮《おもんぱか》って、屋敷を出たいと申し出たが聞き入れられなかった。

（実の母親がもう長くないというのに、侯爵さまは息子をむりやり都へ呼び戻されるおつもりなのだ。マウリシオさまを、もうすぐお生まれになる王太子殿下《でんか》の侍従とするために…）

その夜、コンスタンシアは夏の夕べを涼《すず》むために部屋の窓をあけて、一人庭をながめていた。

いつのまにか、彼女は窓つきの部屋ですごすようになっていた。もう誰も、彼女がそこから逃げ出すとは思っていなかった。

彼女は、まだふくらみのない下腹部に手をあてて、じっとこれからのことを考えた。

（このセリー家にわたしの味方は一人もいない。けれど、わたしには子どもたちを育てなければならない使命がある。何も知らないまま、大人の汚《よご》れた事情にふりまわされるのはふびんだ。わたしはここで、できるかぎりのことをしよう。わたしの愛を、このお腹《なか》の子と義理の息子にわけへだてなく与《あた》えよう。そうすることしか、わたしの居場所はないのだもの…）

夜空に浮《う》かぶ月に、ぶあつい雲がひっかかっていた。そういえば空気がどんよりと重い気がする。しばらくしたら一雨きそうな気配だった。

窓を閉めようとしたコンスタンシアは、思わぬ人物が窓の下に立っているのを見つけた。

「ジャスター！」

彼女は息が止まりそうになるのをかろうじてこらえることができた。胸や心や体中のあらゆる場所がいっぱいになって、声を出すこともできなかった。

「コンスタンシア、いっしょに逃げよう」

そう、熱っぽい口調で彼は言った。

まだそのとき、彼はジャスター＝デュペロンと名乗っていた。自分を追いかけて都に出てきた彼は、これといった身よりもなく、ただその整った容姿を愛されて多くの貴婦人方の庇護《ひご》を受けていた。

コンスタンシアは、都の社交界や侍女《じじょ》たちの噂《うわさ》で彼のことをよく耳にするようになっていた。彼がやりての色事師であるということも、夜毎《よごと》貴婦人たちの口付けを受ける彼を、宮廷の紳士《しんし》たちがやっかみ半分で『庭師男爵』と呼んでいることも…

「やっとキミに会えた。キミはもう侯爵夫人だから、キミが出席する夜会に出るにはボクの身分が足りないんだ。こうでもしなきゃキミに会えなかった。だから…」

久しぶりに会った幼なじみからは、噂に聞くような軽薄《けいはく》な感じは受けなかった。彼は昔に戻ったように、まっすぐな目をしてコンスタンシアを見つめた。

「都で知り合った親切な人が、別荘《べっそう》をひとつゆずってくれてもいいと言ってくれたんだ。そこはタクシスからもそう遠くない。土も肥えたとてもいい場所だ。ねえスタン、そこでふたりで暮らそう。また昔のように…」

〝親切な人〟、そう言った彼の口ぶりから、それがどのような相手であるかはコンスタンシアにも容易に想像できた。ジャスターは自分の体ひとつを売り物にしてきた。そうして、これからもそうやって生きていくしかない。

もう、昔には戻れないのだ。

コンスタンシアは、時間という名の女神《めがみ》が二人にとって最も残酷《ざんこく》な形で現れたことを知った。いま、自分と彼とを隔《へだ》てているのはジンチョウゲの垣根《かきね》ではない。

もっと大きな、そして引き返すことのできないぱっくりとした時間の裂《さ》け目なのだ。

「…あなたとは行けないわ、ジャスター」

コンスタンシアはゆっくりと首を振《ふ》った。

「お腹《なか》に侯爵さまの子供がいるの。侯爵さまには十になられる男の子もいらっしゃるわ。わたしはその子の母親にならなければならない。ふたりの子の母親にならなければならない。あなたとはいっしょになれない。それはもうわかるでしょう。あたしたちはもう子供じゃない。いっしょに歌を歌って遊んだあのころには戻《もど》れないのよ」

彼は呆然《ぼうぜん》とその場にたたずんでいた。まるで、いま夢から覚めたばかりの子供のように目をぱちくりとさせて言った。

「な、なにを言っているの、スタン…」

彼は微笑《びしょう》すら浮かべていた。

「キミに会いに行くって、あのときにそう約束したじゃないか。たしかにキミはセリー侯爵のもとに嫁《とつ》いだ。だがそれは金で買われただけだ。こんなことは宮廷にいる誰もが知っている。キミはその容姿と宮廷での知識、そして若さをやつに買われたんだ。王妃《おうひ》が身ごもったから、…だから侯爵はキミを乳母にするためだけに、キミを…！」

「やめて！」

コンスタンシアは彼の言葉を激しくさえぎった。

もうずっと長い間、彼女には確信があった。なにがあっても変わらず愛しているのはこの男だけだ。欲しいのはこの男だけだった。ほかにはなにもいらなかったのに、何故《なぜ》自分は彼の手が取れないのだろう。どうしてあなたといっしょに行くわと、いま、ここで全《すべ》てを捨てることができないのだろう。

（それは、あたしがもう一人ではないから…）

もう「待っていてね」とは言えない……

あのときのように、血赤のお守りを作ることはできない。彼女の腹の中にいる子供は、まぎれもなくセリー侯爵の子なのだ。

「さようなら、ジャスター」

彼と交《か》わしたたくさんの約束事とともに、コンスタンシアは自分の心の中にある過去に向かって開いている窓をも閉じた。

コンスタンシアの脳裏《のうり》に、いつか彼と話したことがかげろうのように浮かび上がった。

——愛しているわ、ジャスター。大好きよ。

——いつか、私たちはいっしょに歳《とし》をとって、目を、耳を、ひとつひとつ神様のもとにかえしていくでしょう。貴方《あなた》の目が見えなくなって、私の足が歩けなくなっても、貴方が笑って私の側《そば》にいてくれるなら、それでいいわ……

(それで、いいわ)

「コンスタンシア!!」

窓の外から、そう激しく自分を呼ぶ声が聞こえた。それは悲鳴にも近かった。

その愛しい男の声を背に受けて、コンスタンシアは顔をあげた。

「あ……」

部屋の暗闇《くらやみ》の中に、誰かが立っているのがわかった。

「こ、侯爵さま……」

自分の妻がいま何をしていたかを知りながら、ホープサスは何も言わなかった。なにも言わないまま、コンスタンシアが彼の前でするべきことをするように求めた。

コンスタンシアは彼の前に立った。

彼の肩《かた》にかかっているうすもののローブを脱《ぬ》がせながら、彼女は窓の外に消えた幼なじみのことを考えていた。

(ねえジャスター。あたしたちふたり、似たもの同士だったんだわ。お金のために身を売って、そういうことに慣れきって、そのうちそこでしか生きていけなくなるのよ…)

ジャスターがお金のために体を差し出してきたように、自分もまた体を売り物にしているのだ。侯爵夫人などとえらそうに呼ばれていても、中身はしょせん路地裏に立っている娼婦《しょうふ》と同じだ。

コンスタンシアはくつくつと喉《のど》を震《ふる》わせて笑った。そして、それはいつしか嗚咽《おえつ》に変わっていた。

「…どうした」

ここに連れて来られたときですら自分の前では泣かなかった妻に、ホープサスが怪訝《けげん》そうに尋《たず》ねた。

「なんでもありませんわ」

コンスタンシアは首を振った。

「なんでもないんです。少し、長く夢を見すぎただけ…」

――カップの中で、砂糖が溶《と》けて見えなくなるほんのわずかの間、ふたりは一度も目を合わせることなく想《おも》い出《で》を拾いあつめた。

あのとき、コンスタンシアの腹の中にいた子供《エミリオ》はもう十六になる。

二人はいままで同じ王宮にいながら、ただの一度も言葉を交《か》わすことがなかった。コンスタンシアは用があるとき以外はめったに奥から出てこようとはせず、ジャスターが公式の夜会に出入りできる身分を持ったのはキングスレイ伯爵《はくしゃく》家を継《つ》いでからのことだったから。

茶色い塊《かたまり》がすっかり溶けて見えなくなるころ、ジャスターはさりげなさを装《よそお》って声をかけた。

「貴方がここに来た理由をお聞きしてもいいですか。イベール男爵夫人」

コンスタンシアはうつむいたまま、カップの中を覗《のぞ》きこむようにして、じっと黙《だま》っていた。

「正直言うと、手紙を出しても、こんなにも早く会っていただけるとは思わなかったんですよ。手紙の中身を信じてもらえるかどうかも不安でしたしね」

彼はおだやかさを装って彼女を見ていた。その視線は、どこかに昔の面影《おもかげ》を探しているようにコンスタンシアには思えた。

だとしたら、それは無駄《むだ》なことだ。どこをどう探したとしても、もうあのころの自分たちではありえない。自分たちが離《はな》れて暮らしている間に、赤ん坊《ぼう》は少年になった。そして、わたしたちはあのころとは違《ちが》う名前になった。

歳《とし》をとるということは、そういうことなのだ。

ジャスターの言葉に、彼女はますます表情を硬《かた》くして、

「…やはり、ここに伺《うかが》ったのは間違いでした。わたくしからは何も申し上げることはございませんわ。ジャス…、いえ、キングスレイ伯爵」

「そんなに警戒《けいかい》しないでください、あなたらしくもない」

ジャスターは、手を広げて彼女を押しとどめた。

「〝陛下の居場所を知っている〟──たしかにわたしはそう書いた手紙を使いのものに届けさせた。あなたは何も言うつもりはないとおっしゃったが、もう十分にわたしの役にたってもらっていますよ」

「それは、いったいどういうことでしょう。わたくしは、あのような手紙のことなど…」

「あなたがここにきたということは、つまり、あなたの陛下は今王宮にはいないということだ」

コンスタンシアははっと息を呑んだ。そんな彼女を可笑《おか》しそうに眺《なが》めながら、ジャスターは決定的な一言をいってのけた。

「やはり、王は偽物《にせもの》か」

「伯爵っ、わたくしは…」

「ああ、ああ、わかっていますよ男爵夫人。あなたにそんなつもりはなかった。あなたはきっと、もうずっと前から王の異変に気づいてらしたんでしょう。だが、ことがことだけに誰《だれ》にも言えなかった。この王宮にいる王が偽物だなどということが知れれば、エスパルダ中が大騒《おおさわ》ぎになってしまう。わが子同然の王の行方《ゆくえ》を案じながら、あなたは行動を移すこともできず気が

気ではなかったはずだ。…お察し申し上げますよ」

もう隠《かく》し通せないと知ったコンスタンシアは、まさにやぶれかぶれといった様子でジャスター に詰《つ》め寄った。

「な、ならば教えてくださいませ。いま陛下はいったいどちらにおわしますのか。あなたは陛下の居場所を知っているとおっしゃった。ならば…！」

ジャスターはゆるりと立ちあがり、何気ない動作でコンスタンシアの顎《あご》に手をやった。

コンスタンシアは自分の体が自分の意思に反してびくりと震えるのを感じた。

「なぜ、そうまでして王の行方を案じなさる…？」

彼は、コンスタンシアの顎を自分のほうに向けた。久しぶりに間近で見る彼の顔は、ひどく哀《かな》しげだった。

「あなたの実の子ではないのに。母と子の絆《きずな》というものは、おおよそ男にははかりかねるものがある。乳を分け与《あた》え腕《うで》に抱《だ》いて育てた子は、腹を痛めた子とおなじくらい愛《いと》おしいものなのですか？　いや、それ以上にあなたはあのアルフォンスを愛している。それは何故《なぜ》ですか」

そう言ってから、彼はすぐに後悔《こうかい》したような表情を浮《う》かべた。

「馬鹿《ばか》なことを聞いてしまった。どうぞお忘れ下さい」

コンスタンシアは、喉まで出かかっている言葉を熱い呼吸とともに飲み下した。

(どうして彼に言えるだろう。アルフォンスが母親から愛されなかったのだと。その特殊《とくしゅ》な生まれゆえに実の母親から忌《い》み嫌《きら》われ、一度も抱いてさえ貰《もら》えなかったのだと！)

いつもいつも母親の影《かげ》を目で追っていた子供。その小さな体に大きすぎる秘密を抱《かか》えて、たったひとりで戦っていた子供。――いったい彼はどこへ行ってしまったのか。いまごろどこでどうしているのか！

ただ祈《いの》るしかない歯がゆさに、コンスタンシアは大きく身震《みぶる》いした。

「コンスタンシア」

名を呼ばれて、彼女は顔を上げた。

そこには、おだやかな微笑《びしょう》をたたえたジャスターがじっとたたずんでいた。それは、彼女のよく知っている顔だった。

ジンチョウゲの垣根《かきね》のむこうから、自分の名を呼んだあの顔だ……

ゆっくりと彼の手が、彼女の首の後ろに回った。

「わたしはおそらく、いま玉座にいる偽物がなんらかの事情でアルフォンス陛下を陥《おとしい》れ、入れ替わったのだと考えています。つまり王の居場所はいま王宮にいる偽物が一番よく知っているということです。我々はすぐにでも陛下をお救いしなければならない。それにはあなたの力が必要だ。協力してくれますね」

ジャスターの指が、高く結《ゆ》い上げた彼女の髪《かみ》のかんざしを抜《ぬ》いた。ばさり、と音がして琥珀《こはく》色の髪がため息のように肩に散った。

彼は、その髪の中にうっとりと顔を埋《うず》めた。

「なぜ髪を結われるのです。これではあなたが知らない方になってしまったようだ。

あなたの下ろした髪が好きだった。わたしがあなたのおさげをたわむれに解《ほど》くと、あなたはいつも怒《おこ》っていましたね。いたずらはよして、と」

「卑怯《ひきょう》だわ……」

コンスタンシアの紅を塗《ぬ》った唇《くちびる》から、細切れの嗚咽がこぼれた。困ったように、彼は笑った。

「ああ、泣かないで下さい。あなたの泣き顔が見たかったわけじゃない。こうやってあなたに泣かれると、ボクはなにもできなくなる。あのころはどうしたらあなたが笑ってくれるのか、そればかり考えていました。結局、ボクにはわからなかった。わからないままだった……」

ジャスターは、コンスタンシアの頬《ほお》にこぼれた涙《なみだ》を唇ですくった。コンスタンシアは唇を引き結んで、彼のされるがままになっていた。

しばらくして、コンスタンシアは彼の屋敷《やしき》を辞した。

彼女の乗った馬車の車輪がジャリをけって回転をはじめるまで、コンスタンシアはひとことも口をきかなかった。

『懐《なつ》かしい話をしましょう』

そう言って、子供のように笑った彼……

それでも、もう一緒《いっしょ》に逃《に》げようとは言わなかったことに、コンスタンシアは気づいていた。

第十五章　足場のない鳥

王都ローランドは初秋を迎《むか》えた。リオの月は器の中のシャーベットのように銀のスプーンで削《けず》られて、やがてすっかり見えなくなった。

ようやく熱も引いて、元通りの生活を送れるようになったアルフォンスは、あることを決心していた。

エナやハインツといったレジスタンスの中心メンバーたちに、いままでずっと隠していた力のことを打ち明けることにしたのだった。

アルフォンスが性別のないヘスペリアンであり、そのために特殊な力を使うことができることを知って、彼らは驚《おどろ》きを隠せないようだった。

「なるほど、だからあんなにも簡単に我々をシュミシャから救うことができたのか」

と、アルフォンスに救出してもらったことのあるハインツは、ようやく納得《なっとく》といった感じで何度も頷《うなず》いていた。

「とにかく、もう絶対に〈力〉は使うなよ。何があってもだ！」

「大丈夫《だいじょうぶ》だよ。なるべく使わないようにするから」

「なるべく、じゃなく、絶対禁止だ。当分の間アルバイトもなし！」

いっときよりも随分痩《ずいぶんや》せてしまったアルフォンスは、体力が戻《もど》るまでの間ロッドの店の手伝いを休むことになった。

「ええ〜っ」

ヘスペリアンであるという事実が、意外にもあっさりと彼らに受け入れられたことに、アルフォンスは拍子抜《ひょうしぬ》けしていた。もともとヘスペリアンは千人にひとりは生まれる計算だから、彼らがほかのヘスペリアンに会ったことがあっても不思議ではない。ただ聖職についていないものはまれで、エナたちもそういうたぐいの人間がいるという噂《うわさ》は聞いていても、実際に会うのは初めてだという。

「まあ、おまえさんが国王アルフォンス二世だというよりは信じられるね」

と、ビクターは皮肉気に言ってみせる。

「しつけのよさそうなお付きはいるわ、おそろしいほどに金銭感覚はないわで、まさかそんなと疑ってたところに、あのゾバコの一件だ。あれだけの有名人があっさりおまえさんを王と認めたとあっちゃ、さすがにこっちも信じないわけにもいかない」

そのゾバコから軍資金が届くのを待って、アルフォンスたちレジスタンスは一気に行動に出た。

まず彼らは、シュミシャ襲撃《しゅうげき》の成功を知ってアルフォンスたちに賛同を表してくれている地方の活動家と連絡《れんらく》をとり、これがローランドだけの暴動ではないことをアピールしていくことにした。

これには、ビヨンヌへ留学経験のあるエミリオが役目をかって出た。彼はビヨンヌで活動をしている反貴族派をひとつにまとめあげ、アルフォンスたち革命軍と合流させるために、数名の仲間とともにローランドを離《はな》れることになった。

「陛下、ボクがいなくなってもくれぐれも無茶をしないでくださいね」

ローランドの門を出る最後の最後まで、エミリオはそう心配そうにアルフォンスを振《ふ》り返っていた。

「必ず、彼らを説得してみせます」

「うん、頼《たよ》りにしてる」

エミリオの手をにぎったとき、アルフォンスはいつのまにか彼が自分よりも背が高くなっていることに気づいた。

一方で、義勇軍の編制も急ピッチですすめられていた。レジスタンス側が身分を問わず広く門戸を開いたこともあって、人材はぞくぞくと集まり、秋のはじめころにはなんとか義勇軍と呼べるものをまとめあげることができるようになっていた。

また、ハインツをはじめとする代表格の面々は、学者や大学生などのインテリ層の協力も得て、これからパルメニア初の労働者による政党を結成する方向でほぼ固まっていた。

「これからが本番だ」

まるで大金をかける勝負師のような口調で、アルフォンスはみんなに言った。

「こっちから仕《し》掛《か》けることはけっしてしないことだ。放《ほう》っておいても、サファロニアとベロア公、それに革命軍…、王はいずれかと手を組まざるを得なくなる。

外にはサファロニアという外敵、内には貴族と革命軍という火種を抱え、国王の立場は日に日に悪くなっている。

彼が最も恐《おそ》れているのは、国王の敵である三者がひそかに結託《けったく》することだ。サファロニアとベロア公、もしくはサファロニアと革命軍…。そのどちらの可能性も無視できない。そしてその確率からいえば、前者のほうがはるかに高い」

と、いつものように樽《たる》に座ってジャガイモの皮をむきながら、アルフォンスは説明をはじめた。

追い詰《つ》められたキースは、自分たち市民と手を組むしかなくなるだろう。アルフォンスのねらいはそれだった。義勇軍はいわばはったりにすぎない。王と戦って勝つことが目的ではないのだ。

(よけいな内乱は民《たみ》の心を疲弊《ひへい》させ、外国の付け入る隙《すき》を生む。パルメニアのためにも、そして多くの民のためにも、それだけは絶対に避《さ》けなくてはならない!)

アルフォンスの考えはこうだった。いちばんいいのは革命軍と国王が手を組むことだ。そのためのこちら側の要求として、国王に全院議会を開かせる。

そうすれば、新しく作られた憲法をもとに貴族たちの権利を制限することができる。いずれ貴族制度は崩壊《ほうかい》するだろう。パルメニアは彼らが不当に蓄《たくわ》えた財を基盤《きばん》に、国家として新しい出発をすることができるはずだった。

「そのための手はビクターに相談してもう打ってある。いまごろ王宮はパニックになっているはずだ」

　すっかりさまになった策士の笑《え》みを浮《う》かべて、アルフォンスは言った。

「その手というのは？」

「ベロア公に密告したんだ。いま王宮にいる王は偽物《にせもの》ですよってね」

「なんだって⁉」

　あまりのことに、皆《みな》は驚いたように目を丸くした。

「いったいなんのために⁉」

「おれは一度、広場でエナを助けたときにベロア公の次男に姿を見られてる。やつらはこの密告を信じるだろう。いくらキースがうまくやっているとはいえ、違和《いわ》感ぐらいは感じているだろうしね。ベロア公にとってはこれは願ってもないチャンスだ。これで王を討《う》つ正当な理由ができる。キースはおれに会わざるをえなくなる。革命軍のリーダーであり、本物の王であるおれに…」

　ハインツが挙手して発言をもとめる。

「しかし、いまのいままでボロが出ていなかった相手だ。絶対に王ではないという物証はあるのか。それがなくてはいざ追いつめてもしらを切り通されるだけだ」

　テーブルのほかの席にも、彼に同意する頷きがそこかしこに見られた。アルフォンスは首肯した。

「本来なら、王家の血筋の証明はバルビザンデを使うのがいちばんいいんだけれど、キースはあのエヴァリオットを抜《ぬ》いているから、バルビザンデの宝冠《ほうかん》をかぶっても光らないのは当然なんだ。とするとバルビザンデは使えない。でも、おれとベロア公しか知らないことがたったひとつだけある。もちろんマウリシオだって知らない。コンスタンシアだって…」

「アルとベロア公しか知らないこと？」

怪訝《けげん》そうに言うエナに、アルフォンスはぴこっと指を立てて、

「うん、あのさ。新しい国王は即位《そくい》するときに、かならずホルト山の神殿《しんでん》で即位の誓《ちか》いを立てることになってるんだ。儀式《ぎしき》には大神官と、それに国家の要職についている五人の公爵《こうしゃく》の数名だけが立ち会うことになっている。聖山であるホルト山に神官以外の人間が入山できるのは、あとにも先にもこのときだけだ。おれが誓いを立てたときに同席した中に、たしかベロア公もいたはずだ」

「なるほどな。自らの証明ができないキースは、まず確実にアルに接触《せっしょく》をもとめてくるだろう。彼に議会を開かせる圧力にはちょうどい…」

そう言いかけたそのとき、この部屋を貸してもらっている大家のネゴシじいさんが息せききって部屋に駆《か》け込んできた。

「アル、たたたた大変じゃ！」

「じいさん、どうしたんだ血圧が上がるぞ」

「そそそ、そんな悠長《ゆうちょう》なこと、ゆうとる場合か！」

鼻の穴を全開にして、ネゴシじいさんは入り口を指さした。

「いま、サニール広場に王の使いが来てアルを出せとゆうとる。それも逮捕《たいほ》ではなく、革命軍のリーダーとして正式に王宮へ招待したいと…」

あまりのタイミングのよさに、皆がいっせいに顔を見合わせた。

「そうゆうとるんじゃ。いま広場は興奮した市民たちが集まってすごいことになっとる」

「噂をすれば、だ。どうする、みんな」

ビクターが、椅子《いす》を軋《きし》ませてよっこらしょと立ち上がる。

「行くしかないでしょ」

「右に同じ」

エナとハインツも立ち上がった。テーブルを囲んでいたメンバーも、次々に立ち上がる。彼らは最後に一人だけ樽に座っていたアルフォンスを見た。

「どうするリーダー」

「それはもちろん」

アルフォンスはジャガイモの皮むきもそこそこに、椅子代わりにしていた樽から立ち上がった。

（あのときは誰《だれ》も側《そば》にいなかったのに、今はこんなにもたくさんの仲間がいる…）

アルフォンスは思い出していた。最初彼らと知り合ったころは、アルフォンスは完全にお荷物だった。かび臭《くさ》い部屋で眠《ねむ》ることができず、堅いパンは喉《のど》を通らなくてよくビクターに呆《あき》れられた。

そんな甘ったれの世間知らずだった彼が、自分自身の力だけではない、たくさんの手に支えられてなんとかここまで来ることができたのだった。

あと一歩だ。あと一歩で、アルフォンスはあの場所にたどりつける。

それは単に元に戻るというだけではない。アルフォンスはそれよりもっと険しい道を文字通りはいつくばり、しがみつくことをしながら自分の足で歩いてきた。

そしてその事実は、もはや何者であってもアルフォンスから奪《うば》うことはできないのだ。

(おれは全《すべ》てを失ったように見えて、本当は二度と失わなくてもいい財産を得たんだ!)

アルフォンスは手を前にさし出した。その上にビクターの大きな手が、ハインツの、エナの、マティスの手が重ねられる。

「行くぞ!」

彼らは大きく叫《さけ》んで、自分たちを待つ新しい世界に向かって飛び出したのだった。

＊

その日、ずいぶんと久しぶりに円卓《えんたく》会議の椅子は埋《う》まっていた。

事実上の決定権をもつこの御前《ごぜん》会議において出席をゆるされているのは、始祖オリガロッドの血を引く名門の家——すなわち、ベロア・アヴァロン・バイエル・サンデューク・そしてフアリャ――聖なる五家族と呼ばれる名門の当主だけである。彼らは、その家に生まれたというだけでそれぞれが国務大臣、財計大臣などの政府の要職につき、それをあたりまえのように独占《どくせん》していたのだった。

（いくら下に有能な人材がそろっているとはいえ、頭がドンづまりでは変わりようがない。彼らを排除《はいじょ》するためにはいったいどうすればいいか…）

そして、キースはいち早く手をうつことにした。

なんと彼は、自らの即位五周年を祝ってローランドで大規模な式典を催《もよお》すことを、全国の諸侯《しょこう》に向かって告げたのである。

「――以上は、余と宰相《さいしょう》でよく話し合って決めたものだ。卿《けい》らもぜひ協力して欲しい」

その場に集まった貴族たちは、みないちように驚《おどろ》きを隠《かく》せなかった。

国王の狙《ねら》いはみえすいていた。普段《ふだん》は自領にひきこもってなかなか王城に参内《さんだい》しない彼らも、王じきじきの招待とあっては王都に赴《おもむ》かないわけにはいかないだろう。ただの形だけといえども、全国にいる領主たちがローランドに赴くことで、外からパルメニアの混迷ぶりを眺《なが》めている諸外国に、あらためて結束力をアピールすることができる。

「しかし、国庫の財源はかならずしも十分とは申せません。あまり華美《かび》なことをされては…」

財計卿のサンデューク公爵がそう申し出ると、国王は最近とみに鋭《するど》くなった視線を彼に向け、

「もちろん、あまり派手なことはやらないつもりだ。ようは金のかかることではなく、万が一にもパルメニアに内乱などおこらないということを外の連中に見せつけられればいいのだ」

そのための策として、キースは大規模な思想犯・政治犯・軽犯罪人の恩赦《おんしゃ》を実行すること、地方に国府直属の収税人を派遣《はけん》し、国納税を直接国庫におさめられるように法律を改正することを五公爵に言い渡《わた》した。これは、地方からの税金がいったん領主によって吸い上げられることで、彼らが不正に税率をあげたりするのを防ぐためでもあった。

「また、これからの収穫期《しゅうかくき》にあたっては、おのおのの領兵を一時的に解散するように。昨年タタールへの出兵に人手をさかれた農家が、思うように収穫が行えなかったという話も聞いている。今後はそのようなことのないよう、よい領政を行っていって欲しい」

いつのまにか王の側に控《ひか》えるようになった宰相のファリャを、諸侯たちは意味ありげな視線で見つめていた。どうやら宰相が末娘《むすめ》を王の妃《きさき》にすすめ、国王がそれを内諾《ないだく》したという噂《うわさ》は本当らしい。

「国王が宰相のファリャと手を組むのであれば、ベロア公といえどもうかうかしてはおれまい」

他の貴族たちは、したたかな顔で国王とベロア公との顔を見比べていた。

さてどちらについたほうが得をするものだろうか。いま勢いのあるのは王のほうだろう。だが、ベロア公の勢力もあなどれない。なんといっても相手は王国一の大貴族だ。

「まだお若いとはいえ、国王陛下ももうすぐ十七におなりだ。妃を迎《むか》えられ、万が一御子《みこ》が生まれるようなことがあれば、ベロア公の孫にあたるアンリはまた玉座から一歩遠ざかることになる……」

さすがにこれには、ベロア公も黙《だま》ってはいられまい。いよいよ煮詰《につ》まった両者の関係は、力をつけてきた市民たちによってどう転ぶのか。貴族たちは内心ひやひやしながら見守っていたのである。

そのとき、まったくの突然《とつぜん》に発言を求めたものがいた。その円卓会議の首座をしめる、聖五家族の筆頭ムスティ＝ベロア公爵であった。

「陛下におかせられては、近ごろ宮廷《きゅうてい》を騒《さわ》がせている奇妙《きみょう》な噂をご存じかな」

キースは眉《まゆ》をひそめた。

「噂だと」

「先だっての晩に、我がベロア家の屋敷《やしき》に投げ文をするものがおりましてな。それによると、いま玉座にあられる方は姿かたちこそアルフォンス陛下に似ておられるが、実はまったくの他人。聖オリガロッドの血を一滴《ひとしずく》もひかぬ、卑《いや》しい平民の出であると…」

円卓《えんたく》を囲んでいた面々からざわめきが起こった。

キースは声をあげて笑った。

「ば、馬鹿馬鹿《ばかばか》しい。卿には劇作家の才能があるらしいな、ベロア公。意外な展開で観客を驚かせるのはよいが、ここはそういった才能が役に立つ場ではないぞ」

「まったく陛下のおっしゃる通りにございます。なれど、御身《おんみ》の潔白を証明されるためにも、まずはその噂の出所をつきとめられてはいかがかと」

「証明、証明だと⁉　なぜ余が余であることを証明せねばならないのだ！」

「わたくしは陛下の名誉《めいよ》を慮《おもんぱか》って、そう申し上げているのでございます。それとも陛下におかれましては、なにか調べられて不都合なことでもございますのか」

「…………」

キースがじっと黙ったままなにも言わないのを見て、ベロア公はますます勢いづいた。

「…なるほど、そのほうの口ぶりからしてすでに調べはついているのだろう。で、その途方《とほう》もない嘘《うそ》の出所は誰だというのだ」

するとベロア公は、狙いを定めたインパラにとびかかる肉食獣《にくしょくじゅう》のように、目を輝《かがや》かせて言った。

「王の乳母、イベール男爵《だんしゃく》夫人にございます」

場が一斉《いっせい》に騒がしくなった。

「ばかな！」

キースが膝《ひざ》を打って立ち上がろうとするのを、ベロア公は強引《ごういん》に言葉でねじふせようとした。

「もう証人はそこに呼んであります。陛下におかせられては、ぜひとも男爵夫人の入室の許可を！」

キースは円卓に両手をつけて、テーブルをとりかこんでいる面々をみやった。気のせいか、自分を見つめる視線から、だんだんと敬意がうすらいでいっているような気がする。

「なにを迷っておいでか、陛下。それとも、ここでご自身が偽物《にせもの》であると自らお認めになるか」

「馬鹿なことを言うな、控えよ、公！」

「ならば入室の許可を！」

追いつめられたキースは、しぶしぶながらベロア公の指示を受け入れるしかなかった。

「…入室を、許可する」

ベロア公の目に、一瞬剣呑《いっしゅんけんのん》な光が生まれた。それは勝利を確信する目だった。

隣接《りんせつ》する控えの間の幕がするするとあげられて、その向こうから一人の貴婦人が女官ふたりを従えて現れた。

キースは入室してきたイベール男爵夫人コンスタンシアの顔を見た。

マウリシオの義母にあたるというイベール男爵夫人は、ようやく三十をすぎたころだろうか、アルフォンスの乳母にしてはずいぶんと若い印象を受けた。彼女は乳母としての役目が終わった後も、王宮に仕える女官たちの長として王妃亡《おうひな》き後のこの王宮を取り仕切ってきたという。

その彼女をキースが遠ざけたのは、マウリシオは騙《だま》せても母親は騙せないと思ったからだ。十六にもなって着替《きが》えに女官の手を借りる必要はなかったし、まだ妃を迎えていない奥宮に出向くこともない。

コンスタンシアはキースを見ると、どこかおびえたように視線を外した。

「さて、イベール男爵夫人」

ベロア公が、まるで下手な裁判官を気取って言った。

「先日うかがったお話を、いまここで証言していただけるかな」

いまやその部屋の中は、水をうったような静けさというよりは氷の上に立っているような緊《きん》迫《ぱく》感がはりつめていた。

コンスタンシアは何度も口を開きかけてはためらうようなそぶりをみせていたが、やがて決心したように口を開いた。

「わたくしには、その者が本物の陛下でない証拠《しょうこ》がございます」

コンスタンシアはきっぱりとした表情で顔をあげた。

「本物の陛下は、ヘスペリアンであらせられます。そこにおられる御方《おんかた》は間違いなく男性、わたくしの陛下ではございません」

「な…」

「まさか!」

ほかの四人の公爵《こうしゃく》たちは言葉もないといった様子で、椅子《いす》の上で凍《こお》り付いてしまった。いつもは感情を表に出さない宰相のファリャでさえ、目を見開いて食い入るようにキースを見つめている。

「いらぬ騒動《そうどう》を懸《け》念《ねん》された先代レナード陛下が、わたくしども奥の女官にこの事実を隠《かく》すよう言い渡されたのです。この事実を知っているのは、クープラン大司教とわたくし、それに古参の女官の数名だけです」

(アルフォンスが、ヘスペリアンだって…?)

キースはがんがんと耳鳴りがする頭で、なんとか事態をおさめようといろいろと言葉を選んだ。しかし、あまりにショックが大きすぎてまともに頭が動いてくれない…!

キースが混乱している間にも、コンスタンシアによる弾劾《だんがい》は続いていた。

「わたくしはこの半年間、ずっとこのことを胸に秘《ひ》めてまいりました。あれほどわたくしを親しく思ってくださっていたのに、王はある日突然わたくしを遠ざけられたのです。その態度にどこか違和《いわ》感のようなものを感じながらも、わたくしには確証がございませんでした。王はお着替えもご自分でなされるようになっていたからです。

けれど、新しいお衣装の仮縫《かりぬ》いに同席した女官が、やはり陛下のお体が違《ちが》うと報告してきたのです。何者かが陛下のふりをしている。ではわたくしの陛下はどうなさったのだろう。もしや、まさか……！　口に出すのも恐《おそ》ろしいことながら、わたくしは本物の陛下の身を案じるあまり言わずにはいられませんでした。その者は陛下ではありません。陛下の名を騙《かた》る偽物です！」

コンスタンシアの声は、キースの胸にするどいナイフのようにつきささった。

一瞬の静寂《せいじゃく》のあと、その円卓の間は驚《おどろ》きととまどいの声に制圧された。

「こ、これはいったいどういうことですかな、陛下！」

バイエル公が顔を真っ赤にして立ち上がった。

「陛下がヘスペリアンであられたなど…、イベール男爵夫人のおっしゃることはまことなのですか」

「まさか、国王陛下が偽物であるかもしれないとは…」

「このようなことがもし本当だとするならば一大スキャンダルだ。パルメニアはおしまいだ！」

「まあまあ、諸侯《しょこう》らもおちつかれよ」

意外にもその場を収めたのはベロア公だった。

彼は、どこか粘着感《ねんちゃく》を感じさせる笑《え》みを浮《う》かべて、

「証拠と申しましても、まさかこの場で陛下の絹を奪《うば》うわけにもいきますまい。なれど、このままでは納得《なっとく》のいかぬものもおりましょう。ここは、国王にふさわしいかたちで身の潔白を証明していただきとうございます」

キースは、心の中で激しく自分を叱咤《しった》した。

(汗《あせ》よ、流れるな。ここで動揺《どうよう》しているのを悟《さと》られたら一巻の終わりだ！)

やがて、乾《かわ》いた唇《くちびる》からやはり同様に乾いた声がした。

「…どうせよというのだ」

「即位《そくい》五周年の式典の場にて、もう一度、万民の前で同じ誓《ちか》いをたてていただきとうございます」

「…なに？」

「陛下がご即位される際、ホルト山にてたてられた即位の誓いがございます。それを知るものは、同席していた我ら聖五家族の当主のみ。誓ってご自分がアルフォンス＝ユイエ＝グランヴィーアだと申されるのなら、それをもう一度みなの前で宣誓《せんせい》されるのです。王の誓いは神聖なもの。昔のこととはいえ、よもや本物の王が違《たが》えることはございますまい」

キースは、さしこむような胃の痛みが顔に出ないよう頬《ほお》の筋肉を総動員させていた。

なにもかもが彼には初耳だった。アルフォンスがヘスペリアンと呼ばれる無性体であること

も、彼が即位の際におこなったという誓いの言葉も……

「なるほど、それならば……」

「それはよいお考えじゃ、ベロア公」

ベロア公の提案に、諸侯たちがしきりにうなずきあう。

「いいだろう。約束しよう」

キースはともすればふらつきそうになる体を、気力だけで立て直しながら、

「そのような戯言《たわごと》にふりまわされるのは不愉快《ふゆかい》だが、それで余の潔白が証明されるのなら安いものだ。

ちょうどいい。余はその宣誓にあわせて親政を宣言しようと思う」

「親政を!?」

キースはベロア公に向かって、ことさら挑発《ちょうはつ》するように笑ってみせた。

「せっかくベロア公爵がおぜんだてをしてくれるのだ。せいぜいその場を利用させてもらうことにしよう、なあ公爵……?」

ベロア公は憎々《にくにく》しげに唇を歪《ゆが》ませた。どうやら、キースがここまでふてぶてしい態度をとることを予想していなかったらしい。もしキースが言葉に詰《つ》まるようなことがあれば、ベロア公はこの場でキースを糾弾《きゅうだん》し追い詰めていたに違いないのだが。

「では、これにて散会する」

国王の退出を知って、一同がうやうやしく頭《こうべ》を垂れる。キースは彼らが顔をあげるより先に

部屋を飛び出そうとし…

（あ――）

一瞬、入り口近くに立っていたイベール男爵《だんしゃく》夫人と目が合った。彼女は、まるで敵を見るような目でキースを見つめていた。

まともにコンスタンシアの顔が見られなかったキースは、逃《に》げるように自室へ舞《ま》い戻《もど》った。控《ひか》えの女官さえも部屋から追い出してしまうと、彼はがまんしきれずに手の中に胃液を吐《は》いた。

「ぐ…っ」

逆流するすい酸が、ちりちりとキースの喉《のど》を痛めつける。

（とうとう、このときが来たか！）

と、キースは口の中に広がった気持ち悪さを嚙《か》みしめた。

とっくに覚悟《かくご》はしていた。アルフォンスが生きていた、そしてやすやすととり逃がしてしまったあの日から、いつかこの日が来ることは予想していたはずだった。

（アルフォンスは、〈精霊《せいれい》の子供〉だった。もともと性別がなかったのなら、見破られて当然だったのだ）

そしてあの炎《ほのお》。

アルフォンスのように性別をもたずに生まれてきた者は、変わりに不思議な力を備えているという。あの夜、怒《いか》りのままに自分を焼き殺そうとした炎は、あの世から彼が引きずり出した神火であったのだ。アルフォンスは、そういう力をもっていたのだ。

「万事休《ばんじ》す、か…」

キースはふと、窓の外を眺《なが》めた。

そこには、一羽の鳥が飛んでいた。

『鳥のように翼《つばさ》があれば、一瞬でどこへだっていけるのに…』

かつて、大陸中を歩いて巡業《じゅんぎょう》していたころ、海のせいで大きく迂回路《うかいろ》を取らざるをえなかったとき、自分は仲間たちになにげなくそう言ったものだった。

楽をしたい、そう言った自分に、キースを拾ってくれた仲間の一人は言った。

『いいや、キース。翼あるものにすら海は広すぎる。無茶をすれば、いずれ力尽《ちからつ》きて海に落ちるしかないのさ』…

まさに、いまのキースはその足場のない鳥そのものだった。そんなことをすればどうなるか分かっていて、彼は大きな海へと飛び立ったのだ。

(そして、海に落ちようとしている…)

キースは水差しの水で手をきれいにすると、口元をぬぐって立ち上がった。

彼は、ここに戻ってきたときとはうってかわったしっかりした口調で、女官を呼んだ。

「侍従長《じじゅうちょう》を呼んでくれ」

(アルフォンスを騙《だま》して、彼のかわりに国王のふりをしてきた。それが間違っていたとは思わない)

キースにはキースなりの確固とした信念があった。それは、けっして讃《たた》えられるようなことではなかったけれども、自分は命をなげうってでもこうしたい、捕《と》らえられても悔《く》いはないと強く願ったことだった。

（それは、この国の体制を変えること――！）

ベロア公が自分の正体をあの場で暴《あば》かなかったのは、もっと効果的な演出をもくろんでのことだ。彼はおそらく式典の当日、国中から集まった人々の目の前で自分の正体を暴き、公然と王の座をのっとるつもりでいるのだ。

（そうはさせない！）

キースはぎり、と歯を鳴らした。この国の国王の権威《けんい》を、そんなことで地に貶《おとし》めることはできない。

あと自分にできることは、ベロア公に悟られずにアルフォンスと入れ替《か》わること、ただそれだけだった。

ふいに戸口の鈴《すず》が鳴り響《ひび》いて、女官のカン高い声がマウリシオの来訪を告げた。

マウリシオはいつものように無表情のまま、キースに向かって一礼した。

「お呼びと伺《うかが》いましたが」

「うん」

キースは、できるだけ平静さを装《よそお》って言った。

「腕《うで》の傷の具合はどうだ」

『篁破幻草子 宿命よりもなお深く』
イラスト／四位広猫

「陛下のおかげをもちまして」

「そうか…」

彼はほっと息を吐くと、マウリシオの顔をいままでになくまっすぐに見つめた。キースの視線に気づいたのか、彼が怪訝《けげん》そうに顔を曇《くも》らせる…

今ならはっきりとわかる。アルフォンスがこの世のものではない炎で自分を焼き殺そうとしたとき、彼がためらいなく炎の中に飛び込んでいったのは、けっしてキースを助けるためではない。

キースは確信していた。彼が…、マウリシオが、気づいていないはずがないのだ。

「マウリシオ、たのみがあるんだ」

「はい」

「アルフォンスに会いたい」

マウリシオが、ゆっくりと目を見開いた。いまキースの言った言葉をどう受けとめてよいのか迷っているようだった。

「オレがアルフォンスじゃないと、なぜわかった？」

と、キースは彼に問うた。コンスタンシアのあの口ぶりでは、アルフォンスがヘスペリアンであることを知っているのは彼女とクープラン大司教だけだ。

（マウリシオは、そのことを知らないはずだ。なのに、なぜ…）

なまあたたかい風《ふ》が吹いた。窓から滑《すべ》りこんできた風は、机の上の書類を散らかすだけ散らかして、やがて部屋の中でふっと消えた。

彼は長い間キースの顔を見つめていたが、やがて睫《まつげ》をふせてため息のようにぽつりと言った。

「あなたが、あの方であるはずがないからです」

その答えは、キースの息を一瞬《いっしゅん》だけ止めてしまうのに十分だった

「そうか…、では」

キースはおぼれる子供のように、無我夢中で彼との会話を続けようとした。あと一つ…、あと一つだけ聞いておきたいことがある。

「いつから気づいていたんだ。オレが、アルフォンスじゃないことを」

キースはおそるおそる顔を上げて、自分を見ているであろうマウリシオを見た。

そして、思わず言葉に詰まった。見上げた彼の顔は、いままでキースが見たどんな表情よりも優しげだった。

「はじめからです」

…キースは、祈《いの》るように天を仰《あお》いだ。

マウリシオは入ってきたときと同じように一礼すると、黙《だま》ってキースの寝室《しんしつ》を出て行った。

彼の規則正しい足音が完全に聞こえなくなると、キースはずっと噛みしめていた唇《くちびる》をゆるめた。

ここに来ても、どこにいてもずっと一人だった。

ずっと耐《た》えていた。ずっと不安だった。ずっと、誰《だれ》かに言ってしまいたかった。

でも、これでなにもかもが終わってしまうのだとしても、もうキースは嘘《うそ》をつかないでもいいのだ。

もう、なにかのふりをしなくてもいいのだ。

全身の力を抜《ぬ》く。

「………っぁあああああっ！」

その日、キースは王宮に来てはじめて、わきあがる衝動《しょうどう》を解放した。

第十六章　譲られた玉座

国王アルフォンス二世と、レジスタンス市民革命軍のリーダーの少年との会合は、エスパルダ王宮の謁見《えっけん》の間で非公式に行われた。

初めて間近に拝謁《はいえつ》するレジスタンスのメンバーは、玉座に座っていた少年の顔を見て同じように息を呑《の》んだ。アルフォンスとそっくりだとは聞いていたが、ここまでだとは思っていなかったのだろう。

「ようこそ」

キースが玉座から立ち上がった。彼は、おもむろにアルフォンスに続いて入室してきたビクターらに向かってこう言い放った。

「悪いが、ふたりきりにさせてもらえないか。誓《ちか》って卿《けい》らの悪いようにはしない」

アルフォンスは、キースがこのようなことを言い出してくることを予測していたので、無言で頷《うなず》いた。

二人の女官の手によって、重厚な胡桃《くるみ》材の扉《とびら》が閉められる。

そこは、混じりけのない白い大理石が敷《し》き詰《つ》められた八角形の部屋だった。貂《てん》の毛皮がしきつめられた先には、どっしりとした重厚さを感じさせる玉座が鎮座《ちんざ》している。そのどこか古代の神殿《しんでん》を思わせる玉座の間で、二人は改めて向かい合った。

いま彼らの間には、鉄格子《てつごうし》も鏡もなかった。

そして、片方を縛《しば》る縄《なわ》もいましめもなかった。

彼らはそこに立っていた。

お互《たが》いの意志で。

「もうそろそろ、おれに会いたい頃《ころ》だろうと思ってた。おれを呼んだということは、ベロア公からのつきあげがきたんだろう」

アルフォンスが言った。キースは一瞬だけ目を大きく見開き、玉座の前の段をゆっくりとおりはじめる。

「投げ文をしたのは、やはりお前か」

「放《ほう》っておいてもベロア公は遅《おそ》かれ早かれ暴発するはずだ。だとしたら、そのタイミングはこちらの都合のいいほうがいい。これでベロア公は確実に動く。お前を追い詰めようと切り札を動かしたはずだ」

「切り札？」

「コンスタンシアがお前の化けの皮をはがしただろう？」

「なぜ、それがわかる」

「お前がファリャの娘《むすめ》と結婚《けっこん》するという噂《うわさ》を聞いた。おれはずっとそれを待ってた。宮廷内《きゅうてい》で
ひとりでも多くの味方が欲しいお前は、宰相《さいしょう》と手を組むことで彼の娘を王妃《おうひ》にしようとするだ

ろう。だがそれは、けっしてやってはいけないことだったんだ。少なくともそれで、クープランとコンスタンシアはお前の正体に気づく…」

「結婚…。そうか、お前はヘスペリアンだ。結婚はできない」

「そうだ」

キースはいまや、アルフォンスと同じ目線のところにまで降りてきていた。

「おれはずっとその知らせを待ってた。お前の正体が知られるべくして知られたときがチャンスだったからだ。

ベロア公は、お前が偽物《にせもの》だと知って喜々としてお前を糾弾《きゅうだん》するだろう。お前はおれに会わざるをえない。おれたちの条件を呑まざるをえない」

キースがどこか口惜《くちお》しそうに顔を歪《ゆが》ませるのを見て、アルフォンスは小さく首を振《ふ》った。

「お前は結局悪人になりきれなかったんだよ、キース。お前は誰よりもこの国を愛してる。自分の身がどうなろうと、最後はこの国にとって最善の道を選ぶはずだ。だから、お前はかならずおれに玉座を譲りにくるだろう。そう予測できた。だからおれは待つだけでよかったんだ」

それは、長い長いゲームの終了《しゅうりょう》宣言だった。

「お前の負けだよ」

「ああ、オレの負けだ」

キースはあっさりと頷いて、おもむろに腰《こし》に下げていたエヴァリオットを鞘《さや》ごと引き抜いた。ベルトを外し、鞘におさめたままアルフォンスのほうに放る。エヴァリオットは無造作にア

ルフォンスの足元に転がった。

「それを抜け」

彼は、そう短く言い捨てた。

「そしてその剣《けん》でオレの首を斬《き》れ。それで…、全《すべ》て終わる」

アルフォンスがどういうことだ、と眉間《みけん》に皺《しわ》をよせた。

「自分のしたことの罪の大きさはわかっているつもりだ。この入れ替《か》わり劇を思いついたときから、こうなることは覚悟《かくご》していた。だから、最後くらいは潔《いさぎよ》くありたい。たしかにオレはお前と違ってなにも持っちゃなかったけれど、この誇《ほこ》りだけは手放したくないんだ」

キースの目はアルフォンスを通り越《こ》して、もうすぐ迫《せま》ってくるだろう死だけを見つめていた。その迷いのないまっすぐな目に、アルフォンスはなぜか軽い嫉妬《しっと》のようなものを覚えた。

「潔いんだな、おまえは」

アルフォンスは自分でも無意識のうちに、泣き顔と自戒《じかい》の混ざりあったような顔をしていた。

「どうしておれは何もかも中途半端《ちゅうとはんぱ》なんだろうな。お前みたいな芯《しん》の強さもない、強い力もない…。おれはいつも何かに苛立《いらだ》っていて、怒ったり迷ったり泣いたり、そればっかりの繰《く》り返しだった。何よりも、そんなふうにしかできない自分がいちばん嫌《きら》いだった。体も性格も何もかもが女々《めめ》しくて…」

なにを思ったのか、アルフォンスはふいにふっと笑いだした。

「いっそ女だったらよかった。はじめから女だったら、誰かがおれに女らしい生き方を教えてくれる。そしたら生きることにいくらか迷わないですんだし、自分のことも嫌いにならなかった…。

女だったら、ふふ…、そうだな。もしかしたらマウリシオと結婚させられてたかもしれない。なあキース、あいつ、怒《おこ》ってばっかりだったろ？」

マウリシオという名を口にした途端《とたん》、アルフォンスはふいに優しい顔になった。

「おれは、マウリシオに怒られているのが好きだったんだ。なぜかって、おれがおとなしくしていると、マウリシオはおれからどんどん離《はな》れていってしまう。ちっとも勉強をしないで家庭教師にいたずらばかりしていたのも、彼らが怒ってやめてしまえば、新しい教師が決まるまでの間マウリシオが勉強を見てくれるのを知ってたからだ。

あの王宮で、誰《だれ》もおれのことを見てくれなかった。おれは子供で、それ以外の方法でふりむいてもらえる術《すべ》を知らなかった。だから、困らせたり意地悪をしたりしてみんなの視線をひきつけるしかなかった。ただマウリシオがおれから離れていくのがいやだった。子供っぽい真似《まね》だと笑ってくれてもかまわない。たった半年前のことだけれど、あのころのおれにはマウリシオ以外大切なものなんてなかったんだ…」

そう自戒している間、アルフォンスの中のひどく頼《たよ》りなげな子供が顔をのぞかせていた。キースは、アルフォンスに一歩近づいた。

「アルフォンス、お前は幸せなはずだ。たいていの人間はこの広い世界で、そのたったひとりを見つけ出すことがなかなかできずにいる。お前はそうじゃなかった。マウリシオがずっと側《そば》にいたじゃないか」

キースの言葉に、アルフォンスは驚《おどろ》いたように顔をあげた。

「マウリシオは、はじめから気づいていたと言った。あなたが、あの方であるはずがないからですとそう言ったんだ」

「だから、何だ」

アルフォンスは、先程とはうって変わった冷ややかな目線で、

「おれの知っているマウリシオはもういない。あいつは、おれを見捨てたんだから」

きっぱりと、そう言い捨てた。

「マウリシオはお前を選んだ。マウリシオの王はお前だ。おれじゃない」

「なにをばかなことを…！」

キースは目眩《めまい》がした。

「あいつがどんなにお前のことを想《おも》っているのか、お前は知らないんだ。あいつは気づいていたんだぞ。オレたちのこともお前が街にいることも、はじめからちゃんとわかって…」

「はじめから？」

くくっと喉《のど》をひきつらせてアルフォンスは嘲《あざけ》った。

「じゃあ、なぜすぐに迎《むか》えに来なかった。おれが川で死にかけていたときも、街で腹をすかせていたときもあいつは助けにこなかった。あいつはどこでなにをしていた？　あいつは…」

伸《の》ばされたキースの手を乱暴に振り払《はら》って、アルフォンスは叫《さけ》んだ。

「あいつは、おまえの側にいたんだ。おれの声が聞こえない場所で、おれの声を聞こうともせず！　ずっと、側にいると誓《ちか》ったのに――！」

それは、悲鳴のような叫びだった。

キースは首を振った。彼にかける言葉を探したが、うまいぐあいのものは見つからなかった。

彼はむしゃくしゃする気分をそのまま言葉にぶつけて、おもむろにその場に座り込み、

「…お前はばかだ。今もむかしも、どうしようもない大ばかだ！」

と、覚悟をきめたようにアルフォンスに背を向けた。

「はやくその剣でオレの首をとれ。そしてオレの死体は焼くなり煮《に》るなり好きにするがいい。オレが偽物だったと知れたらきっとこの国は混乱する。その隙《すき》に乗じてベロア公が動くはずだ。いま、オレを殺してこの場で入れ替わったほうがいい」

「いやだ」

アルフォンスはきっぱりと拒絶《きよぜつ》した。

「おれは言ったはずだ、キース。もうそこへ戻《もど》る気はないと…」

「ばかなことを言うな！」

キースはアルフォンスを振り返って怒鳴《どな》った。

「お前が戻らなければ、このパルメニアはどうなる⁉」

アルフォンスは、その場に座ったままのキースには目もくれず、もちろんエヴァリオットを拾うこともせずに玉座の間の扉《とびら》へ向かった。

「アルフォンス！」

「お前にはもう少しの間、王でいてもらう、キース」

「なんだと…」

彼は、扉の前でキースを振り返った。

「おれに戻って欲しければ議会を開け。パルメニアの王の名のもとに」

「なに⁉」

「そのときは、かならずおれが国王として壇上《だんじょう》に立ち、議会の開会を宣言しよう。ベロア公が即位《そくい》の宣誓《せんせい》をしろというならそうしてやる。だがお前が議会を開かない限り、おれはそこへ戻る気はない」

そう言って踵《きびす》を返した。その背中にキースは言葉で追いすがった。

「待て！　議会を開くならオレを殺してからでもいいはずだ。なぜ殺さない。オレを憎《にく》んでいないのか！」

「もう憎んでいない」

後ろを向いたままのアルフォンスの背中が、ほんの少しだけ震《ふる》えたのをキースは見た。

「もう憎んでいないんだ。だから、殺せない…」

「お前…」

アルフォンスは、自分でも思いがけなくキースに笑いかけていた。

「ケルンテルンの大通りで、お前がブーランジェから凱旋《がいせん》するのを見た。あのシングレオ騎士《きし》団《だん》を従えて腰《こし》にエヴァリオットを佩《は》いたお前は、おれなんかよりよっぽど王にふさわしいように見えたよ。

　おれはその晩、ごわごわしたシーツの中で何度もお前を殺す夢を見た。でもやっぱり頭のどこかでわかっていた。お前のやっていることは正しい。お前は正しいんだって…」

　彼は、呆然《ぼうぜん》と自分を見ているキースを、そのとき初めてまっすぐに見返した。

「いまはまだ言えないけど、いつか時間が経《た》てば言える気がする。…だから殺さない。キース、お前は、おれがせいいっぱい生きた証《あか》しだから！」

「アルフォンス!!」

　キースは床《ゆか》から立ち上がって叫んだ。

「戻ってくるな⁉　議会を開けば、かならずお前は戻ってくるんだな!!」

「ああ」

　アルフォンスはキースに向かって頷《うなず》きかけ、そして彼に背を向けて大きく扉を開け放った。

　玉座の間の次の部屋には、ビクターたちレジスタンスの仲間ががアルフォンスを待っていた。

　エナが、アルフォンスに向かって白い手を伸ばした。

「帰りましょう、アル。わたしたちの家へ」

　アルフォンスは待っていたみんなの元へ駆《か》け寄った。ビクターが彼の右脇《わき》に、エナが左脇に、そのあとをハインツとマティスが続く。

　ようやく、自分の居場所に戻ってこられたような気がしていた。考えてみればおかしなことだった。十六年も暮らしてきた王宮より、誰かの側のほうが懐《なつ》かしいと思うなんて……

けれどアルフォンスはそのとき確かに、ビクターの力強い腕《うで》とエナの微笑《ほほえ》みと、みんなが自分を呼ぶ声のあるところへ帰りたいと思っていたのだった。

「さあ、みんなで帰ろう」

アルフォンスは、背筋をぴんと伸ばして次の扉を開けさせた。そして、ふと立ち止まった。

そこには、ある人物が立っていた。

（マウリシオ……！）

アルフォンスは小さく息を呑んだ。次の間へとつながる控《ひか》え室に起立していたのは、アルフォンスの侍従長《じじゅうちょう》を務めるマウリシオ＝セリー侯爵《こうしゃく》だった。

黙《だま》って頭を下げるマウリシオに、アルフォンスはすれ違《ちが》いざまささやいた。

「他《ほか》のものに膝《ひざ》を折った罪は、天命をもってつぐなえ」

マウリシオは、なにも言わなかった。

ただ、黙ったまままもう一度深く頭を下げた。

＊

アルフォンスが去ったあと、マウリシオは、玉座の間からなかなか出てこようとしないキースに声をかけた。

「陛下」

「…ああ、お前か」

しばらく呆然としたままだった顔に、ようやく表情らしい表情が戻る。

「アルフォンスのやつ、いったい、何を考えているんだ…」

放《ほ》ったらかしにされたエヴァリオットを拾い上げながら、キースはぽつりとつぶやいた。

「アルフォンスはオレに議会を開けと言った。それまでは王宮には戻らない、玉座はお前にあずけておくと、そして…」

(もう、自分を憎んでいない、と…)

まだ心落ち着かな気な様子のキースに、マウリシオは気遣《きづか》うそぶりをみせながら、

「あの方にはあの方のお考えがあるのでしょう。陛下は…、いえあなた様は、あなた様の役目をご立派に果たされますよう。即位の式典までは、あなた様がこの国の王なのですから」

「うん…」

キースは、どこかなぐさめられた子供のように頷いてみせた。

落ち着きを取り戻した玉座の間に、一転荒々《あらあら》しい足音が響《ひび》いたのはそのときだった。

「国王陛下、一大事でございます」

扉を割って現れたのは、宰相《さいしょう》のファリャ公爵《こうしゃく》だった。

「ヒクソスからの早馬がつきましてございます。二日前、サファロニア軍が国境を越《こ》えキャプスタンに攻め込んだ由《よし》」

「なに！」

キースとマウリシオは思わず顔を見合わせた。

「ベロア公のご長男、ミヌート殿《どの》が領兵を率いてご出陣《しゅつじん》されましたが、それだけでは二万の軍を防ぎようもないとのこと。援軍《えんぐん》が必要かと存じます」

彼はじっと腕を組んで考え込んでいたが、その表情に焦《あせ》りはなかった。

「もしやそれは噂《うわさ》に聞く〝黒い悪魔《あくま》〟か。どう思う、マウリシオ」

ゆっくりと玉座へいたる階段をのぼりながら、キースは彼らだけに聞こえるくらいの声で言った。

「オレは、ベロア公とサファロニア軍は内通しているものと思っていたが」

「ええ、そうでしょうね」

「では、これは陽動か？」

マウリシオは、彼にはめずらしくやんわりと笑った。

「どうでしょう。それよりも、宰相閣下のご報告にはまだ先があるようですが…」

キースは玉座に腰を下ろした。

「宰相、先を申せ」

「そ、それが…、」

ファリャは眉間《みけん》にくっきりと縦皺《たてじわ》を刻みながら、低く押し殺したような声を漏《も》らした。

「ヒクソスは動けぬ、と」

キースは、いま座ったばかりの玉座から立ち上がった。

「シングレオ騎士団になにがあったというのだ!」

「数日前より、ヒクソスの砦内《とりで》で馬たちが奇病《きびょう》でつぎつぎに倒《たお》れるといった事件が起こり、それによって、なんと竜騎兵隊《りゅうきへいたい》の馬のほぼ全数が使用不可能な状態におちいってしまったとのことです。飼い葉に毒草が混じっていたのか、それとも水が悪かったのか原因はまだわかっていないようですが、どちらにせよ、このままでは出陣はままならぬ、と…」

キースが口惜《くちお》しそうに唸《うな》った。

シングレオ騎士団は、その隊のほとんどが騎馬《きば》隊で編制されている。騎士団が誇《ほこ》る圧倒《あっとう》的な機動力も、馬なくしては皆無《かいむ》に等しい。兵のほとんどは歩兵戦になれていないし、第一ヒクソスから人の足で駆けつけるのでは間に合わない。そんなことをしてもたどり着いたときにはもぬけの空、サファロニア軍は彼らの横を素通《すどお》りするだろう。

「飼い葉になにか…。サファロニア軍がそこまでしたのか」

「いや、やったのはおそらくベロア公の手のものでしょう」

マウリシオが静かに話に口をそえた。

「シングレオ騎士団が動けないとなれば、王は都から正規軍を派遣《はけん》するしかない。正規軍の数はおおよそ一万二千。キャプスタンやアルゴリエンの領兵を合わせると二万を超《こ》えます。戦えない数ではない。ベロア公のねらいは、正規軍に都を空けさせることです。キャプスタンから都までは、彼の領地であるアルゴリエンが横たわっています。領兵の数もかなりのものだ。ふつうに突《つ》き進めば、サファロニア軍は途中《とちゅう》で過半数の兵を失うことになる。彼らが正規軍と対峙《たいじ》するころには、その数ははじめの半分以下になっているでしょう。となると、国王軍の勝利は確実のはず…

そこが、ベロア公の考え出した罠《わな》なのです」

「罠？」

マウリシオはゆっくりと前髪《まえがみ》をはらった。彼が頭をふるとまとめ髪《がみ》からこぼれた横髪が頬《ほお》にかかって、端整《たんせい》な横顔に濃《こ》い影《かげ》をおとした。

「国王軍が王都をあけてのこのこ救援《きゅうえん》にやってくる…。しかしそこに待ちかまえているのは、ほとんど傷ついていないサファロニアの大軍です。おそらく両者の間には戦わずして道を開けるよう口約がかわされているはずだ。ほかに協力者はいるかもしれません。宰相閣下以外の聖五家族は、みな敵とみなしても差し支えないでしょう」

ファリャが、彼にはめずらしく荒々しく拳《こぶし》を柱に叩《たた》きつけた。

「なんとしたことか。ムスティ＝ベロア、あの売国奴《ばいこくど》め!!　己の覇権《はけん》のためなら、サファロニア軍にわが国土が踏《ふ》み荒《あ》らされてもよいというのか！」

キースは、はっきりと焦りをにじませながらマウリシオを見た。

「…ベロア公に逮捕状《たいほじょう》を」

POST CARD

50円切手をお貼り下さい

102-8078

東京都千代田区富士見 2-13-3

（株）角川書店 ビーンズ文庫編集部

『♥愛読者カード』係 いき

ご住所 〒　　　－		
お名前（ふりがな）	お電話（　　　）　　－	
学年または職業	どちらかに○を 男・女	年齢　　　歳

ビーンズ読者モニターに参加しませんか？

※ 読者モニターとは、ビーンズ小説大賞の読者審査員になっていただいたり、今後のビーンズ文庫の本づくりに任意でご協力いただいたりする方々のことです。

モニターに（なる・ならない）　電話連絡は（OK・NG）

■ご記入いただきました事項につきましては、今後の企画に反映させるため、個人を識別できない形で統計処理を行わせていただきますが、その他の目的に使用することはございません。処理終了後は当社が責任を持って廃棄いたします。ご協力ありがとうございました♥

since 2005.04

愛読者カード　買った本のタイトル（　　　　　　　　　　　　　　　　）

マル○をつけてください♪

Q1. この本を何でお知りになりましたか？

1. 雑誌を見て（誌名：　　　　　　　　）　2. お店で本を見て

3. チラシを見て　4. インターネットで　5. 人にすすめられて

6. その他（　　　　　　　　　　　　　　　）

Q2. どうしてこの本を買いましたか？

1. 作者が好き♥　2. イラストが好き♥　3. あらすじを読んで

4. その他（　　　　　　　　　　　　　　）

Q3. この本は面白かったですか？
どこが気に入ったか教えてください。

1. ストーリー　2. イラスト　3. キャラクター（名前：　　　　　　　　）

Q4. あなたの好きな作家・イラストレーターを
2人ずつ教えてください。

作　　家：（　　　　　　　　）（　　　　　　　　）

イラストレーター：（　　　　　　　　）（　　　　　　　　）

Q5. 最近買った本は？

（　　　　　　　　　　　　　　　　　　　　　　　　　　）

♥ この本に関するご意見・ご感想を!!

KADOKAWA BEANS BUNKO
Illustration: Adumi Tohru

「それはできません」

「なぜだ！」

「証拠《しょうこ》がないからです。陛下。全《すべ》ては推測の域を出ません。確実なのは、ヒクソスのシングレオ騎士団《きしだん》が動けないということ。そしてサファロニア軍がまもなくこの王都に向けて攻め込んでくるということです」

マウリシオの言葉は、まるでキースの心に直接鉛《なまり》の重石を落としていったようだった。キースは祈《いの》るように目を瞑《つぶ》った。

「…オレは、どうしたらいい？」

そうして、今度はまっすぐにマウリシオの青い瞳《ひとみ》を見つめた。

「どうしたら、この国を守ることができる？」

「では陛下、早急に正規軍の出陣の用意を」

マウリシオのすすめに、慎重派《しんちょうは》のファリャが異論を申し立てる。

「しかし、それでは敵の思うつぼではありませんか、セリー侯《こう》」

キースは、ファリャがなにか言おうとするのを手で押しとどめた。

「よい、宰相はローランドに常駐《じょうちゅう》する全軍に出動態勢をとるよう、早急に申し伝えよ」

「…は、ははっ、御意《ぎょい》に」

まだ納得《なっとく》いかないといった表情を顔に残したまま、忠実な宰相は深く頭《こうべ》を垂れて退出した。

キースはゆったりと肘掛《ひじか》けに頬杖《ほおづえ》をついた。

「マウリシオ、何を考えている。あえて敵の策に乗るその理由はなんだ?」

「お教えする前に、ひとつお願いがあるのですが…」

マウリシオがキースを見て、わざとらしく咳《せき》をした。

「お願い?」

「あなた様のお名前を教えていただきたいのです」

「えっ」

キースははじめて母親の顔を見る赤子のように、ぽかんとマウリシオを見つめた。

「名を…」

「はい、あなた様のほんとうのお名前を」

キースは思わず顔をそむけた。ふいに、自分でも止められないほどの感情の高ぶりと共に、目頭が熱くなったのを感じたからだ。

(オレの、本当の名前…)

自分でも驚《おどろ》くくらいに緊張《きんちょう》していた。どうしてだろう、さっきまでは普通《ふつう》にしていられたのに、自分の名前を言うのが恥《は》ずかしいなんて…

十二分にためらったあと、彼は母親にいたずらを白状する子供のようにおそるおそる口を開いた。

「…キース、キース=ハーレイ…」

「はい、キース様」

そう呼ばれた瞬間《しゅんかん》、キースの喉《のど》を熱い呼気がかけあがった。

（オレはどうかしてるんだ。名前を呼ばれたくらいで泣くくらいうれしいなんて…）

頬におちた涙《なみだ》を見られるのがはずかしくて、キースはいつまでも閉まったままの窓のほうを見つめていた。

第十七章　鋼の心

ローランドは晩秋を迎え、グランバニヤンの丘《おか》の向こうから、ひたひたと冬将軍の足音が聞こえてくるようになった。

この時季になると、長い冬を越すために人々は炭と薪《まき》の買いつけにいそがしい。パンの値が夏よりも少し高くなり、ときどきやってくるとくに寒い朝には、汲《く》みおいた甕《かめ》の水に薄《うす》い氷が張る。

街を行き交《か》う人々の吐《は》く白い息は、やがて灰色の雪雲となってローランドの街を覆《おお》うことだろう。

国王自らの口から、約一〇〇年ぶりになる全院議会（市民身分の参政権を認めた議会）を召《しょう》集《しゅう》することが告げられたとき、ローランドの街はかってないほどの熱気に包まれた。街中の人々がこの画期的な事態をもたらしたレジスタンスたちを讃《たた》え、ほぼ無血で勝ち取ったこの勝利を祝った。

だが、アルフォンスたち革命軍の幹部は、彼らのようにお祭り騒《さわ》ぎに酔《よ》っているひまはなかった。年が明けてまもなく、国王の即位《そくい》五周年を祝う式典に行われる議会までに、パルメニア中の主要都市や地方の代表者を選抜《せんばつ》し、ローランドに召集をかけなくてはならなかったのだ。

この代表者を選ぶにあたって、市民レジスタンスのメンバーたちは、地方の文化人、豪農《ごうのう》、商人たちと何度も会合を重ねた。

とくに古くから地域に土着している地主たちは、新しい議会の開催《かいさい》によって自分たちの権利が損《そこ》なわれることを恐《おそ》れている。彼らが目先の利益のために貴族階級と連帯しないよう、革命軍のメンバーはそれぞれ地方に赴《おもむ》いて、根気よく彼らの説得に当たった。

「知識階級出身者が目立つ都市部の代表と、こういった地主階級の地方代表。今後は彼らの間をどうとりもっていくかが大きな課題になるだろうな」

と、インテリ代表のハインツが語った。

なんとかほうぼうに散らばった意見をすりあわせ、約二五〇人もの下院議員の選抜がすんだのは、冬もすっかり深まったイングラムの月のなかほどのことだった。

この間は、いろいろなメンバーたちがローランドと地方をいったりきたりしていた。中でもビクターは、南部出身ということでタクシスやキーンゲン地方を中心に活動していたが、向こうでちょっとしたもめ事があったらしくなかなかローランドへ帰ってこられなかった。

『…というわけで、最悪の場合は議会の開催日にまにあわないかもしれない。まあ、うちの代表はハインツだから俺がいなくても何とかなるだろうが、なるべく早く戻《もど》れるようにするよ』

……

よほど急いで書いたらしいビクターの手紙には、のたくった字でそう記されていた。

アルフォンスは大事そうにそっとその手紙を懐《ふところ》にしまった。ビクターが側《そば》にいないのは不安だったが、エナもハインツもいる。

それにうれしいこともあった。ビヨンヌに行っていたエミリオが、ローランドへ新しい仲間をともなって戻ってきたのだ。彼らはビヨンヌ大学の学生を中心とした反貴族派グループで、ビヨンヌをはじめとする中央パルメニアにも、この革命の嵐《あらし》が吹《ふ》き荒れつつあるようだった。

そうこうしているうちにも、パルメニアにとってもっとも記念すべき年が明けた。

今年は、新年の祝祭と合同で国王の即位五周年の式典と議会が開かれるとあって、王都ローランドにはパルメニア中からぞくぞくと人々がかけつけ、早くもお祭り騒ぎになっていた。

「…陛下、実はお話ししたいことがあるのです」

ある夜、そのエミリオがアルフォンスにそう言って相談を持ちかけてきた。

「投獄《とうごく》されているという母のことが心配なのです」

彼の話によると、エミリオの母でありアルフォンスの乳母であるイベール男爵《だんしゃく》夫人コンスタンシアは、キースが偽物《にせもの》であるということを証言したために、現在は王宮の監獄《かんごく》に入れられているという。そのことについてマウリシオはいっさい具申せず、ことが明らかになるまでは王を侮辱《ぶじょく》した罪で牢《ろう》に入れておくよう進言したというのだ。

「ボクの母は兄の実の母親ではありません。兄がそんなことを恨《うら》むような人ではないと信じてはいるのですが…」

エミリオは、なんとかして母に会わせてもらえるよう、キースに書状を書いてほしいといった。

「わかった。お前がコンスタンシアに会えるよう、おれからもキースに頼《たの》んでみるよ。もうキースがお前を害するようなこともないんだし、なんならお前はそのままセリー侯爵《こうしゃく》家に戻ってもいいんだぞ」

これには、エミリオはがんとして首を縦《たて》に振《ふ》らなかった。

「これはボク一人の問題ではありません。ここまで関《かか》わった以上、ボクについてきてくれたビヨンヌの学生たちを放《ほう》り出すわけにはいかない。あの母のことですから、きっと投獄されるのを覚悟《かくご》の上で証言したのだと思います。母はきっと、ボクが会いに行くよりも本分をまっとうするほうを喜んでくれる——、ボクはそう信じているんです」

アルフォンスは、改めてそう決心を述べた乳兄弟の顔をみやった。しばらく見ないうちに、彼はずいぶんと大人になっていた。気のせいかもう背もアルフォンスより高い。

「なんだか急にお前が大人になったような気がするよ、エミリオ」

そう言うと、彼は少し照れたように笑い、アルフォンスのしたためた手紙を持って、王宮の外郭《がいかく》にあるセリー侯爵家の屋敷《やしき》へと向かった。


——そして、いよいよ議会の開催を明日に控《ひか》えた夜のことだった。

貴族たちの中でみすぼらしい恰好《かっこう》はさせられないと、ハインツの上着を縫《ぬ》うのに奮闘《ふんとう》していたエナがようやく家へ戻っていったころ…

ぎりぎりまで準備に追われていたレジスタンスのメンバーたちとも別れ、アルフォンスはひとりで月を見上げていた。

いつのまにか、夜に君臨する月の名前は、八つのうちの一番はじめにまで戻っていた。

パルメニアが位置するこの西大陸では、八つの月がじゅんぐりに現れては沈《しず》んでいく。それぞれの月が至上角とよばれる中天に近い位置にある間を、パルメニア人はとくに歴史に名を残した人名で呼んでいる。

すなわち、アピューズ、ヘメロス、ハリエット、オリンザ、リオ、グレモロン、ブリザンデ、イングラム…。全《すべ》てその名は、遠征王《えんせいおう》アイオリア一世の八人の将軍に由来するものだ。

アルフォンスは、その月の明るさにも押しつぶされていない二つの星に向かって手を伸《の》ばした。

(あの青いのがエリシオン…。そしてこっちの赤いのがシングレオ…)

「遠いな…」

ほんの指の先にあるように見えるのに、けっして触《ふ》れられない星…。それはアルフォンスに、求めても手に入れることができないある人の心のことを思い出させた。

(マウリシオ…)

凍《こお》ったように冷たい風が吹いて、アルフォンスはエナが自分の古着をつめて作ってくれたコートの衿《えり》をたてた。

思えば、自分がこの街に捨てられたのは春先のことだった。まだオリンザの月が東の空にのぼりかけたころだったから、一年も経《た》っていないはずだ。

なのに、もう随分《ずいぶん》と昔のことのようにアルフォンスには感じられた。

キースの策略によって川でおぼれかけたところをビクターに助けられ、力を使ってハインツたちを助け出し、それがきっかけでいまのレジスタンスの活動のことを知った。それから、いろいろなことがあった。空腹で眠《ねむ》れなかった夜のこと。店の品物を盗《ぬす》み食いしてロッドにぶたれたときのこと。初めは気が狂《くる》うかと思った一週間に一度の風呂《ふろ》も、歯が折れそうなほど真っ黒いパンにもアルフォンスはすぐに慣れた。

(そして、今ではここをどこよりも懐《なつ》かしく思っている自分がいる)

アルフォンスは月あかりを受けてぼうっと白んだエスパルダの王宮を見た。

久しぶりに足を踏《ふ》み入れた王城は、アルフォンスにとって懐かしい場所ではなかった。あそこにはもう、自分を待っていてくれる人はいない。その証拠《しょうこ》にキースとの対決の後マウリシオに会ったとき、彼は一言もアルフォンスに声をかけてくれなかったのだ…!

(もうあんなやつのことは気にするのはやめよう。マウリシオはおれを裏切ったんだ。おれよりキースを選んだんだ。ただ王にふさわしい、それだけで彼を認め、おれを見殺しにしようとした——、なのに…)

アルフォンスは頭を振った。自分の中にまだ、マウリシオを信じている自分がいる…

この街で何をしていても、気がつくと彼のことを思い出してしまうのだ。シーツに包《くる》まるたびに慰《なぐさ》めてくれた声を。自分よりすこし低い体温の男っぽく骨ばった長い指を。

『アルフォンスさま』

アルフォンスは、空っぽの右手をぎゅっと握《にぎ》りしめた。

(嫌《きら》いになんてなれない)

彼は、涙《なみだ》があふれてくるのを止めようと大きく空を振り仰《あお》いだ。

(おれが、マウリシオを嫌いになれるはずがないんだ)

「……っっ」

ふいにこめかみに走った痛みに、アルフォンスは思わず顔をしかめた。このところこういった頭痛が頻繁《ひんぱん》におきている。

(どうしたんだろう。最近は〈力〉も使っていないのに…)

アルフォンスは突然《とつぜん》不安になった。この間のように下腹部から出血することはなくなっていたが、急に眩暈《めまい》を覚えたり、体が重く感じられたりすることがあった。

(どうしよう、なにか悪い病気だったら)

こんなに頻繁に眩暈がおこるなんて、自分の体じゃないみたいだ…。一度エナに相談してみたほうがいいかもしれない、と、アルフォンスはさっき別れたばかりのエナの家へ向かおうとした。

そのとき、急に月が翳《かげ》った。

雲だろうか…、そう思って見上げたときには、アルフォンスはみぞおちに一発食《く》らっていた。

いつのまに側にいたのか、アルフォンスはすっかり周りを囲まれていたのだ。

（…しまった、油断した！）

なにか頭に蓋《ふた》でも閉めるように、急速にアルフォンスの意識が遠のいていく。

「早く運べ」

意識を失う直前に、耳が知っている声をひろった。

（ああ、これと同じようなことが前にもあった）

誰《だれ》かの肩《かた》に担《かつ》がれながらアルフォンスはそう思い、これがあのときのようにキースの声でないことにひどく安心した。

＊

ローランドの国立最高議事院が一般《いっぱん》の平民に開放されたのは、王国の歴史が始まって以来、この日がはじめてのことである。

グランバニヤンの丘《おか》の上に建つこの壮麗《そうれい》な建物は、もとは神殿《しんでん》として建てられたものを歴代の王が手を入れて改築したものだ。

一〇〇年ぶりに開会される全院議会を一目見ようと丘を登ってきた人々は、誰しもがそこからのすばらしい眺《なが》めに、一瞬《いっしゅん》言葉を失った。冬なのに枯《か》れることのない緑が続く平原に、その間を優美な蛇《へび》のように流れるレマンの河…。この場所に立つだけで、ひとめでこの国の豊かさがわかろうというものだ。

その日、即位《そくい》五周年を迎《むか》えるアルフォンス王は、開会の時間が過ぎてもなかなか会場に姿を現さず、議会を心待ちにしていた人々をやきもきとさせた。会場内ではもう何度目かわからないほどくりかえされた曲を、王宮の音楽隊がまたはじめから演奏し始める。あふれかえった傍《ぼう》聴席《ちょうせき》からはなんどか汚《きたな》い野次がとんだ。国王は逃《に》げたのだ、そういった声も聞こえた。

「アル、遅《おそ》いわね」

ローランド市の代表が座る席で、エナがハインツに耳打ちした。

「今日は朝から姿が見えなくて、みんな心配していたけれど」

「なにかあったんだろうか」

ハインツは腕《うで》を組んで、じっと空の玉座を眺めていた。

王宮へ戻《もど》ったのだろうかとも思ったが（なんといってもあのアルフォンスは、正真正銘《しょうしんしょうめい》パルメニアの国王なのだ）、あの彼が自分たちに黙《だま》ってどこかへ行くとは考えられない。

「なにかあったとしか考えられない。昨日別れたあと、彼は宿屋へ戻っていないんだ」

ハインツたちは入城が許されるぎりぎりの時間までアルフォンスを捜したものの、ついにアルフォンスは見つからなかった。もしかしたら先に来ているかもしれない、そう思ってかけつけた会場には、やはりアルフォンスの姿はない。

手持ちぶさたの時間に、ハインツは会場をぐるりと見渡《みわた》した。

平民の席より何段か高くしつらえてある左翼《さよく》席には、自分たちとは比べものにならないくらいきらびやかな装《よそお》いをした議員たちが座っている。いわずとしれた貴族たちの専用席だ。まるで芝居《しばい》を観《み》に来ているかのように、深々と葉巻をふかしながら談笑《だんしょう》している様子に、傍聴席の市民たちはあからさまに眉《まゆ》をひそめている。

しかし、ハインツは来ているだけましだと思っていた。最悪左翼が全て空席のまま、議会が開会されるかもしれないと思っていたからだ。

「やっぱり、キャプスタンの代表は来ていないわね。噂《うわさ》はほんとうだったのかしら」

「噂って？」

「サファロニア軍が、キャプスタンからローランドに向かって侵攻《しんこう》してきているっていう」

まさか、とハインツは息を吐《は》いた。

「ベロア公爵《こうしゃく》が来ているってことは、そんなにたいしたことにはなっていないんじゃないかな。ほら、あそこにいる」

ハインツは、真っ赤なポアチェを身にまとったベロア公を顎《あご》で示した。彼は下賤《げせん》なものに見られるのは不快とばかりに扇《おうぎ》で顔を隠《かく》し、――だがしごくご機嫌《きげん》な様子で、鼻のほくろをもてあそんでいる。

（あのベロア公がこうもおとなしいとは妙《みょう》だな。なにか考えでもあるのか…）

と、ハインツは思案を巡《めぐ》らせた。

この議会の開催《かいさい》と同時に行われる式典で、国王アルフォンスは親政を宣言するといわれている。その意図をハインツは完全に理解していたが、そのいっぽうでベロア公が妙におとなしいのを不審《ふしん》に思っていた。このままでは国王は宰相《さいしょう》ファリャの娘《むすめ》を王妃《おうひ》に迎え（と彼は思っているはずだ）、強力な後ろ盾《だて》を得てますますその勢力を増大させるだろう。そうなれば、外孫であるゴットフロア公アンリを新王にすえて、ベロア公みずからが摂政《せっしょう》として権力を振《ふ》るうという計画はおじゃんになってしまう。

（なぜ、ベロア公は動かないのだろう。もし動くとしても、それはいったいどういう内容で手を打ってくるのだろうか）

『サファロニア軍が、キャプスタンからローランドに向かって侵攻してきているって』

（キャプスタンはベロア公の領地だ。エナの言っていたことが気に掛《か》かるな…）

左翼の一等席でゆったりとかまえている彼の態度を、ハインツは注意深く観察していた。

——そのときだった。

「パルメニア国王アルフォンス二世陛下の、御入来ーっ！」

奥へとつながる入場口の近衛兵《このえへい》が、声も高らかに宣言する。内幕の奥から歩いてくる国王の姿を見て、ハインツはあっと息を呑んだ。

（あれはアルか？）

ハインツは静かに首を振った。よく似てはいるがあれは少し前に王宮で見た、キースという少年だ。

（…ということは、アルフォンスは王宮に戻っているわけではない…？）

ゆっくりと壇上《だんじょう》にのぼった〝国王アルフォンス二世〟は、何度か深呼吸をしたあとにためらいがちに口を開いた。

「これより、パルメニア国王の名のもとに、第三十五回パルメニア全院議会を開くことをここに宣言する！」

わあああっという歓声《かんせい》が、おもに平民側の右翼《うよく》席よりあがった。拍手《はくしゅ》をしながら壇上を見ていたハインツは、隣《となり》のビヨンヌ市の代表がもらした言葉にぎくりと頬《ほお》をこわばらせた。

「なあ、あの国王陛下の顔、どこかで見た覚えがないか？」

「なにを言ってるんだ。ローランドに来たのもちょっと前なのに、その間パレードなんてなかったじゃないか」

「いや、だけどよ。そういうのじゃなくて…」

腋下に汗《あせ》が滲《にじ》んでくるのをハインツは感じた。

（アル、なぜ来ないんだ！）

もう議会ははじまろうというのに、いまだにエナの隣の席はぽつんと空いたままだ。

ハインツの苛立《いらだ》ちをよそに、議会の開会を告げるファンファーレが、王宮の音楽隊によって華《はな》やかに響《ひび》きわたった。

王国暦五六七年、一の月二十日。

ついに、パルメニアの全身分が参加した全院議会が開かれようとしていた――

＊

全院議会の開催を明日にひかえた晩、キースは今日をかぎり去る部屋で、昔の夢を見た。それは、はじめて役をもらって舞台《ぶたい》に立ったときの夢だった。あのときのことは、いまでもはっきりと覚えている。

村にたったひとつある井戸《いど》の周りであそぶ子供の役——、演目はたしか〝コリーダの天秤《てんびん》〟。街の芝居小屋でよく上演される、男を天秤にかける娼婦《しょうふ》の話だった。

あのころは必死だった。…いや、あのころだけじゃなくても、自分はいつだって生きることに必死だった。この世はたった一人で放《ほう》り出された子供にとって、必死にならなければ生きていけない厳しい場所だったのだ。〝役に立たなければ、きっと自分は見捨てられる〟。その強迫観念《きょうはく》は、ずっとキースの体に見えない服のように染《し》みついていた。

『自分から卑屈《ひくつ》になるな。厳しいのはお前にだけじゃない』

キースを拾ってくれた一座の座長は、そう言ってすぐに悲観的になる彼をいさめた。

『苦しみがあるから、喜びがあるんだ。でも、男だったらどんな苦難にも揺《ゆ》さぶられない鋼《はがね》の心を持て!』

厳しかった。鼓膜《こまく》が破れるほど怒鳴《どな》られたこともあった。それほどつらい記憶《きおく》も、こんなにやさしい気持ちで思い出せるものだったのだ。

何故《なぜ》いまになって、あのころのことを思い出すのだろう、とキースは思った。別れてからは一度も思い出したことはなかったのに…

「そうか、緊張《きんちょう》していたからか」

朝、ずいぶん早く目が覚めてしまってから、キースは今日が自分がアルフォンス二世でいる最後の日だということを思い出した。

キースはいつものように身支度《みじたく》を済ませると、マウリシオを伴《ともな》ってグランバニヤンの丘へと向かった。

（なぜ現れない、アルフォンス！）

あれから議会を開くことを宣言しても、アルフォンスからはなんの連絡《れんらく》もなかった。キースは待った。ただひたすらに彼を待ち続けた。

そして、とうとう全院議会の開かれる日になってしまった。

当日の定刻をとうにすぎても、アルフォンスが現れたという報告はなかった。ローランド市の代表席にも彼は現れていないようだった。

「陛下」

秘書官として側《そば》にひかえていたマウリシオが、キースへ膝《ひざ》を進めた。

「これ以上開会を遅《おく》らせることはできません。いきりたった市民たちが暴動をおこす可能性があります。この場は我々と市民とが同盟を結んだことを、ベロア公一派に見せつけるためのもの。市民たちをじらすのは逆効果です」

キースはだまって頷《うなず》いた。わかっている。それはキースにもわかっていた。

だが、ここで出ていけば、ベロア公の前で即位《そくい》の誓《ちか》いをたてなければならない。その内容をキースは知らない。知っているのは本物のアルフォンスだけなのだ！

(なにをしているんだ、アルフォンス!)

もしや、これが彼の復讐《ふくしゅう》なのだろうか、と、キースの頭に一瞬《いっしゅん》嫌《いや》な考えがよぎった。これは罠《わな》かもしれない。もしかして彼は、キースが万人の前でベロア公に糾弾《きゅうだん》され、見世物のように引きずられるのを待っているのだろうか。

(いいや、そんなことはありえない)

キースは心の中で何度もかぶりを振った。アルフォンスは言ってくれたのだ。もう自分を憎《にく》んではいないと。今はまだ口にできないけれど、いつか許しの言葉をかけられる気がするんだと。…そして、自分はそれを信じたはずだ。

(アルフォンスを信じたはずだ!)

キースは昂然《こうぜん》と顔を上げた。

まっすぐに入り口に向かう姿を見て、従者のものが王旗を持って後に続いた。歩いてくるキースの姿を認めた近衛兵が、おもむろに院内に向かって国王の入来を告げる。

「パルメニア国王アルフォンス二世陛下の、御入来ーっ!」

ファンファーレが鳴り響いた。

議事院の内部は、興奮する人々の熱気で冬だというのに汗ばむほどだった。キースはすぐ後ろに控《ひか》えているマウリシオを見た。マウリシオは黙《だま》って首を振った。アルフォンスはまだ来ない。ローランド市代表の席も、ひとつ空いたままだ。

キースが壇上に上がると、わああっという歓声が彼の全身をおし包んだ。

彼は大きく息を吸い込んだ。心を落ち着かせようと、胸に手をあててゆっくりと息を吐《は》く。

(まるで、初舞台《はつぶたい》のときのようだ)

キースは、シナリオに書かれたとおりの台詞《せりふ》を口にした。

「これより、パルメニア国王の名のもとに、第三十五回パルメニア全院議会を開くことをここに宣言する！」

彼は一呼吸置いて、ぐるりと周囲を見渡《みわた》した。扇形《おおぎがた》に開かれた議員席に座っている何千という目が、いま壇上に立っている自分をじっと見つめている。

キースは、その中でたった一つ空いている席を見た。

(アルフォンス…、アルフォンス!!)

キースは、ただ祈《いの》った。

(信じてるぞ、お前を——！)

「わが王国の民《たみ》、同じ土の上に栄えしパルメニア一千万の民よ！」

まだ少年らしさを残した声が、まさに議事院の天井《てんじょう》を穿《うが》つように内部に響き渡った。

「ここに即位五周年の式典を迎《むか》えるにあたり、余、パルメニア国王アルフォンス二世は、エオンの地におわします神々に改めて即位の誓いを申し上げる！」

さきほどまでざわめきで埋《う》め尽《つ》くされていた場内は、いまやシン、として物音ひとつなかった。誰《だれ》もがじっと国王の一挙一動をみつめ、おのれの息さえも凝《こ》らしている…

「ひとつ、始祖の名を穢《けが》さぬよう、ファルマの杖《つえ》とソブリオの剣《けん》をもって政を執《と》り行うこと」

キースはひとつひとつの誓いを、嚙《か》みしめるように言った。

「ふたつ、誰よりも自らに厳しく、つねに鋼のようにかたき心を持つこと。

みっつ、天命をもって我にあたえられしエオンの地に、平和をもたらすこと…」

それは、彼がアルフォンスと入れ替《か》わってから、自分自身で心に課していた国王としての責任だった。

「以上のことを、余は天をすべるあまたの神々の名にかけて、ここに誓い――…」

「違《ちが》う!!」

誰も予測しなかったその声は、上院議員たちの座る左翼《さよく》席から飛んだ。

キースは、立ち上がった人物を見た。いまや全《すべ》ての視線は、その舞台上の役者のように着飾《きかざ》った男に注がれていた。

ムスティ＝ベロア公爵《こうしゃく》は、わざとゆっくりした動作でキースを指差した。

「およそ五年前、アルフォンス陛下がわれら聖五家族の前で誓われた言葉は、いまそこにいる者が宣誓《せんせい》した内容ではなかった。のう、そうであろうトロパウロ大神官どの!」

ベロア公の視線の先にいたのは、今日この日のためにホルト山から召還《しょうかん》されていた、大神官のサモス＝トロパウロだった。

約一〇〇〇人の視線が、今度は大神官のもとに集中する。彼は驚《おどろ》いたように顔を強《こわ》ばらせたまま、しかし黙って頷いたのだった。

弾《はじ》かれたようにベロア公は叫《さけ》んだ。

「見よ、そのものは国王ではない。おそれおおくもアルフォンス陛下を害したてまつり陛下と入れ替わって玉座に座った偽物《にせもの》だ!!」

思いもかけぬベロア公の糾弾に、議会のために集まっていた人々の間からざわめきが巻き起こった。

「国王が偽物だって!?」

「まさか…」

「いったいどういうことだ。説明しろ!」

次第《しだい》に大きくなるざわめきを前にして、キースはなす術《すべ》もなくじっと耐《た》えていた。もしかしたら、少しの間放心していたのかもしれない。

そんなキースの様子に満足したのか、ベロア公はさらに熱弁を振《ふ》るった。

「そこにいる者は神聖なる王家の血を一滴《ひとしずく》もひいてはいない。国王に似ているのをいいことに本物の王を殺害し、自らが王になりかわった反逆者だ。非常に残念なことであるが、本物の陛下はもうお亡《な》くなりになられているという。これがその証拠《しょうこ》だ!」

そう言って、ベロア公は手にしていたなにかを押し戴《いただ》いた。

(あれは、髪《かみ》の毛…。アルフォンスの髪だ!!)

キースは、自分の心の中が絶望で真っ黒に染まるのを感じた。

（まさか、アルフォンスはベロア公の手によって殺されたのか。だから、この場に現れないのか！）

振り向くと、そこに青ざめたマウリシオが控えていた。彼はキースが振り向いたことに気づいていないようだった。

「マウリシオ！」

キースが小声で呼びかけると、彼はハッとしたように頷いてすばやく奥へ消えた。

「国王が殺された⁉」

「アルフォンス陛下が、お亡くなりになっていただって⁉」

場内のざわめきに、うそ！という女性の悲鳴が混じった。

さらに、調子に乗って唇《くちびる》もなめらかなベロア公が、混乱する人々をあおり立てようとする。

「我々は手を尽くしたが、ご遺体を取り戻《もど》すのがせいいっぱいだったのだ。ここにお集まりの諸君！我々はまだ幼い陛下の死を悼《いた》み、壮麗《そうれい》な葬儀《そうぎ》をもって陛下の御霊《みたま》が安らぐことをねがうだろう。

だが、その前にやらねばならぬことがある！」

彼は、足元に錫《すず》をながされた彫像《ちょうぞう》のように立っているキースに向かって、大きな石をはめた指をつきつけた。

「おそれ多くも国王陛下を殺害したてまつり、その名をかたりパルメニア国民を欺《あざむ》きとおした大罪人を捕《と》らえよ！そしてバルビザンデの王冠《おうかん》を、由緒《ゆいしょ》正しき血統の上に取り戻すのだ！」

ベロア公の煽動《せんどう》に心を動かされたのか（それともそれが初めからの筋書きなのか）左翼の席を占《し》める貴族たちの大半が立ち上がった。

「そこにいる偽物を逮捕《たいほ》しろ！」

みな、ベロア公の言葉に後押しされて、キースに罵倒《ばとう》をあびせはじめる。

なにがなんだかわからないといった表情の市民たちも、黙ったまま立ちつくすキースを見て、次第に顔色を変えていった。

はえある記念すべき全院議会の場は、一転して王を弾劾《だんがい》する場へと変わった。

（…アルフォンス、なぜ来ない）

キースは、あえぐように息を吐いた。

（オレの声が、聞こえないのか!!）

＊

錆《さ》びた鉄の匂《にお》いがする。

再びアルフォンスが目を開けたときには、知らない場所で、高い天井からつるされた二本の太い鎖《くさり》に腕《うで》をとられていた。

（痛い…）

うっすらと広がった視界に、赤茶けた石畳《いしだたみ》が見える。鎖のせいでろくに身動きできないため、

もになぶり殺される。

革命軍のリーダーは議会に現れず、肝心《かんじん》の王はにせもの。そこへサファロニア軍が押し寄せてきたという一報が入る。ローランドは大混乱、革命どころじゃない。賤民どものだいそれた夢もこっぱみじんってわけさ。いいざまだ！」

ガルロは、なんとも獣《けもの》じみた笑い声を立てた。

彼は持っていた鞭《むち》をふりあげると、ひゅうんと空を切った。

「は、ぐっ……」

ガルロの揮《ふる》った鞭の先は、アルフォンスのむき出しの腿《もも》をぴしりと打った。アルフォンスは汗《あせ》の滲《にじ》んだ目で彼のもっているものを見やった。

家畜《かちく》用の鞭だ。

（いやだ、助けて！）

ウサギのようにうちふるえるアルフォンスに、ガルロは容赦《ようしゃ》なくそれを振《ふ》り下ろした。

「うあああっ！」

（助けて、力が使えない！　どこにいるんだ、マウリシオ！　マウリシオ!!）

全身を鞭で引き裂《さ》かれそうになりながら、アルフォンスは必死でマウリシオの名を呼んだ。

（マウリシオ――!!）

第十八章　ただ、他愛もない昼と、夜を

そのシナリオを書いた演出家は、舞台《ぶたい》を見てはいなかった。

今日は、彼が書いた舞台の初日だった。主演はスポンサーのご希望どおり、やる気だけはあふれた大根役者で、悪役に選ばれたのは運の悪い少年。おそらく幕は、主役がむりやり悪役を舞台から引きずり下ろしたところで下ろされるだろう。

自分が選んだ役者がうまく役回りを演じているかどうか、そんなことはジャスター＝キングスレイにとってはどうでもよいことだった。

火をつけた煙管《キセル》から、阿片《あへん》の甘ったるい匂《にお》いがぱっと辺りに広がった。長いソファにもたれかかって阿片煙草《たばこ》をふかしながら、ジャスターは透《す》き通るくらい白くなってしまった自分の腕《うで》を見やった。

(あとどれくらい、自分は生きていられるのだろう…)

「残念ながら、肺に悪性の腫瘍《しゆよう》ができております」――そう医者に宣告されたのは、半年前のことだった。

いつかこのときが来ると思っていた。阿片や麻《あさ》の茎《くき》などをつかっても痛みをちらすことはできなくなっていたことを思えば、ここまでよくもったほうだと思う。

死を、こわいとは思わない。

人が死を恐《おそ》れるのは、未練があるからだ。そしてその未練すらジャスターはもちあわせてはいなかった。

うれしいとか悲しいとか、そういうものを感じる部分がからっぽなのだ。おまけに阿片を短時間に吸うせいで、指先にふれてもなにも感じない。この体は、ただの肉の塊《かたまり》だ。

（早く、来い。わたしの死天使《クアール》）

ジャスターは、手招きで死を呼んだ。

このままでは、自分は望みとともにこのパルメニアという国まで滅《ほろ》ぼしてしまう。ジャスターがベロア公に言ってみせたとおり、サファロニア軍はローランドのすぐそこまで迫《せま》ってきているのだ。ベロア公は偽物を処刑《しょけい》したあと、サファロニア軍と貴族たちの後押しを受けて公然とアンリを新王に据《す》えるだろう。そう脚本《きゃくほん》を書いたのはほかならぬ自分だ。

（その前に、死が自分を迎《むか》えに来るかどうか賭《か》けていたのに――）

「神様とやらも、思ったより無慈悲《むじひ》なものだな…」

再び煙管に手をかけようとして、ジャスターは一瞬だけ動きをすばやくした。彼は、ドアの辺りに人の気配があることに気づいた。

「ずいぶんと色気のない、死の天使だ」

冴《さ》え冴《ざ》えとした冬の星のような瞳《ひとみ》が、射るようにジャスターを見つめていた。

「あの方を、返していただきましょう」

マウリシオは、沈《しず》みかけた船のようなジャスターを見てそう言った。

彼は、迷いのない目をしていた。ああ自分にもあんなころがあったと、ジャスターは懐《なつ》かしげに目を細めた。ああして、たったひとりで自分の影《かげ》を踏《ふ》みしめていたころが自分にもあった。覚悟《かくご》というものを決めたあとだ。

「そんな恐《こわ》い顔をなさいますな、セリー侯爵《こうしゃく》。せっかく我が家に来ていただいたというのに」

武器ももたず、抜き身の目線ひとつでそこに立っている若者を、ジャスターはどこか愛《いと》おしげに眺めた。彼はマウリシオをもてなすために、ワイングラスを指の間に引っ掛《か》け、棚《たな》から引っ張り出そうとした。

「てっきり、侯爵はいまごろ子守りに忙《いそが》しいころだと思っていましたよ。ワインをいかがです。四二一年ものの赤ですが……」

「あの方を返してください。キングスレイ伯爵《はくしゃく》、貴方《あなた》の企《たくら》みはもうわかっています」

「企み？」

くだらない冗談《じょうだん》を耳にしたように、ジャスターは笑った。

「まるでわたしが殺人事件の犯人のような言い方をなさる。それで貴公は、どんな事件を解決しようというのです」

長い指がワイングラスをひっくりかえす。ジャスターは再びソファに身を沈ませた。

「わざわざわたしが謎解《なぞと》きをしなくても、今ごろ、貴方の大事なお義父上《ちちうえ》が自分から口をすべらせているころだと思いますよ。自分はサファロニア軍と通じ、謀反《むほん》を謀《はか》ったと」

「侯爵は、たいそう夢想家でいらっしゃる」

くつくつと彼は喉《のど》をふるわせた。

「仮にあなたの言うとおり、わたしが大それたことを企《くわだ》てたといたしましょう。それでわたしに、なんの利益がありますか？」

マウリシオは目を細めた。ジャスターはソファの上にゆったりと腰《こし》をかけたまま、立ちすくむマウリシオを、まるで美しい彫刻《ちょうこく》を見るように眺《なが》めていた。

「地位、身分、名誉《めいよ》、金、そして女…。そのどれもにわたしは満足していないように見えますかな」

「そう、それが私にはわからなかった。何故《なぜ》貴方が、先代国王を殺さねばならなかったのか。そうまでしてベロア公に取り入りたかったのか」

「これは驚《おどろ》いた。そんなことまで知られていたとは」

ジャスターは、ほんの少しだけ目を見開いて言った。

「五年前の雨の朝、西の回廊《かいろう》で貴方と女官が密談をしていたところに偶然《ぐうぜん》いあわせたのです。両陛下…アルフォンス様のご両親を毒殺し、その功績をもってベロア公の寵臣《ちょうしん》となった貴方のことを、私はずっと前から見張っていました。その私が、貴方の陰謀《いんぼう》を見過ごすはずがない！」

マウリシオの糾弾《きゅうだん》は、ジャスターに突《つ》き刺《さ》さる前にアルコール臭《しゅう》にまみれて霧散《むさん》した。

ジャスターは、少し上体を起こしてマウリシオを見やった。

「なるほど、しかしあなたはわたしを告訴《こくそ》しなかった。なにせ、わたしの後ろにいる人物が大物すぎるからね。なのに、今の今になってわたしを糾弾しようとする…、それは国王への忠誠心からですか…?」

ジャスターの声には、明らかに今までにはなかった冥《くら》さが潜《ひそ》んでいた。マウリシオは思わず後ずさりしそうになる衝動《しょうどう》をこらえた。

彼は、ジャスターの思いもかけないことを言った。

「なぜ、貴方はそこまでこの国を憎《にく》まれるのだ」

「憎む?」

「私には、貴方がこの国を憎んでいるように思えてならない。憎くて憎くて息の根を止めずにはおれない、恋敵《こいがたき》のように」

「恋敵…」

ふふ、とジャスターは楽しげに笑った。

「恋敵とはなるほど言い得て妙《みょう》だ。だが、あたっていますよ」

彼はうっとりと美しい詩を読み上げるように、

「ここまで来たごほうびに、あなたの問いに答えてさしあげましょう。そう、わたしが憎んでいたのはこの国じゃない。あの子供です」

ジャスターはとうとう、だれもわけ入ることのできなかった胸の内を吐露《とろ》しはじめた。

「子供…?」

「ふふふ、貴方に命をかけて想《おも》われている、あの幸せな子供のことですよ」

そう言うと、今度はマウリシオのほうが驚いたように目を見開いた。

「わたしがどんなに望んでも手に入れることができなかったものを、当たり前のように受け取っているあの子供が憎かった。だから、あの子供からいちばん大切なものを奪《うば》ってやろうと思ったんです。

それと同時に、これは大きな賭けでもあった。もしわたしのやったことが間違《まちが》っているのなら、時代はかならずその大きな車輪でわたしをひき潰《つぶ》すでしょう。逆にわたしが正しければ、この国は滅びる。わたしは大小の歯車をつなぐ、一本のたよりないネジでしかないのだから…」

ジャスターは石膏《せっこう》のような指で髪《かみ》をすいた。

「それを選ぶのは神です」

「そんなのは、馬鹿《ばか》げた運命論だ！」

マウリシオが、めったにあげない声を荒《あら》げた。

「貴方は自分に都合のいい部分を、運命という箱に押し込んでいるだけだ。貴方が間違っているのかどうかを決めるのは、貴方の神じゃない。この国の法です！」

「妙なことをおっしゃるものだ。心の神殿《しんでん》に、より情熱的な神を住まわせておられるお方が」

ジャスターは小首をかしげて、少女のような仕草で笑った。

「では、あなたの神よりわたしの中の怪物《かいぶつ》が勝ったというわけだ。わたしの怪物は、いずれあの子供をも食い殺しますよ。そうそう、あなたの父上にも罪を償《つぐな》ってもらいました。もちろん、ご自身の体でね」

「な…」

マウリシオは、吸いかけた息を喉元《のどもと》で止めた。

「貴方は、私の父まで！」

「おやおや、さすがにそこまではご存じなかったか」

ジャスターは、うちふるえるマウリシオを楽しげに眺めていたが、ふいに顔から笑みを消すと真剣《しんけん》な顔つきで話し始めた。

「…懐かしい話をしましょう」

彼は、無意識のうちに自分の右の手首を触《さわ》っていた。

「あなたがまだほんの子供のころの話です。わたしには、将来を誓《ちか》った恋人《こいびと》がおりましてね。幸いなことに、相手もわたしのことを好いてくれていました。わたしたちはなにも持たぬ孤児《こじ》同然だったけれど、お互《たが》いにすがりつく腕《うで》だけをもっていた。それだけで、わたしたちは十分に幸せだったのです…。

ある日、彼女は父親によってある貴族の後妻に売られ、都へ連れて行かれました。わたしは一途《いちず》にあとを追った。根無し草のような生活をしながら、彼女を悪の手から救い出す、そんなつまらない夢だけを抱《いだ》いてのこのこ都へやって来たのです。

そうしてわたしは彼女に再会した。わたしの幼かった恋人は、すっかり女の顔をして貴方の母親になっていました」

マウリシオは、一瞬《いっしゅん》怪訝《けげん》そうな顔をした。

「私の母親…？　それは、まさか」

ジャスターはマウリシオの驚愕《きょうがく》を尻目《しりめ》に、どろりと粘《ねば》りをおびた液体をワイングラスの内側に注ぎ込んだ。

「実際あなたの父親はうまくやったと思いますよ。聖五家族の椅子《いす》をどうしても手に入れたかったあなたの父親は、自分の妻を乳母にすることを思いついた。そのために奥に金をばら撒《ま》いて王妃《おうひ》がいつ身ごもってもいいように、念入りにその準備をはじめた。あなたの父親はね、出世欲のために、わたしの恋人を金で買ったんですよ。そして、子供を産ませるためだけに抱いた…」

一気に呷《あお》った拍子《ひょうし》に、口の端《はし》からワインがこぼれた。赤い染《し》みが、ジャスターの服の白い胸もとに点々とちらばった。まるで、散った花びらのように…

「あなたともう一人の母となったわたしの恋人は、迎《むか》えに来たわたしを手ひどく追い返しました。コンスタンシアは、腹に子供がいるからわたしとは行けないと言ったんです。わたしは、そこで何度も思い返さずにはいられなかった。いったい、あの女はわたしを何回愛していると言っただろう。わたしたちはどれくらい、お互いの唾液《だえき》が混ざり合うくらい口付けをしただろう。

それから自暴自棄《じぼうじき》になったわたしが、王宮で馴染《なじ》みの女官と過ごしていたとき、わたしは偶然彼女の姿を見かけました。彼女は笑っていた。自分の子ではない赤子に片方の乳を与《あた》えながら、愛おしそうに何度も名を呼んでいました。そのときわたしは――」

ジャスターは、顔から表情を消した。

「女という生き物が、とてつもない怪物に見えた……！」

彼は、もはやマウリシオを見てはいなかった。自分自身の心の奥底に潜んでいる、自身の怪物に向かって話しかけていた。

「わたしを愛しているといった女。愛してもいない男の子供のために私を捨てた女。そして自分が生んだのではない赤子に、笑って乳をやる女…。ふふ、同じ顔をしているんですよ。侯爵。わたしはそのときはじめて知ったんです。この世の天使と悪魔《あくま》は、同じ顔をしているのだと」

彼は、ぐいっと口元を袖《そで》でぬぐった。

「わたしはたくさんのものに復讐《ふくしゅう》を誓いました。まずは、わたしの恋人を奪ったあなたの父親に。そしてその次に、実の娘《むすめ》を売り渡《わた》した彼女の父親に。そして、もう一度わたしから彼女を奪った、あの無垢《むく》で無知な子供に…

ベロア公の懐《ふところ》にもぐり込んだのは、そのほうがいろいろと都合が良かったからです。わたしは先代国王を殺し、あの子供から愛する母親を奪い、あの子供が悲しむさまを見て溜飲《りゅういん》を下げたかった。あの憎らしい子供から、なにもかもを取り上げてやりたかった。でもそれは間違いでした」

ジャスターは、残酷《ざんこく》さが服を着て座っているように笑い声をたてた。

「あの子供を苦しめるのなら、真っ先にあなたを殺せばよかった」

彼は、ふいっと横を向いて笑った。その顔からは、さきほどのどすぐろい狂気のようなものは消え失《う》せていた。

「侯爵はお気の毒だ。こんなところまで来て、捨てられた男の愚痴《ぐち》を聞かされていらっしゃるとは」

そして、彼は預言者のようにはっきりと言い切った。

「さあ、もうすぐ〝黒い悪魔〟を率いたサファロニア軍がローランドへやってくる。約五〇〇年続いた偉大《いだい》なパルメニアも、今日で滅《ほろ》びます。あなたの愛する国王を道連れにして。こんなくだらない男に滅ぼされるくらいなら、さっさと滅びてしまえばいいんだ。この国はまるで濁《にご》った水槽《すいそう》ですよ。五〇〇年の間に中の水は腐《くさ》って、魚は次々に白い腹を浮《う》かせていく。救おうと思えば、一度中の水を全部捨ててしまわなければならない。ねえ侯爵、そう思いませんか」

マウリシオは、ジャスターに引きずられまいとするかのように必死で首を振《ふ》った。

「あの方は…」

いままで隠《かく》していた棘《とげ》を剝《む》き出しにして、マウリシオは叫んだ。

「アルフォンス様は、いったいどこです！」

「答えになっていませんよ、侯爵」

「答えになっていないのは貴方《あなた》のほうだ、ジャスター＝キングスレイ！」

マウリシオはぎり、と奥歯を鳴らした。

「貴方の負けだ。私は貴方を逮捕《たいほ》できる」

「できませんね、なにしろまったく証拠《しょうこ》がない。国王の暗殺に使用した毒も実行犯も、もはやとっくに墓の下だ」

ジャスターの微笑《ほほえ》みにはまだ余裕《よゆう》があった。手持ちのカードを見せきっていない、イカサマ師の笑《え》みだ。

しかし、マウリシオは動じなかった。

「貴方の罪状は先代国王の暗殺ではない。〝国家反逆罪〟、それが貴方の罪状です」

ジャスターは整えられた眉《まゆ》を片方だけピクリと動かした。

「…証拠は残していない」

「ええ、貴方は用心深い方だ。クレマンド皇子とのやりとりに文書を使わなかった。自分たちだけがわかり、誰《だれ》からも不審《ふしん》に思われないやり方でうまく我々の目をごまかしていた。しかし、貴方はたったひとつだけミスを犯したのです」

二人はしばらくの間見つめあった。まるでお互いの隙《すき》をうかがう野の獣《けもの》のように、じっと…

やがて、ジャスターは唇《くちびる》だけを薄《うす》く動かした。

「…そのわけを聞こうか」

「貴方が最後に受け取られた小箱、あれに入っていたのは——」

と、マウリシオは、自分の後ろの髪《かみ》をぐいっと前にひっぱってみせた。

「私の髪です」

そのときマウリシオの両眼《りょうめ》が、振り下ろされた電光の鉈《なた》のようにカッと光った。

ジャスターは、すこしだけ瞼《まぶた》を持ち上げた。

「サファロニア軍は来ません。キングスレイ伯爵《はくしゃく》、貴方の負けだ。全《すべ》てを話してください。さもなくば貴方の体に聞くことになります」

「体に？」

そう言った途端《とたん》、ジャスターは壊《こわ》れたゼンマイ仕掛《じか》けの人形のようにケタケタと笑い出した。

「それは、脅《おど》しのつもりですか、侯爵…。ハハハ、お笑いだ…！」

ジャスターが手を振り払《はら》った拍子に、テーブルの上のものがガシャーンと音を立てて倒《たお》れた。床《ゆか》に落ちたワインボトルが、マウリシオの足元でゆっくりと中身を吐《は》き出しはじめる…

「わたしの体に聞く？　ふふ、やりたいのならどうぞお好きなだけ鞭《むち》でお打ちなさい。杭《くい》をうちたててもよし、熱した鉄の靴《くつ》をはかせてもよし。この体に聞けるものならば！」

ふいに、ジャスターが大きく背を丸めて咳《せ》き込んだ。見ると、ジャスターの胸元にさっきより大きく赤い花が咲《さ》いている。

彼の手のひらには、べっとりと赤い色が張り付いていた。それを、まるで蜜《みつ》でも舐《な》め取るかのように唇を寄せて、ジャスターは苦しげに目を細めた。

閉ざされた部屋の中に、ゆっくりと鉄の臭《にお》いが広がっていく。

これは死のにおいだ。

「ク…ァールよ。はやく…」

彼は、ぎこちなく瞳《ひとみ》を動かした。

「はやくわたしを、連れて、行け……」

そこまで言って、ジャスターは再び激しく咳き込んだ。彼の口からは赤い糸のようなものが何本も垂れて、喉《のど》はヒューヒューと壊れた笛のようになりつづけている。

立ち上がろうとしてジャスターは自分の血だまりの中に手をついた。そして、そのまま力無くソファに倒れ込んだ。

「セリー、侯爵…」

ジャスターはマウリシオを呼んだ。マウリシオは返事をしなかった。

「なぜ、髪だと、おわかりになられた…?」

ジャスターは、最後の力を振り絞《しぼ》ってマウリシオを見上げた。

金色の髪は異状なし、現状を維持《いじ》せよ。赤色の髪は緊急《きんきゅう》事態、計画は続行不可能。黒い髪は問題なし、計画を開始する…

その暗号が、なぜマウリシオに知られてしまったのか。ジャスターには、それだけが謎《なぞ》だった。

「なぜ、わたしたちが女の髪を文書がわりにしているとお気づきになられたのだ。わたしがクレマンド皇子の元へ送り込んだのは、全てわたしの忠実な女たちだった。裏切るはずがない」

「そうです。それこそあなたのミスだった」

「ミス…?」

「私はソルチナハに潜伏《せんぷく》している密偵《みってい》に、なにか変わったことがあればどんなささいなことでも報告するように命じていました。彼らから、この半年の間にクレマンド皇子の部下が六人もパルメニア人と結婚《けっこん》している…。その報告を聞いたとき、私は妙《みょう》だと思った。黒髪《くろかみ》黒い眼の男に嫁《とつ》いだ女たちは、いずれも緑色のカメルをしていたのです」

死んだようだったジャスターの手が、ぴくりと動いた。

「カメル…」

「それとともに、私にはずっと不思議に思っていたことがありました。それは貴方がクレマンド皇子に贈《おく》ったはずの大量の金品は、いつ国境を越《こ》えたのかということです。両国の関係が悪化してから、国境を出入りするものは厳しく監査《かんさ》されている。なのにここ半年の間、商人が大量の金品を積んで国境をこえた形跡《けいせき》はなかった――」

マウリシオの声は、次第《しだい》に罪状を読み上げるように平坦《へいたん》になっていった。

「たったひとつ監査の目をごまかすことができるもの、それは花嫁《はなよめ》行列だ。持参金を積んで行く荷車を、誰も不審に思ったりはしないでしょう。貴方のミスは、自分を愛している女を道具に使ったことです。彼女たちは貴方を愛していた。貴方の願いで意に添《そ》わぬ結婚をしたとはいえ、それは形だけのこと。いつかは貴方が呼び戻《もど》してくれるものとかたくなに信じていたのです。彼女たちは敵国で健気《けなげ》に貴方のいいつけを守りながら、最後の最後のところで自分たちの意志を貫《つらぬ》いていた。彼女たちがスパイだとわかれば、貴方が髪を暗号代わりに用いていることはすぐにわかりました。ただ、それだけのことです」

マウリシオが言い終えたとき、彼の足元に転がってきたボトルはすでに中身を吐ききっていた。

ジャスターは、自嘲《じちょう》のようなあきらめのような表情を顔の上で混ぜ合わせていたが、やがてぽつりと、

「結局わたしは女で滅びるのか。それはまあ…、妥当《だとう》だな」

その呟《つぶや》きに、さっきまでの鋭《するど》さはなかった。

「では、サファロニア軍は来ないのか？」

「ええ、敵《い》は来ません」

「敵《い》は…？」

しばらく考えて、ジャスターは、ああと嘆息《たんそく》した。

「どこまでも先手を打たれたということか」

彼はもはや立ち上がる気力もないようで、ヒトデのように真っ赤に血で濡《ぬ》れた指で、北の窓を指ししめした。

「さあ、早くお行きなさい。わたしが短慮《たんりょ》を起こして失ったものを、あなたまでもがそうすることはない」

マウリシオは顔をあげ、ジャスターに向かって黙《だま》って頭を下げて踵《きびす》を返した。

彼はそのまま出て行ったりはせず、何を思ったのか戸口で立ち止まった。

「キングスレイ伯爵。私は貴方を愛していた女たちのうちの一人をよく知っています」

ジャスターは顔をあげた。マウリシオはそこで、彼がけっして予想できなかった一言を口にした。

「その女性も、ほかの女性らと同じようなやり方でご自分の意志を貫いていました。彼女は私の父のものになっても、ずっと変わらず貴方を愛していたんです。私にはそれがすぐにわかった。なぜなら」

ジャスターはいぶかしげに眉をよせた。マウリシオが何を言おうとしているのか、見当を付けかねているようだった。

「私の父は、私と同じ青い目をしていました」

ジャスターは、自分でも驚《おどろ》くほど無防備な顔をあげた。もうそこにはマウリシオの姿はなかった。

彼は苦痛でぷつぷつととぎれそうになる記憶《きおく》を、必死でたぐりよせはじめた。自分の前で窓が閉まったあの夜も、そして十六年ぶりに再会したあのときも、コンスタンシアの額にあったのは自分の瞳と同じ色をした緑色のカメルだった——！

ああ、とジャスターはやるせなさそうに息を吐いた。

ジャスターは確信していた。

（運命は、あの子供を生かそうとしているのか）

自分を冴《さ》え冴《ざ》えと見つめていた、あのマウリシオの青い目。あの瞳だ、そうジャスターは思った。

あの瞳こそが、創世の星のひとつ〈ミゼリコルド〉だ！

（この国は、星によって救われるのだろうか…、それとも人によって…？）

ジャスターはふらふらとした足取りで部屋を出て、ぼんやりと開け放たれた廊下《ろうか》の窓の外を見上げた。

そして、そのあまりのことに彼は息を呑んだ。

「…マグダ、ミリア」

至上角と呼ばれる空の一番高い場所に、大粒《おおつぶ》の一等星が並んでいた。

右には、炎《ほのお》を押し固めたようなエヴァリオットが、そして左には怜悧《れいり》な鋭さを秘《ひ》めたミゼリコルドが。

その両星を従える、この世でもっとも光かがやく王の星バルビザンデ――！

英雄《えいゆう》詩に歌い継《つ》がれる通り、それらの創世の三つの星は、天を統《す》べ数億の星々を従えてそこにあった。

〝マグダミリア〟。それは、時代を変える星。…いや、時代を動かすのはいつの世も人の力だ。星はただ見守っているだけ。彼らは遠く、死の国より遠い深遠の闇《やみ》から、この低い地上をはろばろと見下ろしている…

あの星は、きっと誰の心の中にもある、誰もが摑《つか》みとることのできる希望そのものなのだ。

（そして、俺はただ星を摑みそこねたのだ）

敗北感はなかった。むしろ、ここちよい風がジャスターの頰《ほお》をなぶっていった。

彼は、渾身《こんしん》の力をこめて立ち上がった。

骨と皮だけになった指先で、そろそろと壁《かべ》をなぞりながら歩いていく。阿片《あへん》が切れてきたのか、指先に痛みが戻っていた。少しでも身動きをするたびに、肺がきゅうきゅうと悲鳴をあげている。

「もうすこしだけ、待ってくれ」

誰《だれ》に言うわけでもなく、ジャスターはそうひとりごちていた。うすい影《かげ》を靴底《くつぞこ》に引きずって懸命《けんめい》に歩いていく……

そのとき、彼は確かに死にたくないと思っていた。

＊

紙類は持ち込みを許されなかった。

コンスタンシアは蟄居《ちっきょ》を命じられた部屋の中で、糸を紡《つむ》ぐ機械のように同じ動作を繰《く》り返していた。そこは、ひと一人が生活をしていくのに十分な広さと備えがされていたが、ただひとつだけ違《ちが》うのは、全面に鉄格子《てつごうし》がはめられていることだった。

彼女は二本の棒に毛糸を引っ掛《か》けて何かを編んでいた。かといって何を作るあてもなく、ただ気を紛《まぎ》らわせていたのかもしれないし、何かを考えるふりをしていたかっただけかもしれなかった。

（今日は特に冷えること…）

部屋の中にはストーブの火がいれられていたが、この石造りによる冷えだけはどうしようもない。コンスタンシアは冷える指先を膝《ひざ》の上でこすり合わせて、しばらくしてふたたび棒をもった。

コツンコツン…

爪《つめ》よりも小さな石が、彼女の牢《ろう》のすぐ脇《わき》にある階段をはねて落ちてきた。コンスタンシアは、だれかが降りてきたのだろうと思って顔をあげる。

「ジャスター…」

意外な人物が、鉄格子の前に立っていた。

コンスタンシアは弾《はじ》かれたように立ちあがった。その瞬間《しゅんかん》、彼女の膝から毛糸の玉がこぼれてコロコロと転がった。鉄格子をすりぬけた毛糸玉は、そのふいの来訪者の靴の先でとんと止まった。

「どうして…」

彼は、呆然《ぼうぜん》とするコンスタンシアの前へやってきた。なんでもないように薄《うす》く微笑《ほほえ》んでいたが、顔色の悪さは尋常《じんじょう》ではなかった。

「死に場所を、探していました。コンスタンシア」

ジャスター＝キングスレイは、ふいに十六年前に戻ったように、親しみを込《こ》めてつぶやいた。

「うそ…」

コンスタンシアは何か言おうとして唇《くちびる》を動かしたが、何も言えなかった。目の前にいるジャスターが、あまりにも穏《おだ》やかな顔をしていたので。

「ボクは死にます。もうすぐ。…ここに来たのは、死ぬ前にひとめ」

そう言って、彼はガラスのように冷たい指で彼女の頬にふれた。

「あなたの顔が、見たかっただけ…」

コンスタンシアの両の頬をつつんだ彼の手が、光るもので濡《ぬ》れていた。彼女は自分が泣いていることに気づいた。

涙《なみだ》。

…いつの間に流れていたのか。

「ジャスター、あなたどうして…」

彼がそんなふうに途《と》切《ぎ》れ途切れに話すのは、胸が苦しいからだ。彼を蝕《むしば》む病魔《びょうま》が肺の病なのだということに、コンスタンシアはすぐに気づいた。

ジャスターは、自分の手をしとどに濡らす涙に困惑《こんわく》したように、

「泣かないで。あなたの泣き顔が見たかったわけじゃないんだ」

コンスタンシアは無言のまま首を振《ふ》った。ジャスターはなぜか、とても幸せそうな顔で格子越《ご》しに顔を寄せてきた。

「そうだ…。あなたがいやだといっても、こうやってさらって行けばよかった」

こんなときだというのに、コンスタンシアは彼が笑っているのが嬉《うれ》しかった。彼とたわいの

ない昼と夜を過ごしていたころも、こんなふうに彼が笑うと胸の中でちいさな泡がいくつも弾けたものだった。

（でも、これだけは…、この顔だけはずっとわたしのものだわ…）

コンスタンシアは彼が今自分にしてくれているように、その削《そ》げた頬に触《ふ》れようと格子の外に手を伸《の》ばした。

そのとき、咳《せき》をこらえて止めていた彼の息が喉《のど》を一気に逆流した。

「ジャスター!!」

彼は口をおおって、鉄格子に強く身を打ちつけた。コンスタンシアは悲鳴を上げた。ジャスターの口をおおった指の間から、赤い絵の具を溶《と》かしたような色がだらだらと流れていた。

血泡を残した彼の唇が、泣き叫《さけ》ぶコンスタンシアに弱々しく笑いかけた。

「許して…、ほしい…」

彼はまだ温かい血でぬめる指で、コンスタンシアの頬をまさぐった。

「ボクは、ずっときみの腹の子になりたかった…」

彼の体から、むせかえるような血の臭《にお》いとそれよりもずっと濃《こ》い臭気《しゅうき》がただよっていた。コンスタンシアには、彼の肺の袋《ふくろ》を食いやぶった小さな虫が、彼の舌の上で羽化して彼の魂《たましい》をあの世へ連れていこうとしているように思えた。

（やめて、やめてやめて、連れて行かないで!!）

コンスタンシアは夢中で彼の名を叫んだ。

「きみに、…いちばんに、愛されて、しあわせに…

今度、生まれるなら…」

ふいに、彼はまた激しく咳《せ》き込んだ。

いつの間にか、二人の足元にいくつもの血だまりができていた。濡れた口元をぬぐいもせずに、彼はうっとりとコンスタンシアを見上げた。

「きみの、腹から、生まれたい…。ボクは生まれてはじめてきみの顔を見て、懐《なつ》かしいと泣くだろう…。ようやくきみの腕《うで》の中に戻《もど》ってこられたと、安心して、泣くだろう…」

——そうして、それだけがボクの幸せだったと、思い出せるように。

きっと、覚えているよ。

そう、色のない唇がつぶやいた。

咳き込むたびに、ジャスターの口数がどんどん少なくなっていく。ぐらりとゆれた彼の上体を支えようと、コンスタンシアはとっさに手を伸ばした。

コンスタンシアは、格子ごしに彼の頭をかかえていた。彼女はジャスターの顔を見た。なにが嬉しいのか、彼は笑っている…

「どうして、こんなときまで笑うの！」

コンスタンシアは無我夢中で首を振った。

（違うの。こんなふうに終わりにしたかったわけじゃない！）

そうコンスタンシアは心の中で叫んでいた。

いつか…、そういつかと、彼女は切望していた。いつか時が哀《かな》しみを押し流してくれる。気の遠くなるような時間の束だけが、人の煮凝《にこご》った感情を少しずつ少しずつ薄めてくれるだろう。やがてすっかりそれが無くなったころには、もしかしたらあなたとわたしはすっかりおじいさんとおばあさんかもしれない。長い長い年月が過ぎて、あなたとわたしがすっかり歳《とし》をとってしまって、たくさんのことを忘れて、おだやかな思い出のひだまりの中で過ごすようになっても――

(許してくれるわ)

あなたはきっと、わたしを許してくれる。ああそんなこともあったねと、なんでもないことのように、わたしの好きな顔で笑いかけてくれるでしょう。

笑ってくれるのは、そのときでいい。

全《すべ》てを許すと、そう言ってくれるのは、何十年先でかまわないのだ。

なのに――

「嫌《いや》よ、ジャスター。そんなふうに笑わないで!」

コンスタンシアがなによりも好きだった、もう何年も心の中にだけしかなかったジャスターの微笑み。その微笑《びしよう》がだんだんと死の色にうつろいでゆく…

気が狂《くる》ったように、コンスタンシアは看守を呼んだ。

「誰か来て、このひとが死んでしまう。誰か、誰でもいい、看守! どうして、来てくれないの! このひとが死んでしまう。死んでしまう――!!」

ふと、コンスタンシアは彼の右手が何かを探していることに気づいた。彼女の見ている中で、ジャスターは足元に転がっていたそれを拾い上げた。

毛糸玉だ。ジャスターの吐《は》いた血で、赤く染まっている。

「なにを…」

ジャスターは震《ふる》える手でその赤い糸を解《ほど》くと、コンスタンシアの左手の手首に、ゆっくりと巻きつけ始めた。

「……っあ…ぁぁぁ…」

コンスタンシアはうち震えた。

――きっと、迎《むか》えに来てね…

彼女は、生まれてはじめて愛する男のために指の先に刃物《はもの》を押し当てた日のことを思い出していた。もう一度あなたに会えますように…。あなたがわたしを忘れませんように…

(約束よ)

(約束するよ)

(きっとあたしを、あなたのお嫁《よめ》さんにしてね)

あんなにももう一度、あなたに会いたいと――

ジャスターの手首が、一瞬《いっしゅん》だけぶるりとふるえて、落ちた。

「あ、あ、あ、………あ、ああああああああ…!!」

コンスタンシアは、ことされた体を必死でたぐりよせるようにして抱《だ》きしめた。

「どうして…」

と、コンスタンシアはつぶやいた。

はじめて口付けをかわした時は、白いジンチョウゲの垣根越しに爪先を立てていた。

そしていつか、二人の間にはこんな垣根などなくなって、もっと身近に寄り添《そ》いあえるのだと思っていた。

どうして私たちは、こんなにも近くにいながら、たった一度もまともに向きあうことをしなかったのだろう。いつもいつも何かにはばまれて、それを運命だと乗り越《こ》えることをせずに、こうして変わらぬ最期を迎えてしまった…

「あなたは、ひどい人だわ…。ジャスター」

彼女は、ゆるしを乞《こ》う機会を自分から永遠に奪《うば》って逝《い》ってしまった男の顔を、ゆっくりと愛《いと》おしそうに撫《な》でた。

「さようなら」

彼の死に顔は、ほっとしたような上に微笑《ほほえ》みさえ浮《う》かべていた。

『…ボクは、生まれてはじめてきみの顔を見て、懐かしいと泣くだろう…。ようやくきみの腕の中に戻ってこられたと、安心して、泣くだろう』

いつもやさしい眼差《まなざ》しで自分を追っていた、二つ年上の幼なじみ。傲慢《ごうまん》で、気まぐれで甘えたで、でも甘えるのがヘタで、いつもわたしを困らせてばかりいたひと…

「もしまた子供を産むようなことがあっても、あなたはいやよ、ジャスター」

コンスタンシアは、涙目《なみだめ》でジャスターに微笑みかけた。

「生まれ変わっても、あなたともう一度恋《こい》に落ちたい…」

あなたに会いたい。

そうして今度こそ、他愛もない昼と、かけがえのない夜を、ふたりでいっしょに過ごすのだ。

——騒《さわ》ぎを聞きつけた看守が、血だまりの中にいるジャスターを見つけて驚《おどろ》いて人を呼んだ。

すぐ医師がかけつけてきて、コンスタンシアは牢《ろう》から出されることになった。彼女は首を振《ふ》った。

「いいんです。少しの間、このままにさせてください」

とっくに逝ってしまった恋人《こいびと》の体を、コンスタンシアはずっと我が子を抱くように胸の中に抱きしめていた…

第十九章　国王陛下、ばんざい

はやる鼓動《こどう》を解き放つようにして、マウリシオはただひたすら無心で馬を飛ばしていた。後方についてきていたはずのルネの姿は、いつのまにか見えなくなっていた。それを気にしている余裕《よゆう》すら彼は持たなかった。

(もっと、よく注意していれば!)

捕《と》らえられたアルフォンスのことを思うと、マウリシオは自分を殴《なぐ》り殺《ころ》したい気分にかられてしかたがなかった。アルフォンスの側《そば》にはあの男がいる。そう思う心が、マウリシオを用心深さから遠ざけていたのかもしれない。

まさに疾風《しっぷう》のごとく駆《か》けていくマウリシオの姿を、行き交《か》った馬車の御者《ぎょしゃ》たちがなにごとかとふりかえっていく。

すでにベロア公を捕らえる準備はできていた。ジャスターに告げた通り、キャプスタンからサファロニア軍は来ないのだ。

それをいまのいままでひた隠《かく》しにしていたのは、この際より多くの貴族たちを道連れにさせようとマウリシオが考えていたからだった。だんだんと追いつめられていく国王を見て、貴族たちは我先にとベロア公に荷担しようとするだろう。

貴族という特権階級がある限り、この国の歩みは重い靴《くつ》をはかされているようなものだ。ベロア公とともに、これらの特権をむさぼる貴族を一掃《いっそう》できればいうことはない。

そのとき、マウリシオの耳に聞こえるはずのない声が聞こえた。

——マウリシオ！

「陛下⁉」

マウリシオは戦慄《せんりつ》した。

一瞬空耳ではないかと疑ったが、マウリシオは急に心の中に積乱雲のような不安がたちこめていくのを感じていた。

いくらヘスペリアンの力があるとはいえ、あの方はまだ十六の子供だ。それに、彼を捕らえたガルロ＝ベロアは個人的にアルフォンスに恨《うら》みを抱《いだ》いていると聞いている。

(陛下、どうぞご無事で！)

あの獰猛《どうもう》な牙《きば》がアルフォンスに襲《おそ》いかかる姿を想像して、マウリシオはいっそう強く馬の腹に鞭《むち》をいれた。

すると、突然《とつぜん》彼の目の前にありえざる光景が広がった。

(マウリシオ！)

「⁉」

見ると、マウリシオのちょうど頭上あたりに現れた光の中から、アルフォンスが自分に向かって手を伸《の》ばしている。

「アルフォンス様⁉」

光はどんどんと膨張《ぼうちょう》し、やがてマウリシオを体ごと大きな手ですくいとった。

——しばらくして、ようやくマウリシオの馬に追いついたルネは、少し離《はな》れたところで呆然《ぼうぜん》とそれを見上げていた。

すでに、マウリシオの馬の背には誰《だれ》もいない。ただ馬だけがぽつりと残されているだけだ。

「光に、連れて行かれた…？」

ルネは空を見上げた。もう日はすっかりと暮れかけて、山吹《やまぶき》色に染まった空を塗《ぬ》りつぶすようにして闇《やみ》が覆《おお》い被《かぶ》さっている。

そして彼は信じられないものを見るように、何度も目を瞬《しばた》いて空を見つめたのだった。


「マグダミリア…」


〝マグダミリア〟

それは、この国の変動期に現れて人々を導くという英雄《えいゆう》の星…

長きにわたって揃《そろ》うことはなかったと言われていた星たちにとって、実に二五〇年ぶりの邂《かい》逅《こう》であった。

*

鞭を手にしたガルロは、新しいおもちゃを与《あた》えられた子供のように興奮した。

ぐったりと力のないアルフォンスに向かって、まるで家畜《かちく》を追いたてるように何度も何度も鞭を揮《ふる》う。

「あうっ！」

びりり、と背中の皮がやぶけたのがわかった。アルフォンスの涙でゴワゴワになった頬《ほお》が、さらに苦痛にひびわれる。

「アハハハハ、イヒ、イヒヒヒヒ！　アハハハハハハ！　いいざまだ、いいざまだ!!」

彼は狂《くる》ったようにアルフォンスをうちすえる。そのたびに、アルフォンスの側で鎖《くさり》が鳴り、背が大きくしなった。

あまりの痛みと衝撃《しょうげき》に、アルフォンスはもう何も考えられなくなった。

痛い痛い痛い痛い痛い痛い痛い痛い痛い。もうそれしか考えられない。たすけて、誰か。誰でもいい！　アルフォンスは無我夢中で思いつく限りの神の名を呼んだ。思いつく限りの救いをもとめた。しかし……

「うがっぁ!!」

右肩《みぎかた》の骨がガキリと鳴った。右腕《みぎうで》の付け根が脱臼《だっきゅう》したのだ。皮だけで繋《つな》がっている腕に、さらに体重がかかる。アルフォンスは絶叫《ぜっきょう》を上げた。

「あああああああああああっっ!!」

「ギャハハハハハハハ!」

まるで、見えない手で体を何度も引き裂《さ》かれているようだった。苦痛と絶望が広がる中、アルフォンスの意識はゆっくりと底のない深淵《しんえん》の方へ向かっていった。

(どうして、こんなときに力が使えないんだ…)

こんなもののために、自分は正式な国王になれなかった。こんなもののために。おれは母上に疎《うと》まれた。父上は跡継《あとつ》ぎをもてずに苦しんでいた。みんなみんな、自分がヘスペリアンだったせいだ。性がなかったせいだ。

(でも、おれだって、普通《ふつう》の体に生まれたかったんだ…)

男でも女でもいい、普通の体だったらもっと胸を張っていられた。男らしく、女らしくという言葉にびくびくしないでいられた。ずっとずっと、こんな力はいらないと思っていた。それがなぜ、いちばん必要なときに使えない。——どうしてだ!

だんだんと狭《せば》まってくる思考の幅《はば》の中で、アルフォンスはぼんやりとあることを考えていた。

(こんなところにいるわけにはいかない。飛ばなくちゃ…。キースが、そしてみんなが自分を待ってる…)

でも、このままでは飛べない。最高議事院には行ったことがないからわからない。もう議会はとっくに始まっているころだろう。早くしなければ。痛い。わからない。いやだめだ。これ以上力を使ったらきっと体が保《も》たない。あのときのように、きっと体中から血を流して死んでしまう！

（誰かおれを呼んで！）

アルフォンスは、残ったわずかな意識の中でそう叫《さけ》んでいた。

（誰でもいい、おれの名前を呼んで。そしたら、その側へいく――）

彼は、なにもない空間に向かって手を伸ばした。

（マウリシオ!!）

そのとき、彼の体の中で最後の光が弾《はじ》け飛んだ。

「ここ、は…」

気がつくと、アルフォンスは光の中にいた。

いままで体を引きさかんばかりだった痛みは、不思議なことにまったくなくなっていた。そういえば傷だけではなく、手の感覚も、足の感覚もない。

（ここはどこだろう。いったいおれはどうやって…。――えっ!?）

アルフォンスは体を動かそうとして、自分の体がなくなっていることに気がついた。

（なにも、ない…）

そこにはなにもなかった。ただ光があるだけだ。それも光の中にいるというよりは、濁《にご》った水の中にいるような気がする。

たとえて言うなら薄《うす》いピンク色の水の中に、ただアルフォンスの意識だけがただよっているのだ。

――きみはだれ。

ふいに、声がした。

（なに…？）

――きみは、だれなの。

その声は光だった。アルフォンスは聞こえたと思ったし、見えたとも思った。そして、それはかすかにいい匂《にお》いがした。やわらかな風が吹《ふ》いたようにも思った。

（おれは、アルフォンス＝ユイエ＝グランヴィーア）

――ふうーゥん。

それはたったひとりの声でもあり、大勢が一斉《いっせい》に同じことを言ったようでもあった。

――それは、なーァに。

（なにって、おれの名前だよ。アルフォンス）

アルフォンスは、憮然《ぶぜん》として意識だけで言い放った。

光はやっぱりくすくすと笑った。同じ声で、しくしく泣く声も聞こえる。

(いったいなんなんだ、ここは)

アルフォンスは困惑《こんわく》した。ここはどこなんだ。自分の体がないということは、ここが噂《うわさ》に聞く、死後の世界シャングリオンなのか。

——じゃあ、アルフォンス、、、、アルフォンスって、どんなーァの…

声はゴムのように伸《の》びきっていつまでも消えなかった。なにもない、ただひろがるだけの空間なのに、どこかにぶつかって反響《はんきょう》する。

(どんなって、そんなこと言われても…)

ここでこの光と問答をしていれば、元に戻《もど》れるのだろうか。アルフォンスが諦《あきら》めたようにため息をはきかけたとき…

『お母さまゆずりのプラチナブロンドで』

と、イベール男爵《だんしゃく》夫人コンスタンシアの声がした。

『くすんだルビーのような、そう、あのネズミのルビィとおそろいです!』

懐《なつ》かしいエミリオの声も聞こえる。

『ったく、骨と皮みてーだな。もちっと太らねえと背ものびねえぞ』

そして、ビクターの呆《あき》れたような声。

『あなたはとても強い子よ、アルフォンス』

ああ、母上と同じ声がする。これはエナの声だ。

すると、不思議なことがおこった。いままで意識だけが漂《ただよ》っていたアルフォンスに、いつのまにか透明《とうめい》な手が生えていた。手だけではない。足が、髪《かみ》が、そして目や耳があった。

（これは…⁉）

彼は、透《す》き通ってまるで氷でできているような手をじっと見つめた。やがてその手は肌色《はだいろ》に染まっていく。

（おれの手…、おれの足…、おれの、なんにもないからだ…）

このまま元に戻ったとしても、それは完全な体にはならない。強い力をもたない、子供を作ることもできない、あくまでいままでどおり性のない中途半端《ちゅうとはんぱ》なからだだ。

（こんな体が欲しかったわけじゃないのに！）

すると、ぐにゃりと体が曲がった。

（ひっ）

まるで氷が溶《と》けていくように、アルフォンスの体が輪郭《りんかく》を失っていく。汗《あせ》をかくように肉がぽたぽたと滴《したた》る。頬が、手が、髪さえも液体になって体を滑《すべ》り落ちていく。くずれていく。なくなっていく…

彼は無我夢中で何かを摑《つか》もうとした。

（いやだ、おれがなくなってしまう。助けて！）

——いいんですよ。

アルフォンスはおそるおそる声がしたほうに顔を向けた。見上げたそこに、マウリシオが立っていた。

アルフォンスは、彼から逃《に》げようとした。こんな体を見られたくなかった。こんな中途半端でみっともないおれを、彼だけには見られたくなかったのに…

——陛下は陛下です。このままでいいんですよ。

そう言って、彼は肉の削《そ》げ落ちた体ごと、アルフォンスを腕の中に包み込んだ。

「マウリシオ…」

そうすると不思議なことに、マウリシオが触《ふ》れたところから、紙に筆で色をつけるように肌《はだ》の色が戻っていくのがわかった。

彼は、透き通ったままのアルフォンスに微笑《ほほえ》みかけた。

——そのままのあなたを、愛しています。

(あ……)

アルフォンスは、いまはもうない心の扉《とびら》が、マウリシオに向かって大きく開け放たれたような気分になった。

マウリシオがひざまずいて、足の甲《こう》に口付ける。それだけでおかしなことに全身が甘くしびれた。

彼の角張った指が、アルフォンスの髪をすいていく。そうすると髪は砂金のように波打って肩《かた》にこぼれ落ちた。

アルフォンスは目をみはった。マウリシオに色をつけられて染められていくのが心地よかった。彼はいったいどんな魔法《まほう》をつかったのだろう。

体中になつかしい肉の重さを感じていた。アルフォンスは、マウリシオの手にそっと触れた。触《さわ》ることができる…。なにかに触《ふ》れられることがこんなにうれしいなんて…

アルフォンスは、彼の手を大事そうに包み込むと、

(マウリシオ、もういかなきゃ、皆《みな》が待ってる)

——待ってください。まだ唇《くちびる》に色が、戻っていません。

マウリシオが、アルフォンスの手を引いてひきとめようとする。

(ああ、それなら…、お前のと同じでいい)

アルフォンスはふたたびマウリシオの腕《うで》の中に潜《もぐ》り込み、つま先をたてて彼の唇に自分のそれを押し当てた。

(マウリシオ、もうずっと側《そば》にいて。おれから離《はな》れないで…)

——唇に、色が戻った。

「陛下!」

大きな手に押し出されるようにして、アルフォンスは膨大《ぼうだい》な量の光に産み落とされた。

その日、およそ一〇〇年ぶりに召集された全院議会をひとめ見ようと集まった人々は、会場

となった議事院に突如《とつじょ》として出現した巨大《きょだい》な光の玉を、呆然《ぼうぜん》とながめていた。

「な、なんだ⁉」

「あの光は、いったいなにごとだ！」

現れた光の渦《うず》はみるみるうちに水風船のように膨張《ぼうちょう》し、やがて一本の光の槍《やり》となって最高議事院の屋根をまっすぐにつらぬいた。

「うあああああっ！」

「く、崩《くず》れるぞ、逃げろぉっ‼」

穿《うが》たれた天井《てんじょう》の瓦礫《がれき》が雨のように降る下を、人々がわれ先にと逃げ惑《まど》う。

「………？」

頭を抱《かか》えてうずくまっていた人々は、やがておそるおそる立ち上がった、そして見た。

光の渦がまるで花が咲《さ》くようにゆっくりと押し開いて、人間のかたちになっていくのを…

「中に、だれかがいる…？」

人々は逃げるのも忘れて、目を凝《こ》らして壇上《だんじょう》を見つめていた。

「あれは、まさか——！」

光の中で、アルフォンスは目を覚ました。

その光は、薔薇《ばら》のつぼみがゆっくりとほころびていくように大きくなって、やがてアルフォンスの体を外に産み落とした。

（ああ、あたたかい…）

アルフォンスはうっとりとそのぬくもりの中に落ちていった。外界の空気にふれたとたん、今度はすくい上げられるようになにかに包み込まれる。

それは、どこか懐かしいような感触《かんしょく》だった。ずっと側にあったような、けれどずいぶんと前になくしてしまったような、そんな人の肌のぬくもり…

「ああ…」

なにかに呼び起こされるように、彼は目を覚ました。

そのとき、アルフォンスの瞼《まぶた》の隙間《すきま》から飛び込んできたのは、青い青い色だった。

「マウリ…シオ…？」

「はい、陛下」

その声を聞いた瞬間《しゅんかん》、離れかけていた魂《たましい》がひっぱられるようにしてアルフォンスの体に戻った。

やがて、何重にもぶれていたマウリシオの顔がだんだんとひとつになっていく。

アルフォンスは、自分を抱《だ》きしめている腕の主をぼんやりと見あげた。

「マウリシオ、ほんとう、に…」

頷《うなず》いたその声は、少しうわずっていた。

「はい、アルフォンスさま」

「おれ、どうして…」

体中の骨に、ずしりという重さがあった。骨だけではない、手やほかの部分にもしっかりとした感触がある。ちゃんと息を吸って吐《は》いているし、目も見ることができる。声も聞こえる。ただ足だけが浮《う》いたように不安定なのは、マウリシオが自分を抱き上げているからだ。

「マウリシオ、もういい、下ろしてくれ」

彼がそう言うと、マウリシオはゆっくりとアルフォンスを床《ゆか》に降ろした。マウリシオの首に回されていた手は広い肩をすべって、離れるまえに一瞬《いっしゅん》だけ彼の手を握《にぎ》った。

「あ、おれ…」

アルフォンスは、生まれたままの姿だった。マウリシオはすこし考えて、肩にかけていた長いケープでアルフォンスの肌を隠《かく》した。

「アルフォンス…っ！」

声のしたほうを振《ふ》り向くと、そこにキースが立っていた。頰《ほお》を上気させ、信じられないといった表情で自分を見つめている。

「…来たのか」

「ああ」

アルフォンスは、頼《たよ》りなげに立っているキースに向かって、自分から手をさしのべた。

「ちゃんと約束しただろ」

瞬間、キースの顔が泣く寸前にまでくずれた。

「ばかやろう…、遅《おそ》いぞ！」

そんなキースの様子がなんだかおかしくて、アルフォンスは噴き出しそうになるのを堪《こら》えた。

アルフォンスは、改めてまわりを見渡《みわた》した。

アルフォンスがいま立っているのは、扇形《おおぎがた》に開かれた場内の最前にある段の上だった。そこからは、左翼《さよく》と右翼からおおきくせり出したバルコニーがふたつと、天井にぽっかりと穿たれた穴が見える。

その穴から、まるで天からなにかが届けられるように、オレンジ色の光がゆっくりと降りそそいでくる。

短い冬の昼間が、今まさに終わろうとしているのだ。

しばらくすれば、やがてうすい闇《やみ》がオレンジ色にとけて混ざり、空がすっかり色を失ったころ、夜の女王がお気に入りの宝石箱をあけるだろう。中から何千という宝石がこぼれおち、ほんのひとときの間、夜空の星となって人々の目を楽しませる…

アルフォンスは意を決したように大きく息を吸うと、ゆっくりと壇上の一番高いところに登った。

突然《とつぜん》の怪異《かいい》に驚《おどろ》き惑っていた人々は、はっとしたようにアルフォンスを見た。

「エオンの地に、ゆたけき恵《めぐ》みをお与《あた》えになったあまたの神々に、我が名にかけてお誓《ちか》い申し上げる！」

その声は、天から与えられた最初の火矢のように放たれて、その場にいた一千人の心に火をつけることに成功したのだった。

「わが民《たみ》の上に、そのおおいなる恩寵《おんちょう》を以《もっ》て君臨し、パルメニアを永遠の楽土とせしむこと。わが民に永久の繁栄《はんえい》を。わがパルメニアに、永久の栄光あらんことを」

それはまさしく、彼が五年前に即位《そくい》したときに口にした、宣誓《せんせい》の言葉そのものだったのだ。

彼は、大きくせり出した左翼席で腰《こし》を抜《ぬ》かしているベロア公を見つけた。

「これで満足か、ベロア公。卿《けい》が殺したはずのアルフォンスは、今ここにこうして黄泉路《よみじ》を逆《さか》がえってきたぞ！」

「ば、ばかな…」

ベロア公はだらしなく口をあけてアルフォンスを見上げた。

彼の眼下では、さきほどの衝撃《しょうげき》で椅子《いす》を失った一階席の人々が、つぎつぎに膝《ひざ》をはらって立ち上がりはじめた。彼らはみな、壇《だん》の上にいるまったく同じ顔をしたふたりの少年に驚き息を呑んだ。

「国王陛下が、ふたり⁉」

すると、一階席にいた平民議員たちの中から熱っぽい声が上がった。

「違《ちが》う、国王じゃない。よく見ろみんな。あれはオレたちのリーダーだ！」

傍聴席《ぼうちょうせき》の最前列にいた居酒屋〝七面鳥〟の店主マシューだった。彼は、手すりから乗り出さんばかりにしてアルフォンスのいる壇上を指さした。

「アルだ。あれはオレたちのリーダー、アルだ！」

「なんじゃと、アル…？」

彼の隣《となり》にいたネゴシじいさんが、見えにくくなった目を懸命《けんめい》に細めている。

「ばか、よく見てみろジイさん。くだもの屋のアルだ。あのちっこい坊主《ぼうず》がオレたちの王様だったんだよ！」

「まさか…、そんなことが…」

当のアルフォンスを雇《やと》っていた果物屋のロッドも、信じられないとばかりに目をみはっている。

そのとき、

「そうだ。まぎれもなくあれはオレたちのリーダーだ」

右翼側にある、ローランド市の代表席から声があがった。それは、エナの肩《かた》を抱いたハインツだった。

「そして、パルメニアの国王、アルフォンス二世陛下でもある」

そのどよめきは、まさに注《つ》ぎたての麦酒《ビール》の泡《あわ》のようにあっという間に会場を満たした。

「いったいそれはどういうことだ！」

「国王が、革命軍のリーダー⁉」

ハインツは、おもむろに両手を挙げてそれらの声を制した。

「陛下はベロア公一派に命を狙《ねら》われていた。そこで影武者《かげむしゃ》をたてて王宮を逃《のが》れ、市井《しせい》に身を隠していらっしゃったのだ」

再び驚きの声が上がった。どういうことなの、というエナの視線に、ハインツは困ったように肩をすくめて、

「…と、いうことにしておいてくれ、エナ。実は、これはビクターに内々に頼《たの》まれていたことなんだ」

「ビクターに⁉」

エナが、壇上《だんじょう》のアルフォンスに視線を移す。

いまや、会場内のざわめきは最高潮に達しようとしていた。人々は、突然現れた国王そっくりの少年に驚き戸惑《とまど》っていた。

「なぜ、王がふたりもいるんだ！」

「革命軍のリーダーの正体は、ほんとうに国王アルフォンスだったのか？」

「ならば、革命を起こし、王を倒《たお》せと言ったのは嘘《うそ》だったのか。俺たちを騙《だま》していたのか⁉」

人々の声は、次第《しだい》にアルフォンスに向けての非難の色を帯び始めた。

「――お集まりの議員諸君」

と、どこまでも冷静な声がひびいた。群衆の目が、一斉《いっせい》に壇上のマウリシオに注がれる。

彼は、アルフォンスを庇《かば》うようにして前へ進み出ると、その場にいた約一〇〇〇人の人々に向かって声をはりあげた。

「役者が全《すべ》て出揃《でそろ》ったところで、ここに、たったひとつの真実をあかしたいと思います」

場内でうわあっという悲鳴が上がった。見ると、ベロア公の周りを屈強《くっきょう》な兵士数名が取り囲

んでいる。

「ここ、これはいったいどういうことだ、無礼な。セリー侯爵《こうしゃく》！」

「これはおかしなことを。さきほど大罪人を捕《と》らえよと申されたのは、公爵閣下ご自身のはず」

眉《まゆ》を器用に片方だけ動かして、マウリシオは笑った。

「拙攻《せっこう》部隊からの報告によると、十日前、一万人の兵がアルゴリエンを発《た》ち、このローランドに向かっているそうですが、いったいどのようなご用件で、公爵はこの玉座のましますこの都へ兵を向けられるのですかな」

マウリシオの言葉に、ベロア公は信じられないものを見たとばかりにカッと目を見開いた。

「王に無断で領兵を動かし、王都に攻《せ》め上らんとして裏でサファロニアと通じていた罪、万死に値しますぞ！」

「な、なにを根拠《こんきょ》に、そのような濡《ぬ》れ衣《ぎぬ》を…。ひかえよ、この若僧《わかぞう》が!!」

顔をくしゃくしゃにして、ベロア公ははげしく唾《つば》をとばした。彼は腕《うで》をふりまわして逃れようとしたが、兵士たちが有無をいわせず公爵を取りおさえようとする。

「ベロア公が、国王に対して謀反《むほん》を企《くわだ》てていただって!?」

「それも、サファロニアと内通して!?」

「まさか！」

二人のやりとりに見入っていた群衆は、一匹《ぴき》の大きな怪物《かいぶつ》が身じろぎしたようにどよめいた。

ベロア公は、バルコニーから身を乗り出してマウリシオを睨《にら》みつけた。

「し、証拠《しょうこ》でもあるのか。そうだ、証拠を見せろ！　儂《わし》が陛下を弑《しい》したてまつろうとしたなどという証拠が、いったいどこにあるというの…」

「ほう、ここにおられる陛下のお姿を見ても、まだそう言われますか」

まるで幼児のように、公爵は意味不明な擬音《ぎおん》を発した。

「ななな、それ…。なぜ、なん……」

「金色の髪《かみ》は〝異状なし〟。赤色の髪は〝緊急事態《きんきゅう》〟、黒い髪は〝以前からの計画の実行〟…」

マウリシオはゆっくりと壇を下りていった。

「あなたが最後に受け取った小箱。その中身を見て、あなたは嬉々《きき》としたはずだ、公爵。入っていたのは黒い髪だった。あなたはクレマンド皇子が、この国に攻め込む手はずをととのえ終わり、以前からの計画を実行するものだと思いこんだ。それが、まさか私の髪だとは思いもよらずに」

彼が兵士たちに腕を解くように目配せすると、ベロア公は床《ゆか》に転がるようにしてへなへなとへたり込んだ。

「あなたは、サファロニア軍にわざと自領に攻め込んでもらえるよう頼み、まさに苦しい戦いぶりだといった口ぶりでローランドに援軍《えんぐん》を要求した。そうして、ローランドからはるばる疲《つか》れ果てている正規軍を、無傷のままの私兵とサファロニア軍によって挟《はさ》み撃《う》ちにするために。そうですね」

そう言って、まさに氷の彫像《ちょうぞう》が笑うかのように涼《すず》やかに笑った。

「ば、ばかな…、何故…」

「おそらく、あなたとクレマンド皇子の間にはこんな取引がなされていたはずだ。あなたがいろいろと金銭を工面するかわりに、あなたは彼が統帥権《とうすい》を握《にぎ》る西軍という強力な武力を得《う》ることができる。無事あなたの孫であるゴットフロア公アンリが王位についたあかつきには、クレマンド皇子はパルメニアの協力を得て、兄皇子シェファードとの皇位継承《けいしょう》の争いに突入《とつにゅう》できる。宮廷《きゅうてい》での立場が徐々《じょじょ》に悪くなっていたクレマンド皇子は、なんとしてもパルメニアの庇護《ひご》が欲しかった。双方《そうほう》の利害は一致《いっち》していたはずです」

ベロア公の頬《ほお》がだんだんと土気色にそまっていく。その蛭《ひる》のようだった唇《くちびる》は、すでに色を失いかけていた。

「…ジャスターだな」

彼の黄色い歯が、凸面《とつめん》をすりつぶそうとギリリと音をたてる。

「あいつだな、あいつが裏切ったんだな！」

マウリシオの沈黙《ちんもく》を、彼は是《ぜ》とうけとめたようだった。

ベロア公は唇を歪《ゆが》ませて、なんとかこの状況《じょうきょう》を打開する術《すべ》はないものかと思考をめぐらせはじめていた。

そして壇上へと目を向けた彼は、そこでマウリシオのケープを身に巻きつけているアルフォンスを捕らえた。

反射的に、ベロア公は叫《さけ》んだ。

「全ては、この国を救わんがためだ！」

と、汗《あせ》にまみれた指を壇上のアルフォンスへつきつける。

「そこにいる者は、もともと国王の資格を持たないヘスペリアンだ。それがこの五年もの間、我々をだまし、至高の座についていたのだ。なんということであろうか。こんなことが許されてもよいのか！」

アルフォンスは驚《おどろ》いてベロア公を見た。彼は、今この場で糾弾《きゅうだん》されるとは思ってもみなかったのだ。

ベロア公の弁はさらに熱を増した。

「そこにいる者は性別を持たぬ身でありながら、我々を騙し、五年もの長きにわたって玉座に座り続けたのだ。あの者こそが、そなたたちを騙していた張本人なのだぞ！」

それまで傍聴《ぼうちょう》をきめこんでいた一〇〇〇人もの視線が、何千本の槍《やり》となってアルフォンスに降り注いだ。そのあまりの量に、アルフォンスはそれを受け止めきれずによろめいた。

しかし、沈黙は次の瞬間《しゅんかん》によって破られた。

「大変だ!!」

声とともに、荒々《あらあら》しく入り口の扉《とびら》が開いた。転がるようにして、ひとりの男がこの議事院の内部に入ってくる。

「く、黒い悪魔《あくま》が…、サファロニア軍が攻めてきた。もうサマルドンサを越《こ》えてこっちに向かっているぞ!!」

その場にいた人々は、〝黒い悪魔〟という名に弾《はじ》かれたように立ち上がった。

「サファロニア軍が、このローランドに⁉」

「正規軍はどうしたんだ、負けたのか⁉」

見ろ！　と、誰《だれ》かが叫んだ。吹《ふ》き飛ばされた最高議事院の壁《かべ》のむこうから、はるかローランドの城壁《じょうへき》の先が見える。そのかなたに黒い土煙《つちけむり》が上がっていた。

「黒い悪魔だ！」

恐怖《きょうふ》に引きつった声があがった。

「駐留軍《ちゆうりゆうぐん》もいないのにどうするんだ。いまローランドは空っぽなんじゃないか！」

「二万の軍勢に勝てるもんか。どうすればいいんだ。街には妻子を残してあるんだぞ！」

「なんてことだ。ローランドが陥落《かんらく》するなんて……」

彼らはベロア公を糾弾することも忘れて、呆然《ぼうぜん》とかなたの土埃《つちぼこり》に見入っている。するると、それを最後のチャンスだと思ったのか、突然《とつぜん》ベロア公が、瓶《びん》の口から弾けたコルク栓《せん》のようにしゃべり出した。

「諸君！　たしかに儂はクレマンド皇子と同盟した。しかしそれは誓《ちか》って、この国を憂《うれ》えてのことだ。謀反ではない！」

彼はアルフォンスに向かって、勝ち誇《ほこ》ったように言った。

「まもなく二万の軍勢がこのローランドの城壁を取り囲み、鉄壁《てっぺき》を謳《うた》われた赤い要塞《ようさい》に火をつけるでしょう。この美しい都が灰になるさまをご覧になりたくはありますまい。

ご退位めされよ、王。貴方《あなた》はこの国の玉座にふさわしくない!」

ベロア公がそう叫ぶと、人々はつられたように、同じことを口走った。

「ご退位めされよ!」

「そうだ。ローランドを守れないなら退位しろ!」

「俺たちを守れない国王はいらない!」

アルフォンスは、足場ごと揺《ゆ》り動かされているように震《ふる》えていた。

退位するのはかまわない。もともと、彼はそのつもりでいたのだ。だが、このままベロア公に政権を渡《わた》してしまっていいのだろうか。彼に玉座を明け渡せば、ローランドはサファロニアの軍靴《ぐんか》に蹂躙《じゅうりん》され、人々は今以上に虐《しいた》げられることになる…

あまりの恐怖に、がくりと膝《ひざ》が笑った。思わず後ずさろうとしたアルフォンスは、背中にあたたかい体温を感じた。

「しっかりしろ、アルフォンス」

キースは、よろめいたアルフォンスを支えるようにして彼の側《そば》に立った。

「胸を張っていいんだ。お前はまぎれもない、この国の王なんだから」

「キース…」

自分よりわずかに低くなった声が、やわらかに自分を包み込む。

アルフォンスは顔を上げ、不敵な笑《え》みを浮《う》かべたままのベロア公をまっすぐ射貫《ぬ》くように見た。

しばらくの間、両者はなにも言わず、黙《だま》ってにらみ合っていた。

人々は、いまやサファロニア軍をあやつって玉座を手に入れようとしているベロア公と、それに立ち向かうために胸をはって立っている国王とを、それぞれの立場で見守っていた。

空気はだんだんと重くなっていった。いつの間にか陽《ひ》は街のむこうがわに沈《しず》みかけて、最高議事院のあるこのグランバニヤンの丘《おか》あたりも次第《しだい》に薄《うす》い闇《やみ》におおわれはじめる。

と、その入り口に荒々しい軍靴の音が響《ひび》き渡った。

バターンと、音をたてて扉が弾け飛んだ。

「いったい、何だ⁉」

沈みかけの太陽を背に従えて、大柄《おおがら》なシルエットが戸口に現れる。誰もがその様子を見て、サファロニア軍が早くも乗り込んできたのではないかと思い、息を呑んだ。

「よう、間に合ったか？」

兜《かぶと》を右脇《わき》にかかえて中へ入ってくる男を見て、アルフォンスが目を疑った。

「ビ、クター…？」

なんと、その男は先日タクシスに行ったきり戻《もど》らないビクターだった。

彼は、つかつかとマウリシオに歩み寄ると、

「あんまり無茶なことさせんなよ、こっちは芝居《しばい》なんぞみるのもやるのも初めてなんだからな」

マウリシオは心得たようにうすく笑い返した。

「シングレオ騎士団《きしだん》総出演での舞台《ぶたい》だ。さぞかし派手になっただろう」

「まさかシングレオ騎士団、――シングレオ騎士団だって？」

ビクターとともに入場してきた兵らが、みなサファロニア軍ではなくシングレオ騎士団の騎士たちだと知ると、彼らはにわかに騒《さわ》ぎはじめた。

「こ、これは、どういうことだ！」

ベロア公は慌《あわ》てふためいた。彼の知る予定では、サマルドンサを越えて約五万ものサファロニア軍がこのローランドを取り囲むはずだったのだ。

ジャスターは、確かにシングレオ騎士団は動けないはずだと言っていた。内偵《ないてい》を使って騎士団の飼い葉に毒を混ぜたから、当分の間ヒクソスの騎馬《きば》隊は使えない。もちろん歩兵だけではかけつけるのに間に合わないだろうと。なのにどうして――！

「キャプスタンに攻《せ》め込んだのはサファロニア軍じゃない。俺たちだからさ」

ビクターはあっさりと種を明かした。

「黒い悪魔が来たと思わせるために、わざわざ黒馬を千頭もかき集めたやつがいるんだ」

「ヒクソスほどのいい馬はムリでしたァけどね」

エドリア訛《なま》りのある、聞き覚えのある声がそれに続く。

「ゾバコ！」

「やあやあァ、これは陛下。色っぽいお姿を拝顔できてコウエイですなァ」

エドリアの大商人ポルキーレ＝ゾバコは、前歯をつき出してニッタリと笑った。

「なんでも黒けりゃイイという注文でしたンで、なかにはエドリアの駄馬《だば》も交じっとりますです。かんべんしておくンなさいよ」

屈強《くっきょう》な騎士団の兵士たちが、ベロア公のまわりを取り囲もうとする。わなわなと唇《くちびる》をふるわせてまだ何か言いたげなベロア公に、マウリシオがついに最後の止《とど》めを刺《さ》した。

「今回の陰謀《いんぼう》は全《すべ》て、サファロニアのシェファード皇子の知るところです。残念ながらベロア公爵《こうしゃく》、あなたのクレマンド皇子はあなたと内通していることが露見《ろけん》するやいなや即座《そくざ》に捕《と》らえられ、先日ソルチナハにて処刑《しょけい》されたそうですよ。その際にあなたとかわした約束を全てあらいざらい吐《は》いたそうです。

ここに新たにサファロニアの皇王となられたシェファード陛下より親書が届いております。我がサファロニアは貴国との友情を尊重し、ここにあらためて同盟を申し出る所存である。その友情の証《あか》しに、まずは微力《びりょく》ながら貴国の平和を乱す獅子《しし》身中の虫を駆逐《くちく》するおてつだいをさせていただく。——サファロニア皇王　シェファード三世」

「ばかな！」

ベロア公の悲鳴は、ほとんど絶叫《ぜっきょう》に近かった。

「愚《おろ》か者どもよ。お前たちは、いつわりの王にこの国を任せる気か！」

うわずった声はそれ以上ことばにならず、彼は顔面に滝《たき》のように汗《あせ》を流すばかりだった。シングレオ騎士団の幹部が、容赦《ようしゃ》なくずらりとベロア公を取り囲む。

「ベロア公爵を逮捕《たいほ》せよ！」

「待ってくれ！」

アルフォンスは、自分でも無意識に声を上げていた。それまでベロア公に注がれていた視線が、壇上《だんじょう》の彼に集中する。

「みんな、聞いてくれ。たしかにおれはこの国の王アルフォンス二世だった。父上が亡《な》くなられてすぐ、十一歳のときに王位を継《つ》いだ。それからずっとベロア公たちの傀儡《かいらい》だった」

自らのことを傀儡と言ってのけた国王に、いままでとは違《ちが》った視線がぶつけられる。

「…おれはそのことを知っていながら、ベロア公らに刃向《はむ》かおうとはしなかった。国政に興味はなかった。国王に与《あた》えられる全てのことに無関心だった。なぜなら、それらは本来ならおれには与えられないはずのものだったからだ」

ずっと胸の奥にしまっていた秘密。コンスタンシアとの約束によって鍵《かぎ》をかけられていたその真実を、アルフォンスはため息とともに一気に吐き出した。

「たしかにおれはヘスペリアンだ。男女の性をもたない。おれはいのちを産み出すことのできない、ひととして不充分《ふじゅうぶん》な体で生まれたできそこないだ。本当なら王位を継ぐ資格のなかった人間だ」

アルフォンスはおもむろに、身を包んでいたケープを落とした。

「！」

なめらかな絹のケープが肌《はだ》を滑《すべ》って、ふぁさっと音をたてて足元にちらばった。そして、彼の裸身《らしん》があらわになった。まだ少年のような体つきに、少女のような華奢《きゃしゃ》さが同居した、あいまいな体…

「陛下！」

マウリシオが慌てて側に駆《か》け寄ってきた。見ると、彼は責めるような目つきでアルフォンスを見つめている。アルフォンスははっとした。

（マウリシオ…、お前はもしかして知っていたのか？）

「陛下、どうか衣をお着《つ》けください…。このままでは…」

「かまわない。どうせいつかは明らかになることだ。おれは跡継《あとつ》ぎをもてないんだから」

アルフォンスは首を振《ふ》って、マウリシオの差し出したケープを突《つ》き返した。

「もともとおれにはこの国を治める資格などなかった。でも信じてほしい。だましていたつもりはなかった。レジスタンスの一員として貴族階級をなくし、この国に真の自由をもたらそうとしたのは誓ってうそじゃなかった。

おれは、ただのひとりの人間としてこの革命に加わって、この国に新しい風が吹《ふ》いていることを知った。やがてこの風は、パルメニアを揺るがす嵐《あらし》になるだろう、そして――」

そして、きっぱりとこう言い切った。

「この国は、もはや王を必要としていないことを」

彼の一挙一動を見守っていた人々は、そこでアルフォンスが彼らにとって思ってもみなかった言葉を口にするのを聞いた。

「それでも国家が国家というかたちで存続するためには、おもしが必要だ。それならば、国王に代わる存在は、国民全体の意志で選ばれるのがいい」

アルフォンスは目をつぶった。

熱いものが喉元《のどもと》にまでこみ上げてくる。放《ほう》っておくと違うことを言ってしまいそうで、アルフォンスは心の中にあった言葉を一気に吐き出した。

「パルメニア国王アルフォンス二世は、本日をもって退位する。議会で新しい代表が選出されるまでの間、国政はファリャ宰相《さいしょう》に委任するものとする」

しんと静まりかえった場内に、アルフォンスが壇《だん》を下りる足音だけが響いていた。いまから、彼は生まれてはじめての行為《こうい》に及《およ》ぼうとしていた。

それは、この国で並ぶべき者のなかった彼が、自分から臣下の礼をとることだった。

アルフォンスは、おもむろにその場に跪《ひざまず》くと、胸に手をおし当てて深く頭《こうべ》を垂れた。

「勇気あるパルメニアの国民に敬意を表する。

あなたがたの上に、ゆたけき神の恵《めぐ》みがあるように」

穿《うが》たれた天井《てんじょう》から落ちてくる闇が、立ちつくす彼らの上に雪のように静かに降り積もる。

約一千人の群衆は、ただのひと言も発することなく、彼らの王が自分たちに跪く姿を見つめていた。

アルフォンスは動かない。膝《ひざ》を床《ゆか》につけたまま、じっと黙《だま》ってうなだれている。

人々は知っていた。王は許しを待っているのだ。自分の罪をあかし、ただ人として彼《かれ》の民《たみ》に裁かれることを……

いまや痛いほどの沈黙《ちんもく》が、会場となった最高議事院を支配していた。まだじっと息を殺して、彼らは彼らの王であった少年を見つめている。

誰《だれ》も、何も言わなかった。

なにを言えばいいのか、その場にいる誰もが知らなかった。

額縁《がくぶち》の中のような情景が、しばらくの間続いた。

そして、張りつめた糸は一呼《いっこ》の声をもって断《た》ち切られたのだった。

「…こ」

その者の名は定かではない。だが、その怒号《どごう》のような声は、止まっていた時計のぜんまいを力強く巻き上げた。

「国王陛下、ばんざい‼」

その瞬間《しゅんかん》、群衆の肩《かた》が一様にふるえた。

「国王陛下、ばんざい」

「アルフォンス二世陛下、ばんざい」

アルフォンスは顔を上げ、歩いたばかりの赤子のようによろよろと立ち上がった。

「国王陛下、ばんざい！」

「我らが王の御代《みよ》に、栄えあれ‼」

乾《かわ》いた土を潤《うるお》す恵みの雨のように、その声は沈黙するアルフォンスの上に優しく降り注いだ。

アルフォンスは恍惚《こうこつ》としていた。人々がしきりに手を打つ音がきこえる。それが自分を讃《たた》える音だとわかったとき、アルフォンスはそこにいる群衆が自分に何を望んでいるかを知った。

「アルフォンス様」

彼はいま目覚めたようにはっと顔を上げた。自分の目の前にマウリシオが立っていた。

「マウリシオ……」

滑り落ちたケープをもう一度肩にかけて、マウリシオは彼にささやいた。

「貴方《あなた》はご自分の運命を民にゆだねられた。その民は、今こうして、貴方による統治を望んだのです。

国を統《す》べるということは支配ではない。もう貴方はそのことをご存じのはずだ」

マウリシオはぱちんと指を鳴らした。それを合図に、シングレオ騎士団《きしだん》の兵士がベロア公の腕《うで》を摑み上げた。

ベロア公は、言葉もないといった様子で呆然《ぼうぜん》と立ちつくしていた。

「…ということなのです。公爵《こうしゃく》。民衆は自分たちの手で王を選んだ。よもや、この結果に異議を申し立てはなさいますまいな！」

マウリシオの冷ややかな視線をふたたび受けて、彼は水をあびせられたようにはっとなった。

「あなたは幸運にも、この国ではじめて開かれた議会で裁かれる最初の罪人となったわけだ。すでにあなたを前国王ご夫妻を毒殺した一味の黒幕として、処刑台《しょけいだい》に送る準備もできております。

今回の謀反《むほん》と、前国王の毒殺。どちらの罪で首を切られるかくらいは、慈悲《じひ》深いアルフォンス陛下のこと、あなたご自身に選ばせてくださることでしょう。なんでしたら、あなたが溺愛《できあい》した金の髪《かみ》で絞首台《こうしゅだい》の縄《なわ》を編んでさしあげてもよろしいが」

それは、彼の両眼《りょうめ》にまさるぞっとするほど冷たい口調だった。ベロア公は白目をむいて仰向《あおむ》けに倒《たお》れ込んだ。金糸を縫いこんだ、豪奢《ごうしゃ》な服の股間《こかん》からじわじわと流れ出るものがあった。失禁していたのだ。

公爵に侮蔑《ぶべつ》以上の視線を投げつけると、マウリシオはもう用はないとばかりに手で合図をした。それを見た兵士たちが一礼して、失神したままの公爵を引きずっていく。

声を高く張り上げて、マウリシオは叫《さけ》んだ。

「今回の反乱軍に参加せし、バイエル、サンデューク両公爵も同様に罪に問われるものとする。謀反人を捕《と》らえよ。そしてここに、民による公平な裁きを！」

マウリシオの声は、場内の歓声《かんせい》をもってささえられた。

謀反に荷担したとみられる貴族らが、シングレオ騎士団の兵士たちに両脇《りょうわき》をかかえられて議事院を去った後、マウリシオは改めて壇上《だんじょう》を見上げた。

アルフォンスはマウリシオを見つめていた。マウリシオもまた、アルフォンスを見ていた。

マウリシオは深く拝礼し、優雅《ゆうが》な身振《みぶ》りでその場に膝を折った。

「わが王に、永遠の忠誠をお誓《ちか》い申し上げる」

左翼《さよく》の最前列に控《ひか》えていたファリャが、マウリシオに倣《なら》ってアルフォンスの前に膝を折った。

「わが王に、永遠の忠誠をお誓い申し上げまする！」

「お誓い、申し上げまする」

右翼《うよく》側のバルコニーに残っていた数百の貴族らが、彼らにつられるようにして次々と膝を折っていく。

そのとき、一階席からわっと歓声が上がった。誰《だれ》かが天井を指さして叫んだのだった。

「見ろ、オリガロッドだ！」

人々は、ふきとばされてなくなった天井の間を見上げた。その穿たれた天井の穴からは、空がすっかり夜の顔を覗《のぞ》かせている。

そして彼らは見たのだった。人々の頭上、占星術《せんせいじゅつ》では至上角とよばれる位置に、この世でもっとも明るいといわれる星がきらめいているのを——

光輝《かがや》く黄星オリガロッド。その星は、いつの間にか両脇にふたつの星を従えている。

「エリシオンと、シングレオだ！」

至上角に三つの星が集《つど》うとき、それは、新しい風によってパルメニアが生まれ変わるとき…

「三つの星を讃えよ！」

誰かが叫んだ。次々と違《ちが》う声がとんだ。

「三つの星《パルファス・マグダミリア》を讃えよ！」

「三つの星を讃えよ!!」

一本の糸が縒《よ》られて太い縄となるように、その声はただひとつの意志の元に、自然と量を増していった。

三つの星のまたたきは、一筋の柔《やわ》らかい光となって、アルフォンスの上に降り注いでいる。

キースは目を細めた。

誇《ほこ》りかに顔を上げ、人々の歓声を体いっぱいで受け止めているアルフォンスの頭上に、キースはそのときたしかに光の王冠《おうかん》を見たのだった。

最終章　そして、燦然と輝く

地上で玉座が新しい王を迎《むか》え入れたころ、天上ではアピューズの月がヘメロスの月に主役の座を譲《ゆず》っていた。

その光景を窓からながめていたクープラン大司教は、天も地もめまぐるしいことだ、と、ひとりごちた。

充分《じゅうぶん》に蒸《む》したアンボスの葉の上に湯を注いで、ぱっとひろがった香《かお》りに頬《ほお》をほころばせる。

クープランには好きなものが三つあった。ひとつは若く美しい女性。ふたつめは愛らしいねずみ、そして三つめが、この花茶に使われる花の花弁の中でもっとも香りがよいとされているアンボス茶だ。

「天上では三つの星がますますその輝きを増し、あたかも地上に恵《めぐ》みの雨を注いでいるかのようでございまするなあ。サファロニアとの同盟も新たに結ばれ、国民による二回目の議会も開かれた。ようやくこのパルメニアにも平和が訪《おとず》れたということなのでしょうなあ」

彼は白磁のカップを手にして、来客を振《ふ》りかえった。

「のお、宰相《さいしょう》どの」

アルフォンスが枯《か》れ木のようだと評したサミュエル＝ファリャ宰相は、聖堂の奥にあるクープランの私室で居心地悪そうに身じろぎした。

「……そうですな…」

「いやいや、こうして我が従兄弟《いとこ》どのと親しく茶を飲むのも久方ぶり。お会いしとうございました」

「私は別に会いたくなかった」

「砂糖は入れられるか、宰相どの」

さりげなく発した本音は、やはりさりげなく聞き流されてしまった。王国宰相サミュエル＝ファリャ公爵は、機嫌《きげん》が悪いのを隠《かく》そうともしないで憮然《ぶぜん》と押し黙《だま》った。

クープランとファリャは同年生まれ、お互《たが》いは母方の従兄弟同士にあたる。

決して仲のよかったわけではないこの幼なじみが、幼年学校《リンセ》の半ばごろにヘスペリアンであることがわかったとき、ファリャは彼がどことなく浮《う》き世《よ》ばなれしていた理由がわかったような気がしたものだった。

まだ十にもなっていなかった幼いクープランは、ホルト山から迎えに来た老神官に連れていかれ、十年の間下界に戻《もど》らなかった。

そうしてファリャが二十歳《はたち》になりファリャ家の爵位《しゃくい》をついだころ、彼は突然《とつぜん》山を破門されて帰ってきた。ホルト山から戻ってきたクープランを見て、ファリャはひどく驚《おどろ》いた。以前のはかなげな様子とはがらりと雰囲気《ふんいき》がかわって（信じられないことだが、彼は白皙《はくせき》の美少年だったのだ！）、すっかりたくましい青年になっていたのだ。

その後クープランは、神殿《しんでん》勤めを拒《こば》んでファリャと同じ大学に進み、その後異例の従軍僧侶《そうりょ》として数々の戦いに参加した。

「思えば、我らがはじめて出会ったのは、先々代ご当主の葬儀《そうぎ》の場でございましたな」

以前の面影《おもかげ》などどこにもないクープランは、ほうっとため息をついて言った。

「幼年学校もいっしょでございましたなあ。おひとりでは手洗いに行けぬとおっしゃる従兄弟殿《どの》を、よく拙僧《せっそう》が手を引いて差し上げたものでして」

「私は、そのようなことを聞きに参ったのではありませんぞ、大司教！」

顔を真っ赤にして、宰相は叫んだ。

「あれはもう、四十年も前のことになりますかのう…」

「大司教!!」

「エアルドと呼んでくだされ、昔のように」

うっとりと手を握《にぎ》ってくるクープランを、ファリャは冷たく振り払《はら》った。

「ほほほほほ。宰相殿はてれやさんでいらっしゃる。照れ屋と言えば、そうそう、ふたりで同じ女性に想《おも》いをよせたこともありましたなあ」

ファリャはぎょっと身を竦《すく》ませた。

二人がシングレオ騎士団《きしだん》に仮入団していたころ、彼らはエドリア出身の領主の娘《むすめ》であるシュザンナという女性に出会った。若かった二人はシュザンナに夢中になったが、クープランは彼女に想いを告げることはなかった。

なにしろクープランはヘスペリアンで性別をもたない。ホルト山の神官はみな、そういう人間ばかりなのだ。

「そう、あれはまさに甘き青春！　あのころはまだ拙僧の頭にも、髪の毛がふさふさと生えておりました。結局、シュザンナどのは貴殿《きでん》の婚約者《こんやくしゃ》となられ…。…ああ！」

クープランはおごそかに神に祈《いの》るしぐさをした。

「失恋《しつれん》のショックに、まだ若くデリケートな毛根が耐《た》えられなかったのでありましょう。いや、まことに惜《お》しいことをしました」

想い人を幼なじみに取られたというよりは、髪《かみ》がうすくなったことを本気で悔《くや》しがっているようだった。

「ふざけたことを…、神のおわします聖堂で、不謹慎《ふきんしん》にもほどがありますぞ！」

「おお恐《こわ》いこわい」

クープランは、わざとらしくおどけて見せる。

「さすがは〝鉄骨のサミィ〟、堅物《かたぶつ》なところはあのセリー侯爵《こうしゃく》とよい勝負じゃ。ところで話というのはほかでもない…」

その意味ありげな表情に、ファリャはどこかひっかかりを感じた。

「実は、今日は貴殿にお見せしたいものがあってお呼びしたのですじゃ」

「私に、見せたいもの？」

「どうぞこちらへ」

小箱から重い鍵束《かぎたば》を取り出すと、クープランはファリャをともなって部屋を出た。静寂《せいじゃく》の精《せい》霊《れい》に支配された長い聖堂の廊下《ろうか》を、二人分の足音が反響《はんきょう》する。

「私に見せたいものとは、いったいなんなのですか、大司教」

顎《あご》のひげをひと撫《な》でして、クープランはなにか悪巧《わるだく》みをしている子供のように笑った。

「恐《おそ》れ多《おお》くも、ホルト山の大神殿よりお借りした宝物ですのじゃ」

「ホルト山!?　というとまさか大神殿から…」

驚愕《きょうがく》するファリャに、クープランはわざとらしく咳《せき》ばらいをした。

「それも世のため人のためと思うてな。それもこれも、貴殿があまりにも頑固《がんこ》ジジイだからですぞ」

「なっ…」

「さあ、ここですのじゃ」

ここの聖堂を寄進したゲルトルード一世の名にふさわしい、冴《さ》え冴《ざ》えとした空気が身をひきしまらせる中を、二人はゆっくりと降りていく。

彼らが足を踏《ふ》み入れたのは、聖ゲルトルード大聖堂の地下にある、鉄の扉《とびら》で幾重《いくえ》にも守られた宝物庫の一室だった。

「ここは…」

中は空気が沈澱《ちんでん》していた。部屋の四方に深い緑のヴェルヴェットが張られ、歴代の王が身を飾《かざ》った宝物が所狭《ところせま》しと並べられている。

「聞くところによるとわが従兄弟殿は、いまだアルフォンス陛下が国王としてこの国を統治されることに反対されておられるとか」

突然なにを言い出すのかと、ファリャはクープランの意図をはかりかねていた。

「陛下はヘスペリアンであられる。この国の法ではヘスペリアンは王位を継《つ》げないことになっているのだ。

現に、かのシャウロ＝シャマール導師はミルドレッド三世陛下のご長子でありながら継承権《けいしょう》を弟君ランディーニ二世陛下にお譲りになられたではないか。それに、古くからヘスペリアンはホルト山にて神官になるならわしだ。例外はあってはならない」

「しかし、アルフォンス陛下はもはやこの国の英雄《えいゆう》であられる。宰相閣下は、民草《たみくさ》の声をおききになられましたかな。民衆たちは陛下のことを、かのオリガロッド陛下の生まれ変わりだと称《しょう》しておりますぞ」

「それでも、法は法だ」

苦い薬を飲み下したような顔で、ファリャは言った。

「今はいい。アルフォンス陛下は王たる技量を十分にもちあわせておられる。だが、陛下がヘスペリアンであられる以上ご結婚《けっこん》できない。いずれこの国は王位継承の問題を抱《かか》えることになる。そうなってからでは遅《おそ》いのだ。この国にふりかかる火種は、今から取り除いておくのがよろしかろう」

「サミュエルはあいかわらず心配性《しんぱいしょう》だ」

ファリャはどきりとした。なんと、クープランはいきなり彼を名で呼んだのである。

「シュザンナどのに求婚《きゅうこん》されたときの包容力は、いったいどうなされた。まさか前歯とともに抜《ぬ》け落ちたわけではあるまいに」

「な、なにを！」

おもむろに、クープランは布におおわれた一枚の絵画の前に立った。

「それでは、わが従兄弟どのの不安をぬぐってさしあげよう。ごらんくだされ」

そう言って、布を解《ほど》く紐《ひも》に手をかけた。

しゅるり、と絹がすべる音がした。布は額縁《がくぶち》の横に垂れて、かくしていた絵画の表面をあらわにした。

「こ…、これは…」

ファリャは、息を呑んだ。

「エアルドよ、これは…」

彼は動揺《どうよう》するあまり、自分もクープランを名のほうで呼んだことに気づかなかった。

それは、古い絵の具が写し出した、いまは誰《だれ》も知ることのない五〇〇年前の真実――

「まぎれもなく、国祖オリガロッド陛下と、そのご伴侶《はんりょ》のお姿にございます」

＊

シングレオ騎士団のコーンウェル団長と、副長のスクルド＝アーロンが国王に拝謁《はいえつ》したとき、パルメニア国王アルフォンス二世は不機嫌の絶頂にあった。

「ほう、そのほうがシングレオ騎士団の団長とか。…どこかでみたような顔だな」

いま、彼の目の前に跪《ひざまず》いている男は熊《くま》のように大柄《おおがら》で、まさにこれぞ騎士だといった風体《ふうてい》をしていた。

「お久しぶりでございます。国王陛下」

「ぬけぬけと、よくも言った！」

アルフォンスは玉座から身を乗り出さんばかりに叫《さけ》んだ。

「おれはシングレオ騎士団の団長なんかに、知り合いはいないぞ！」

「陛下、これには深いわけが…」

「うるさい！」

いつもの癇癪《かんしゃく》をおこして、アルフォンスは歯軋《はぎし》りした。

「お前がシングレオ騎士団の団長とは、どういうことだ、ビクター！」

シングレオ騎士団の団長ビクター＝コーンウェルとは、なんとアルフォンスを街でひろいかくまってくれたあの新聞記者のビクターだったのだ。

「お前は、マウリシオとぐるになっておれを騙《だま》していたんだな。街で親切にするふりをして、ずっとおれを監視《かんし》していたんだ！」

「めっそうもございません」

彼は手を挙げて、誓《ちか》いあげる仕草をした。

「すべて陛下の御身《おんみ》を守るため、セリー侯爵がお考えになったことで…」

「マウリシオひとりの責任にするのはどうかと思うがな」

彼の側《そば》に控《ひか》えていた副長のアーロンが、ぼそりと口を挟《はさ》んだ。

「おそれながら陛下。ことば足らずなこの者をお許しください。

実はわたしたちとセリー侯爵とは、ローランド大学時代の同期生なのです。マウリシオ…いえ、セリー侯爵がビクターにお命じになったこと、誓って騎士団《きしだん》の誰も存じあげませんでした。このわたしにさえ知らされなかったことです」

と、彼は恨《うら》みがましそうに、ビクターに向かってぶつぶつと小言をいった。

「だいたい、お前というやつはいつも唐突《とうとつ》なんだ。いきなり金をよこせだの馬をよこせだのと手紙だけよこして急がせる。俺たちはお前の便利屋じゃないんだぞ」

ビクターは、平手打ちのようなアーロンの言葉をひらりとかわした。

「いい馬を用意しろと言ったのは俺じゃない。陛下がじきじきにそうお望みだったのだ」

「あの馬、シングレオ騎士団の馬だったのか…」

聞けばアルフォンスがゾバコに接触《せっしょく》してくるのも、マウリシオの予想内だったという。それを聞かされたときは、なんだかずっと彼の手のひらの上で転がされていたようで、アルフォンスは悔《くや》しさでいっぱいになった。

「こっちは、ジャスター＝キングスレイの内偵《ないてい》に悟《さと》られずに動くので精一杯だったというのに……だいたいお前は、団長のくせに何ヶ月も砦《とりで》をほったらかしにして！　そのくせいきなり帰ってきたら、腹が減った、はさむ具は牛煮《に》こみがいい、タクシス産の地ビールが飲みたいときた。さきに挨拶《あいさつ》もできないのか、お前は！」

「お前のその説教じみた小言をきくのも、久しぶりだなあ…。これを聞くと、ああタクシスに帰ってきたと思うんだよなあ」

ビクターが、聞き飽《あ》きたとばかりに片方の耳をほじり始める。

アルフォンスは唖然《あぜん》とふたりのやり取りを聞いていた。仲がいいのか悪いのか、放《ほう》っておくと朝まで続きそうだ。

「ビクター！」

しかし、ビクターが私用だと言って何度もタクシスに出向いていたことや、都合良くアルフォンスが助けられたことにも納得《なっとく》がいった。エナが言っていた〝ビクターがよく手紙を書いているタクシスの恋人《こいびと》〟とは、このアーロンのことだったのだ。

アルフォンスの追及に観念したのか、ビクターは、マウリシオに頼《たの》まれてアルフォンスの監視をしていたことをあっさりと白状した。街でキースと入れ替《か》わっていたことに早々に気づいていたマウリシオは、旧友であるビクターに万が一のときはアルフォンスを市井《しせい》にかくまってもらえるよう用意させていたのだという。

しばらくして、アーロンがアルフォンスのほうに一歩進み出た。

「陛下、知らぬこととはいえ、我らシングレオ騎士団はキースさまに忠誠をお誓い申し上げました。その件に関しましては…」

アルフォンスは鷹揚《おうよう》に頷《うなず》いた。

「うん、わかっている。おれにはその資格がないってことだろう。エヴァリオットを抜いたのはおれじゃないからな」

それから彼は、誰も強要しないのに自分から牢《ろう》に入っていったキースのことを思い出して、噴《ふ》き出すのをこらえた。

「お前たちからもなんとか言ってやれ、アーロン。お前たちの主人は、自分から牢に入ったまま、石のように座り込んでてこでも動かない。自分は重罪人だ、首を切られて当然だ、などとわめき散らしてとりつくしまもないんだ。なんとかしてくれ」

「そういやキースもキースだが、マウリシオもマウリシオだぞ、アル」

敬語に疲《つか》れたらしいビクターが、いつもの調子でアルフォンスに話しかけた。

「あいつ、さっき部屋に寄ったら荷造りはじめてたぜ。なんでも爵位《しゃくい》はエミリオに譲《ゆず》って、自分は田舎《いなか》に引っ込むとか言って…」

「なんだって！」

アルフォンスは、思わず玉座を蹴《け》って立ち上がった。

「そんなの…、そんなの聞いてない！」

思えば王宮に戻《もど》ったあの日から、マウリシオとはろくに話していない。なにを言っていいのかアルフォンスにはわからなかったし、向こうのほうも必要以上にアルフォンスに会うのを避《さ》けていた。

自分でも不思議だった。街にいたときは、あんなにもマウリシオに会いたいと思ったのに…

「ばか、あいつ、そんなことおれにひとっことも言わないで…！」

自分勝手なマウリシオ。いつだって彼はなんでもひとりで決めてしまって、アルフォンスはかやの外なのだ。

これでも、以前より少しは大人になったと思う。だから、むかしマウリシオがしてくれたように、彼が苦しいときは側にいたいし、力になりたいと思うのに…

結局、自分はマウリシオにとってなんなのだろう。そう思うと、アルフォンスは胸の中にぽっかりと穴が空いたような、心が焦《こ》げついたようなどうしようもない思いにとらわれるのである。

その様子を見ていたビクターが、慌《あわ》ててアルフォンスに声をかけた。

「ま、まあ、そのうちおまえさんにも話す気でいたんだろうさ」

「そのうち？」

アルフォンスは不機嫌《ふきげん》を隠《かく》そうともしないで、玉座から立ち上がってどこかへ行こうとした。

「誰かの次なんていやだ！　おれはいちばん最初に知っていたいんだ。マウリシオのことならなんだって…」

「え、おい、アル。どこへいくんだ？」

「キースに会ってくる」

彼は振《ふ》りかえって、二人に向かってイーッと歯を剥《む》き出しにした。

「マウリシオになんか会ってやらない。おれはずっと会いたいと思ってたのに…、あんなやつ、切り刻んでビクターのパンの具になってしまえばいいんだ、ばか！」

物騒《ぶっそう》な捨てぜりふを残して、アルフォンスは謁見《えっけん》の間から出て行ってしまった。

残された二人は、まじまじと顔を見合わせる。

「それって…」

「ああ」

激しい愛の告白を聞かされたような気がして、彼らはまったく同じ仕草で天を仰《あお》いだ。

*

薄暗《うすぐら》い地下の牢に、キースは修行僧《しゅぎょうそう》のように足を組んでいた。

しかし、彼の入っている牢には鍵《かぎ》はかかっていない。それどころか、誰《だれ》も彼に牢に入れなどとは強要していないのだ。

「なあ、もう出てこいよ」

と、アルフォンスは鉄格子《てつごうし》ごしにキースに話しかけた。

「誰も、お前を罪に問うなんて言ってないだろ」

「それが問題なんだ！」

人間に腹をたてる猫《ねこ》のような仕草で、キースはアルフォンスの言葉尻《ことばじり》に嚙《か》みついた。

「オレはお前を殺そうとしたんだぞ。この国の正統な王であるお前を殺し、自分がパルメニアの国王になりかわろうとしたんだ。投獄《とうごく》されて当然だ！」

「キースの頑固者《がんこもの》。マウリシオといっしょにいてやつの頑固がうつったんじゃないのか」

アルフォンスはあからさまに呆《あき》れたように、

「なあ、キース。おれは、お前に死なれてはいろいろと困るんだ。なにせシングレオ騎士団はおれがいくら頼んでも動かない。彼らが膝《ひざ》を折ったのはあくまでお前だ。おれじゃないんだよ、ほらっ」

と言って、手にしていたエヴァリオットを牢の中に投げてよこした。

「ばっ…」

フシャーッと毛を逆立てた猫のように、キースが肩《かた》をいからせる。

「馬鹿《ばか》かお前は！　囚人《しゅうじん》に武器を渡《わた》してどうする!!」

「だから、囚人じゃないからいいんだってば…」

こうなってくると、まるで穴から出てこようとしない猫においでおいでしてるようだな、とアルフォンスは思った。

「エヴァリオット、そいつ、おれが持っててもなんの役にもたたないんだ。抜《ぬ》けないし重いし、煩《うるさ》いし…。持っていると四六時中、小さな女の子のキンキン声が聞こえるんだよ。あたしのキースはどうした、あたしのキースを返せ、とうるさいのなんので」

彼は、おそるおそるエヴァリオットを抱《だ》き寄せたキースに、やさしく微笑《ほほえ》みかけた。

「いつかシングレオ騎士《きし》団の連中も、主《あるじ》を返してほしいとエヴァリオットと同じことを言い出すに違いない。だからお前の身柄《みがら》はヒクソスに預けることにした。とっとと出て来て旅支度《たびじたく》をしろ。明日にはビクターはローランドを発《た》つぞ」

一瞬《いっしゅん》だけ、キースの目が見開かれた。それでも、いやそんなのはだめだとばかりに彼は首を振る。

「なあ、キース…」

困ったように、アルフォンスは彼をのぞき込んだ。いま目の前でふてくされているのが、自分の実の弟のように思えてならなかった。

「お前は、エルゴーネの子なんだってな」

キースが驚《おどろ》いたように顔をあげた。

「いつだったか、お前がおれに言っていたことを思い出したんだ。たしかにあのころはろくに物事をわかっていない子供だったけれど、エルゴーネの追放令を出したのはまぎれもないおれ自身だ。その結果、お前のお母上が亡《な》くなられたことも聞いた。マウリシオが調べてくれた。同じような運命をたどったエルゴーネたちがたくさんいたことも…」

彼は、鉄格子ごしにゆっくりと膝をついた。

「明後日《あさって》、ファリャの口からエルゴーネの追放令を解くことにする。パルメニアに戻ってきたエルゴーネたちには、彼らがもといた家や土地に戻れるよう手を尽《つ》くそう。全《すべ》て特別扱《あつか》いはできないかもしれないけれど、できる限りのことをして償《つぐな》いたい。…それでいいか？」

キースは自分の前に膝を折ったアルフォンスを、呆然《ぼうぜん》とした表情で眺《なが》めていた。

「許してくれるか。オレを…」

そう言って彼は、キースに向かって右手を差し伸《の》べた。おそるおそるキースの手がアルフォンスへと伸びた。彼らは引き寄せられるようにお互《たが》いの手を握《にぎ》りあった。

「なぜ、オレがエルゴーネの子だとわかったんだ。オレはひとこともそんなことは言わなかったはずなのに…」

「マウリシオが教えてくれたんだ。キースというのは、エルゴーネの言葉で砂漠《さばく》に咲《さ》く白い花のことなんだと」

キースの目が、これ以上ないくらいに見開かれる。

「かつて土地を追われたエルゴーネたちは、砂漠へおいやられ、そこで過酷《かこく》な生活をはじめなければならなかった。それでも彼らは、自分たちの誇《ほこ》りを失わなかった。わずかな水と栄養分で死の大地に美しい花を咲かせる花。キースという花は、エルゴーネたちの魂《たましい》そのものだ。そう言っていたよ」

アルフォンスは、手の甲《こう》にじんわりとした彼の汗《あせ》を感じた。

その腕《うで》が、こきざみに震《ふる》えていた。見上げるとキースが泣いていた。自分よりほんのすこしだけ広くなった肩が、まるで葉のない枝のようにふるえていたのだった。

「お前をさ、嫌《きら》いになれないわけがわかったよ。キース」

キースは黙《だま》って涙《なみだ》を流し続けている。その涙は、瞼《まぶた》にこもった熱が赤いルビーを溶《と》かし出したようだった。

「こんなに似てるんだ。実は本当に双子《ふたご》でしたって言っても誰《だれ》も驚かなかっただろうな」

「馬鹿なこと…、言うな…」

キースは涙を拭《ふ》いて立ち上がった。アルフォンスは彼の視線が、自分よりすこし高いことに驚いた。

そう言えば、こころなしか、声も低くなっているような気がする。

アルフォンスは、その自分とのわずかな違《ちが》いを寂《さび》しく思うと同時にうれしくも思った。同じ顔をしていても、自分たちは違う人間だ。だから、体そのものが違う人生を歩もうとしているのだ。

決して、どちらかがどちらかの代わりなんかじゃない…

キースは、雨が上がったあとの空のように晴れ晴れと笑ってみせた。

「こんなことなら、マウリシオに最後にひとめ会いたかった。アルフォンス、彼はもうローランドを発ったのか？」

思いがけないキースの言葉に、アルフォンスは今度は愕然《がくぜん》とした。

「なんで…、なんでお前がそのことを知ってるんだ、キース！」

「なんでって…、たしか少し前にマウリシオがここに会いに来てくれたんだ。そのときに話してくれた。近いうちに侯爵位《こうしゃくい》を返上するから、もうこの城にはいられなくなるって……」

そこまで聞いて、とうとうアルフォンスは逆上した。

「もしかして知らなかったのは、おれだけか⁉」

「えっ、知らなかったって…」

顔を真っ赤にして怒《いか》り狂《くる》うアルフォンスに、キースはおろおろと後ずさった。

「あんなやつ、もう知らない‼　あいつはおれが街でどんな目にあったか知りもしないんだ。ろくに風呂《ふろ》にも入れないし寝床《ねどこ》は硬《かた》いし、パンは石みたいだし…。最近じゃ、毎日のように頭痛はするし、起きたらベッドが血で真っ赤なんてことがあったのに！」

「えっ、なんだって。血⁉」

キースは硬直《こうちょく》した。

「きっとおれ、力を使いすぎて悪い病気にかかったんだ。それからなんだか吐《は》き気はするし、体はずっと熱っぽいし、あんまり食べてないのに顔だけ丸くなったとかエナに言われるし、なんだかわけがわからない…」

アルフォンスは王宮へ戻《もど》ると、真っ先にクープランのもとへ走った。このごろ自分を悩《なや》ませる妙《みょう》なけだるさや頭痛のことを、クープランに相談したかったのだ。

一月《ひとつき》ほどまえに、体の中から血が流れ出してきたこと。そのときは食欲もなくなって、ひど

く眠《ねむ》たくなることを彼に告げると、

『なんとまあ、おめでたいことで。重畳《ちょうじょう》でございまするのぉ、ほっほっほ！』

話を聞いたクープランはそうひとしきり笑って、マウリシオにサファイアのカメルをプレゼントしてもらうと良い、などと言ったのだった。

こちらのほうも、さっぱりわけがわからなかったアルフォンスだった。

アルフォンスはガン！　と力任せに鉄格子を殴《なぐ》った。

「もう我慢《がまん》ならない。直接会って文句を言ってやるんだから！」

「いや、アルフォンス。ちょっと待てっ」

キースは、まだ顔に困惑《こんわく》の表情を貼《は》り付けたままだったが、憤《いきどお》るアルフォンスを制止すると、

「…その、そういうことだったらあんまり、怒《おこ》らないほうがいいんじゃないのか。い、いや、オレは男だからそう言うことに詳《くわ》しくないけど、…ヘスペリアンがそうなるっていうのも聞いたことがないけどっ」

と、しどろもどろな調子で言う。

「なんだよ、キースまでそんなわけのわからないことを言って！」

まだ啞然《あぜん》としているキースの顔に、アルフォンスはびしっと指を突《つ》きつけて言った。

「いいか、お前はとっととここを出てヒクソスに行くんだ。ビクターにはもう同伴《どうはん》するって言ってあるからな。逃《に》げるなよ。キース!!」

彼は捨て台詞《ぜりふ》のようにそう叫《さけ》んで、ばたばたと忙《せわ》しなく駆《か》けていった。

キースは、いまだにアルフォンスの告白の衝撃《しょうげき》から立ち直れなかった。彼は、よろよろとその場に膝《ひざ》をつくと、

「あいつ…。国王だからってものを知らんのにもほどがあるぞ…」

なにを想像したのか、トマトのように顔を赤くしたのだった。

*

「マウリシオのばか…、冷血漢…、鈍感《どんかん》…、…わからずや！」

いっこうにノックのする勇気の出ない扉《とびら》の前で、アルフォンスはそう思いつくかぎりの悪口をならべてみた。

それでも胸の中はすっきりしない。彼に会う勇気が出ないのだから当然だ。

膝の間に顔をうずめて、アルフォンスは今日何度めかわからないため息をついた。

時間は、一刻一刻と過ぎてゆく…。向い側の窓からさしこんでいた夕陽《ゆうひ》は、もう窓からは見えない。自分の足元に溜《た》まっていた影《かげ》も、いつの間にか夜の闇《やみ》に塗《ぬ》りつぶされてなくなってしまった。

(どうしよう…、会ってなんて言えばいいんだろう…)

このまま何も聞けないまま、何も言えないまま、自分たちはまた離《はな》ればなれになってしまうのだろうか。

何度目かのノックをしようと、立ち上がりかけたそのときだった。

「なにをしていらっしゃるんですか」

アルフォンスの頭上から、澄《す》ました声が落ちてきた。

見上げるとそこに、呆《あき》れたように腕を組んでマウリシオが立っていた。

「マ、マウリシオ、なんで…」

「ずっと前から気づいていましたよ。相変わらず独り言の多いお方だ」

独り言を聞かれていたことを知って、アルフォンスはかあっと顔を赤らめた。

「お入りなさい。そんなところにいては風邪《かぜ》をひいてしまう」

「…いやだ」

「わがままをおっしゃらないで下さい。大きくなられたとはいえ、あなたくらい簡単に抱《だ》きかかえられるんですよ」

「だっ…」

妙にうろたえるアルフォンスを見て、マウリシオはわずかに息を呑み、何を思ったのかふいっと横を向いてしまった。

「と、とにかく中に入ってください。風邪をひいてしまう」

うながされるまま、アルフォンスはマウリシオの私室の中に入った。

(あ、この匂《にお》い…)

それは、マウリシオに抱きしめられるといつも香《かお》る匂い、——彼の好きなガ《ガ》ボ・《》豆《ボ》の煮汁《オー》の匂いだった。

アルフォンスは、改めて彼の部屋の中を眺《なが》めた。

（ビクターの言ったとおりだ）

王宮の〈鷲《わし》の目〉にあるこのマウリシオの私室は、四方の壁《かべ》をほとんど本で埋《う》め尽《つ》くされていて陽もささないありさまだと言われていた。

ところが、部屋の中はそうではなかった。すでに入るところがなかった本棚《ほんだな》は歯が抜《ぬ》けたようにすかすかで、古い書物が整理されいくつかが紐《ひも》でくくられている。そしてそれが部屋のあちこちに積み上げられて、荷物の山ができていた。

（ほんとうに、王宮を出る気なんだ！）

アルフォンスの胸が、誰《だれ》かに打たれたようにドクン、と鳴った。

　小刻みに震えるアルフォンスの肩《かた》に、マウリシオがそっと手を置いた。

「ご挨拶《あいさつ》に参ろうと思っておりました。この荷物の整理が済んだらすぐに…」

「聞きたくないっ！」

アルフォンスはマウリシオの手を乱暴に振《ふ》り払《はら》うと、涙目で彼を睨《にら》んだ。

「…どうして…」

何を言っていいのかわからない。そうだ、こんなことは前にもあった。何か言いたいのに、何も言えない。そんな自分に焦《じ》れているうちに、思ってもみないきつい言葉が口から飛び出してしまう。

「マウリシオの、ばか！」

アルフォンスは側《そば》にあったクッションを彼に向かって投げつけた。条件反射でマウリシオがそれを受けとめる。

「陛下、お聞き下さい。これにはわけが…」

「うるさいっ、聞きたくない！」

と、彼は手当たり次第《しだい》に、そこにあったものをマウリシオに投げつけた。

「お前はいつだってそうだ。何でもかんでも勝手に自分ひとりで抱《かか》えこんで、自分ひとりで決めてしまう。おれにはいつも事後報告で、いつだって頷《うなず》くか、諦《あきら》めるかしかないんだ。お前はおれの意見なんて求めてない。お前がおれを、必要としてないんじゃないか！」

アルフォンスはわき起こる怒《いか》りのままに、そこに積んであった本を投げつけていく。それまで器用にかわしていたマウリシオは、アルフォンスの手が布張りがしてある一見高そうな本にかかったとたん、ぎょっと慌《あわ》てふためいた。

「ちょっ、陛下、その本は！」

「お前はっこの期《ご》におよんで、おれよりこんな本が大事なのか！」

アルフォンスは肩でぜいぜい息をした。

「ビクターとぐるになって、おれのことをずっと監視《かんし》してたくせに。エミリオだってずっと知ってた。知らなかったのはおれだけだった！」

王宮に戻《もど》った晩、アルフォンスはエミリオから告白されていたのだった。実はもうずっと前街にきてすぐに、エミリオはビクターに一通の手紙を渡《わた》された。それは、彼の兄マウリシオからの手紙だった。

なりゆきでそうなってしまった以上、もう少し陛下の面倒《めんどう》を見ておいてくれ、そう兄に頼《たの》まれて、彼はずっとアルフォンスについていることになってしまった。もちろんビヨンヌの大学の授業には一度も出ていないから、留年は確実だ。

ところが、エミリオはアルフォンスを恨《うら》んではいなかった。

「大学で学べないようなことを、陛下のお側でたくさん学ぶことができました。なにより歴史的な瞬間《しゅんかん》に居合わせたことを幸運に思います。いつか、陛下のことを本に書きますよ」

そうアルフォンスに言い残して、エミリオは落ち着くまもなくビヨンヌの大学に戻った。ちゃんと卒業試験にも通って、立派な歴史学者になってみせます——。はにかみながら笑ったその顔は、以前よりもすこし大人びて見えた。

そう、全《すべ》て自分だけが知らなかったのだ。

「そんなことも知らないで、いつかお前が気づいてくれるかもしれないと思ってた、お前のことばかり考えてた自分がばかみたいだ！

たしかにお前はすごいやつだよ。あのベロア公をだしぬいてやつの陰謀《いんぼう》を暴《あば》き、あっさりと処刑台《しょけいだい》へ送っちまった。ベロア公でさえ、お前の手のひらで踊《おど》らされていただけだ。おれなんかさぞかし役者不足だったろうさ。だから…、だからおれを見捨てたのか！」

アルフォンスはどん、と拳《こぶし》をマウリシオの胸に強く押し付けた。

「うそつき！」

ドンドンと胸を押したたく。

「キースのほうがよかったか？　あいつのほうが王にふさわしいと、そう思ったんだろう？　だからおれを見捨ててあいつを選んだんだろう⁉」

「アルフォンスさま！」

マウリシオが大声を出した。ふいに両の手首をつかまれて、アルフォンスはおびえたようにマウリシオを見上げた。

「そうではありません。…そうでは、ないのです」

彼の唇《くちびる》が、ためらいがちになんども嚙《か》みしめられ、アルフォンスはマウリシオが言葉を選んでいるのを知った。

「…貴方が十六にお成りになる前のことです。わたしは偶然《ぐうぜん》、ファリャ宰相《さいしょう》閣下に面会をもとめられました。閣下はある本を熱心にわたしにすすめられた。それは文豪《ぶんごう》ミルテの叙事詩《じょじし》、『タァムダァム王の結婚《けっこん》』でした」

マウリシオは深い息をつくと、アルフォンスの手首を離して横を向いた。

「わたしはすぐに閣下の意図を察しました。あの方は私にこう問うておられた。陛下はまだご結婚なさる気はないのだろうか、と。閣下はご息女のアンナマリア姫《ひめ》を、陛下の正妃《せいひ》にと望んでおられたのです」

「おれの、結婚⁉」

彼は頷いた。

「あのころ宰相閣下は、後継者《こうけいしゃ》がおらずに絶えたキングスレイ家の継承《けいしょう》問題で、ベロア公と激しく対立しておられた。いずれ表だってぶつかるときはくる。そう閣下も覚悟《かくご》を決められたのでしょう。真っ向からベロア公と対立することを予測して、そのような策に出られたのです。そのときわたしは焦《あせ》りました」

その冴《さ》え冴《ざ》えとした青の両眼《りょうめ》に、一瞬だけ不透明《ふとうめい》さが混じった。

「あなたはヘスペリアンだ。わたしはそのことを知っていました。ふつうであれば、結婚はおろか即位《そくい》できるお立場ではない。あなたさまが結婚し、ヘスペリアンであることが知れれば、ベロア公はかならずあなたを廃位《はいい》に追いこみ国政を牛耳《ぎゅうじ》るでしょう。あなたを担《かつ》ごうとした宰相閣下も宰相の座を追われる…。あの方は貴族の中でもまだ良心的な方だ。あの方がいなくなり、ベロア公がもし摂政《せっしょう》にでもなればこの国は羞恥心《しゅうちしん》のない輩《やから》に蹂躙《じゅうりん》されてしまうことになる。あなたがヘスペリアンであることは、絶対に知られてはならない…」

マウリシオの熱い息がアルフォンスの頬《ほお》にかかった。

「わたしは貴方《あなた》を守りたかった。そのためにならば何でもすると心に決めていました。ずっと幼い日から」

彼はぎゅっと眉根《まゆね》を寄せて、なにかを必死でこらえているように見えた。

「いつから気づいていたんだ。おれがヘスペリアンだということを…」

「あなたが、わたしの薔薇《ばら》を折った日から」

「薔薇……？」

「覚えていらっしゃらないかもしれませんが、そういうことがあったのですよ。あなたもわたしもまだ子供だったころ、あなたがわたしの母の形見の薔薇をうっかり折ってしまったことがあった。あなたはその薔薇が母の形見だと知ったとたん、自責の念に駆《か》られたのでしょう。わたしを連れて飛びさった。次に目をあけたときには、なつかしい潮のかおりが鼻腔《びこう》に満ちていた。そこは海の広がるわたしの故郷、ソーンマークだったのです」

アルフォンスは思い出していた。

（そうだ。たしかにそんなことがあった…　あのときは無我夢中で、なんとかマウリシオを慰《なぐさ》めたくて必死だったのだ）

そのとき、聡明《そうめい》なマウリシオは気づいたのだろう。エレオノーレ王妃《おうひ》が、自分の子を一度も抱《だ》かないわけを。

「あなたがいつか退位しても、この国が立ってゆけるようにするために、わたしは大それたことを考え始めていました。それはこの国に議会を開き、統一された法のもとに民衆が政治を行うという新しいやり方でした。わたしはそのために、何年も前から大学の教師や大学生を中心にひそかに行われていた政治運動に資金を流していました。わたしは侍従《じじゅう》という特殊《とくしゅ》な立場上、表立って動くことはできない。わたしは考えた末、その橋渡《はしわた》しをシングレオ騎《き》士団長《しだんちょう》のビクターに頼んだのです」

「ビクターに？」

「そうです。彼はパンにものをはさむくせがあるでしょう。あれは大学時代、金をかせごうと写本のアルバイトをしていたときからの彼のくせなのですよ」

そう言って、彼はなつかしそうに目を細めた。

「当時はまだ十三かそこらだった私に、大人な彼らは根気よくつきあってくれたものです。二人はその年の暮れには軍隊に徴集《ちょうしゅう》され、タタールへ従軍したあと帰国して正式にシングレオ騎士団に入団しました。本来ならビクターは気軽に動ける立場ではなかったのですが、団長という立場の人間に内偵《ないてい》のようなことをさせなければならないほど、私の手数は少なくベロア公は強大だった。今回、ビクターにはずいぶんと無理をきいてもらった。功をねぎらってやってください。今回のことの一番の功労者は彼です」

マウリシオの顔から、昔をなつかしむ表情がスッと消え失《う》せる。

「本当ならば、ベロア公があなたさまのご両親であられる両陛下をトトクの毒で殺害したことを立証できるまで、私は動くつもりはなかった。ベロア公一派を宮廷《きゅうてい》から一掃《いっそう》したあと、徐々《じょじょ》に改革運動をすすめていくつもりでした。しかしあなたはあの者に出会ってしまった。そこから、運命の歯車は狂《くる》い出したのです」

アルフォンスはごくりと喉《のど》をふるわせた。

「あの者…、キースか」

「そうです」

彼は強く頷いた。

「街へ出てふらついているあなたを監視《かんし》していたビクターからの報告で、キースという人物のことはすぐにわかりました。そしてその存在を無視できないと私は思いました。あの者がベロア公の手に渡れば、ベロア公はキースを使って何かしら仕掛《しか》けてくるでしょう。その前に、彼をこちらに取り込んでしまわなければならない。

先に動いたのはキースのほうでした。彼はあなたを殺して、あなたになりかわろうとした。

私は彼が動くことを知っていて、あえて止めませんでした。

なぜなら、あなたはこの王宮にいないほうがよかった。冷めた食事を食べ続けるあなたを見ながら、私はずっと考えていた。あのころあなたの知らないところで、毒見役が何人も死んでいたのです」

「死……！」

マウリシオは、まるで星を見上げているように遠い目をして言った。

「キースが動いたという報告を受けたとき、私は心に決めたのです。あなたのいないうちに玉座のまわりを掃除《そうじ》しなければならない。いつかあなたを迎《むか》え入れる玉座は、座り心地のよいものでなければならない。そのためには彼が…、キースが必要だったのです。あなたを失うことは私には耐《た》えられない。だがあなたと同じ顔をした他人ならば、…私はなにも感じずに済む」

そのいい方があんまり穏《おだ》やかだったので、アルフォンスはその言葉が孕《はら》んだ棘《とげ》を見過ごしそうになった。

アルフォンスは、うわごとのように呟《つぶや》いた。

「マウリシオ、全て知って…いて…？」

「…全ては私の思惑《おもわく》通りにはいかなかった。あなたはやがて革命活動に身を投じ、キースは自分で王への道を切り開いていきました。あの方は只者《ただもの》ではない。一概《いちがい》にあなたと比べることはできませんが、キースは…、キース様は、ご自分なりにこの国の行く末を憂《うれ》えておられた。そしてあの方が望むこの国の方針に間違《まち》いはないように思われました。たしかに、あの方が王家にお生まれになっていれば、現状はもう少し違ったものになっていたかもしれません。

しかし遅《おそ》すぎた。サファロニアとの内通が明らかになったことで、ベロア公の謀反《むほん》は決定的になり、あなたはあなたで民衆の心に火をつけてしまった。革命の歯車はあなたを戴《いただ》くことで急速にその回転を増しはじめました。もはや私にはとめる術《すべ》はなかった。

私もまた踊《おど》らされていたのです。運命の女神《めがみ》シャンテリィの手の上で――」

彼は、なぜかアルフォンスを切なげに見つめた。

「あなたを失って、私は自分の中に飼いならせない怪物《かいぶつ》がいることに気づきました。真夜中に何度も目を覚ましました。無茶をしてはいないだろうか、慣れない街の生活に体を壊《こわ》してはいないだろうか。あなたはもう十六におなりになったはずなのに、私はつい幼いあなたを思い出してしまうのです。あなたをシーツごと抱いて眠《ねむ》った、たった数年前の…、けれど遠い日のことを」

マウリシオは長い睫《まつげ》を伏《ふ》せて、神をみまえにして行う告解のように押し殺した声で呟いた。

「あなたは知らない。あなたに会えなくて寂《さび》しかったのは、私のほうだ。あなたに触《ふ》れられなくて苦しかったのは私のほうだ。

…だから、私は王宮を出ます」

彼は迷いのない目をしていた。マウリシオはまた自分で決めてしまったのだ、とアルフォンスは悟《さと》った。

「なんで…」

アルフォンスはたまらなくなって、彼の胸元に摑《つか》みかかった。

「なんでそうやって、なんでもかんでも勝手に決めるんだ！　おれになにも聞かないで…、なにも言わせないで…。おれがどう思っているかなんて、お前にとってはどうでもいいことなのかよ!!」

マウリシオは黙《だま》ったまま、どこか悲しそうにアルフォンスを見つめている。それが、彼に突《つ》き放されているようで、アルフォンスは彼の体を夢中でユサユサとゆさぶった。

「聞けよ！　おれにちゃんと言ってくれよ。お前のためになにかしたいんだ。ずっと迷惑《めいわく》ばかりかけてきた。お前に比べたらおれにできることなんてなにもないのかもしれない。でも、それでもいい、ちっぽけなことでいいんだ。お前の望むことだったら、おれは――」

まるで、動かない壁《かべ》を前にしているようだった。そのもどかしさに、アルフォンスは大声で叫《さけ》んだ。

「なんとか言えよ、マウリシオ！　出されたものはちゃんと食べる。勉強だってする。本も読む。会議にも出てひとつひとつ学べるところから学んでいく。なんでもお前の言うとおりにするから…、だから…っ」

何度も逃《に》げこんだその胸に、アルフォンスは思い切って顔を埋《うず》めた。

「おれの側《そば》から離《はな》れないでくれ。ずっといっしょに…、そばにいて…！」

アルフォンスは無我夢中でマウリシオの胸に体を押しつけた。ただ側にいてくれるだけでいいんだ。それだけで、自分はいまよりずっと強くなれるのに…

すると、マウリシオの腕《うで》に力がこもった。彼は骨が壊れるのではないかと思うくらい、拳《こぶし》をぎゅっと握《にぎ》り締《し》めていた。

やがて、彼は喉をのけぞらせて、ほとんど息のような声を吐《は》き出した。

「…あなたは女性ではない。もちろん男性でもない。本来ならばそのようなことには無縁《むえん》の聖域におられるお方だ。なのに私は望んでしまうのです。このままあなたの側にいれば、私はきっとあなたを傷つけてしまう」

「なんだよ、それ！」

アルフォンスはマウリシオを突き放した。彼の顔と真っ正面から向かい合って、まだ濡《ぬ》れた瞳《ひとみ》をキッと尖《とが》らせた。

「お前の言ってることがわからない。お前が望んでいることって、いったいなんなんだよ！」

「それは、命令ですか？」

やるせなさそうに、マウリシオは微笑《ほほえ》んだ。

「え…」

「でなければ、お答えできません」

アルフォンスは立ちすくんだ。違う。命令なんかじゃない。ただわかりたいだけだ。マウリシオのことを、マウリシオのことだから、少しでも多く知っておきたいだけ——

「命令じゃない」

アルフォンスは頭を振《ふ》った。

「おれが、そう望んでいるんだ…」

そう言うと、マウリシオは困ったように微笑んで、

「あなたは昔から、わがままをいうのがお上手だ」

そっとアルフォンスの泣き腫《は》らした頰《ほお》を両手で包み込んだ。

「ご無礼をお許し下さいますか、陛下」

「うん？」

「これが…」

ゆっくりと青い瞳が近づいてくる。空にすいこまれるようだ。そう、アルフォンスは思った。

「その、答えです」

唇《くちびる》に、熱を感じた。

彼がアルフォンスに触れたのは、その一瞬《いっしゅん》だけだった。


「さようなら」

その言葉はため息のように、かすかに紡《つむ》がれた。

「私の、陛下…」

アルフォンスは目をあけたまま、彼が自分の前から離れ、部屋を出て行こうとするのをじっと見つめていた。

マウリシオは、自分が女でも男でもないから離れていくのだ、とアルフォンスは無意識のうちに感じ取っていた。

やはりだめなのだ。アルフォンスがこんな体でいるせいで、マウリシオが自分のもとから去って行ってしまう！

（どうして、どこまでこの体はお荷物なんだ！）

アルフォンスは、もはや声にはならない声で泣いた。

（おれはこんな体なんかなくっていい。マウリシオのすきにしてかまわない。おれは、どうなっても彼を引き留めたいのに――！）

彼のものになれない、彼を受け入れられない中途半端《ちゅうとはんぱ》な自分自身を、アルフォンスは呪《のろ》わずにはいられなかった。

「マウリシオ、待っ…」

そう思った瞬間、アルフォンスの下腹部に覚えのある激痛が走った。

「痛っっ！」

アルフォンスは思わず声を上げてしまった。ノブにかかっていたマウリシオの手が、一瞬ためらわれた。彼は振り返った。

「陛下…?」

まるでヘソの下を細い針が突き抜《ぬ》けたような痛みに、アルフォンスはへたへたと腹をかかえて膝《ひざ》をついた。驚《おどろ》いたマウリシオがすぐに駆《か》けよってきて、彼を抱《だ》き起こす。

「どうなさったんですか!」

「…ど、どうしよう…、マウリシオ…」

アルフォンスは自分の足に赤い血が垂れているのを見つけて、恐怖《きょうふ》の余りマウリシオの首にしがみついた。

「おれが死んじゃう! また前みたいに血まみれになって、今度こそ死んでしまう!」

もう治ったと思った病気が再発したのだ、とアルフォンスは愕然《がくぜん》とした。やはり、あの議会の日に大きな力を使ったからかもしれない。あのときに涸《か》れかけていた力を無理矢理使った反動が、いまになってアルフォンスの体を痛め付けているのだ!

「死にたくないよ。怖《こわ》いよおおっ!」

「陛下、陛下、落ち着いてください。大丈夫《だいじょうぶ》です、死にはしませんから」

背中をさすりながら宥《なだ》められて、アルフォンスはおそるおそるマウリシオの顔を見た。

「し、死なない…。ほ、ほんとうに…?」

「前にもあったとおっしゃいましたね。いつからですか」

マウリシオが喘《あえ》ぐような声を出した。彼の質問の意図をはかりかねて、アルフォンスは顔をしかめた。いったい彼はどういう根拠《こんきょ》で、アルフォンスに大丈夫などというのだろう。

「…二月前、くらい」

「それは、どれくらいで治りましたか」

「三日ぐらいずっと続いて、それから止まったみたい」

ああ、とマウリシオは天を仰《あお》いだ。そして、その刃物《はもの》のようなと称《しょう》された視線をぐにゃぐにゃとさまよわせながら、

「…いいですか陛下。落ち着いてお聞きください。私はヘスペリアンについて詳《くわ》しい知識はありませんし、このような例が本当にあるのかは疑わしいのですが、し、しかし…、現にあなたさまのお体がそうなっているのであって、つまり…」

と、歯切れが悪く言葉を濁《にご》らせる。

アルフォンスは、心配そうにマウリシオを見た。アルフォンスに落ち着けなどと言っているが、彼の方が落ち着きがたりないのは明らかだった。

「マウリシオ、いったいどうしたんだ？」

「…ああ、しかしこの世でもっとも受け入れられるべきは事実という時間の落とし子です。わたしは、それを受け入れなければならない。要するに…、たぶん…、陛下、あなたは」

「おれが？」

「——女性に、なられたのです」

そのままふたりは、数分の間なにも言わずに見つめあった。

*

「まったく、神々のなさることは、われわれ地上人の思いも寄らぬ」

と、その古い絵を見上げながら、ファリャは呆然《ぼうぜん》と呟《つぶや》いた。

クープランが彼に見せたいといったものは、この一枚の絵画だった。思いのほか保存状態もよく、使われている絵の具もまだ鮮《あざ》やかな色を残している。

だがそれ以上にファリャを驚かせたのは、そこに描《えが》かれている人物だった。

鋼《はがね》できたえられたようなまっすぐな黒髪《くろかみ》を高く結《ゆ》い上げ、少し古い型の貴婦人の正装をしている女性。その頭上には、たしかに現在も王家に伝わっているバルビザンデの宝冠《ほうかん》があった。

彼女はその腕に小さな赤子を抱いていた。そしてそのすぐ隣《となり》には、銀髪《ぎんぱつ》の背の高い男性が遠慮《えんりょ》がちにつきしたがっている――

クープランは確かに言ったのだ。「これは国祖オリガロッド陛下とそのご伴侶《はんりょ》のお姿です」と…

「馬鹿《ばか》な…」

ファリャは思わず唸《うな》った。彼にはまだ信じられないのだ。いま自分が見つめているもの、五

〇〇年前の真実を目の前にして。

「これではオリガロッド陛下は、女性ではないか！」

ファリャはオリガロッドの顔を知らない。多くの絵画が残されてはいるものの、それを描いた画家でさえ直接にはオリガロッドを知らないだろう。それらはただ、伝わっている特徴《とくちょう》をもとに想像で描き起こしただけだ。

〝長い黒髪をたかだかと結いあげ、翡《ひ》翠《すい》色の瞳《ひとみ》は常に前方の敵を見《み》据《す》え、その足は大地を駆けるため、その腕《うで》は自由の旗を掲《かか》げるため…〟

その声は万人の勇気をふるいたたす伝説の王。――英雄詩《えいゆうし》でうたわれるオリガロッドの描写《びょうしゃ》だ。だが、これだけでは男性か女性かわからない。

「それに、この隣《となり》の男性は…」

ファリャは隣に描かれている男性像に注目した。オリガロッドの傍らにたたずむひとりの男性。くすんだ銀の髪《かみ》、にごりのない漆黒《しっこく》の瞳。そして気難しそうにひき結んだうすい唇《くちびる》。この描写にうたわれる伝説の人物がいることを、ファリャは知っている。

「まさか、エリシオン…」

「その、まさかということなのでしょうなあ」

ファリャのそれとは正反対に、のんびりした口調でクープランは言った。

「こ、これがもし本当であるならば、オリガロッド陛下とエリシオン宰相《さいしょう》はご夫婦だったということではないか！　王家の系譜《けいふ》が書きかえられる一大事ですぞ！」

「なにをおっしゃる、いまさら騒《さわ》ぎたてることでもありますまい。お二人がご存命であられたのはもう五〇〇年も前のこと。それに、ミルドレッド一世陛下は間《ま》違《ちが》いなくオリガロッドさまの御《お》子《こ》であられる。いくら伝説の英雄とは申せ、おひとりでは御《お》子《こ》はつくれますまい…？」

「しかし、オリガロッド陛下は男性であられたはず！」

「男性ではない。ヘスペリアンであられたのじゃ」

きょとんとファリャが目を丸くした。

クープランは人の悪い笑《え》みを浮《う》かべながら、

「もしかしたら当初は正式な文書があったやもしれぬが、それもいくたびかの動乱によって消失し、いまではこうして、歌や伝承によってわずかに言いつたえられるお二人のことを思い起こすだけ。

ましてや、はるか遠い昔に、精霊《せいれい》の森の奥深くにひっそりと住んでいたオリガロッドと、神官の道をこころざしていたエリシオン少年が、どのようにして出会い、どのようにして惹《ひ》かれあうようになったのかなどということは、われわれのような後世に生きる者の想像の余地ではないじゃろうて。

確かなことは、自らパルメニアの王位に就《つ》かれたあと、オリガロッド陛下が後の世の後継《こうけい》問題のことを憂《うれ》えて、ヘスペリアンが王位を継《つ》げぬよう法を制定されたことじゃ。しかし、そのためにはご自分がヘスペリアンであることを隠《かく》す必要があった…」

「そなたの言うことはわかるが、エアルドよ」

ファリャは、まだ半分は納得《なっとく》しかねるといった表情で、

「ならな、ヘスペリアンであられた陛下が、なぜ御子を？」

「それは、ほれ、ほかでもないわしが生き証人じゃよ。サミュエル」

「なんだと？」

クープランは、従兄弟《いとこ》に向かって茶目っ気たっぷりに片目を瞑《つぶ》ってみせた。

「そう言えばそなたには話しておらなんだな。いい、いい、いい、ヘスペリアンだったわしがなぜ、ホルト山を追い出されたか。それはな、わしに性別が戻ってしまったからなのじゃ！」

「性が、戻る!?」

「ヘスペリアンの中には、ごくまれに性別が戻るものがおりましてな。いや、戻るというか、変化するというか。とにかく男性か、女性か、どちらかになってしまうことがままあるのじゃよ。それとともにあの奇妙《きみよう》な能力は消える。だんだん使えなくなって、気がついたときにはただの人間になっておるのじゃ」

クープランは、生きてきた年数が刻み込まれた顔の皺《しわ》をくしゃりと寄せた。

「聞けば、アルフォンス陛下はもうすでに初潮を迎《むか》えられておるそうじゃ。王家にとっても、まずはめでたしめでたしではないかのう」

「初潮だと!!」

ファリャは思わず大声で叫《さけ》び、はっとなって口をふさいだ。あまり大声でいう言葉ではない。

「ふふふふ、ねずみをつがいで一晩閉じ込めておくと、翌朝には子供ができておるもの。こ

りゃ、ルビィ、今夜ばかりは、マウリシオどのの邪魔《じゃま》をしてはいかんぞ」

意味がよく飲み込めないファリャを尻目《しりめ》に、クープランはポケットから顔を出したルビィをつついた。

今ごろ押しても引いても開かない扉《とびら》を前に、あのふたりが慌《あわ》てふためいているころだろう。

「しかし、同じマウリシオどのスキスキ仲間なわしらにとっては、なんとも複雑なことじゃのう。のうルビィや」

彼のポケットの中で、ねずみがちゅうと返事をする。

「おや」

ふと、クープランが格子《こうし》のかかった窓から空を見上げると、そこにはすっかり陽《ひ》の落ちた空に、ルビィの眼《め》のように真っ赤に燃える星があった。

「見てみよ、ルビィ、お前と同じ色をした星が、南のほうへ去ってゆくぞい」

――その日、朱星《しゅせい》のお供をするように、南の空に雨のように星が降った。

＊

峠《とうげ》を越《こ》えると、もうサマルドンサだ、そう声がかかって、キースはすこし元気を取り戻した。出発したのがもう昼過ぎだったから、今日のうちに峠を越えるには少し無理があったのだ。見るともうすっかり陽は地平線に落ちきって、西の空にほのかなオレンジ色を残すのみだった。

「もうすこしですよ、キースさま」

アーロンが汗《あせ》をぬぐうキースに声をかける。キースは憮然《ぶぜん》として、

「その、さま、というのはやめてくれないか。アーロン副長」

「なにをおっしゃいますか」

馬上でアーロンは敢然《かんぜん》と胸を張る。

「我々シングレオ騎士団《きしだん》は、貴方《あなた》さまに忠誠を誓《ちか》ったのです。アルフォンス陛下もご尊敬申し上げておりますが、それはまたべつの次元のこと。われらの主《あるじ》はキースさまでございます」

「いや、だから…」

自分の名前にさま、なんてつけて呼ばれると、背中のあたりがむず痒《がゆ》くってしかたがない。

アルフォンスのふりをしていたときは何ともなかったのに、何故《なぜ》だろう…

困ったようなキースの顔を見て、アーロンはしみじみと言った。

「しかし、ほんとうによく似ておられる。マウリシオが、陛下の影武者《かげむしゃ》にというのもわかる気がします。ひそかに入れ替《か》わったとしても、誰《だれ》も気づかないでしょう。何度か陛下にお会いしたことのある私ですら、まったく気がつかなかったのですから」

(影武者、か…)

キースが罪に問われないようにするため、アルフォンスは、キースのことをそんな風に皆《みな》に説明したのだった。

(お節介《せっかい》はごめんだ、とあれほど言ったのに、あの甘ったれめ)

しかし、そのおかげでというかなんというか、今自分は囚人《しゅうじん》として護送されているわけでもなく、見習の騎士としてヒクソスへ預けられることになったのだ。

「ああ、ここから向こうに行くとエドリアだぜ、キース」

と、一番前を走っていたビクターが言った。サマール峠の頂上付近はふたつに道が分かれている。

（あの山には、母さんがいる…）

キースは、リンドロスの山に埋《う》めてきた母のことを思った。墓もない母を不憫《ふびん》に思ったが、ふと、これでよかったのかもしれないとも思った。これからはエドリアとの間を、行商人たちがにぎやかに行き来するだろう。寂《さび》しがり屋だった母は、むしろ土の下で喜んでいるかもしれない…

キースは知らない。これからもっと後の世に、その山の峠はムルーナの峠と呼ばれることになることを。

その由来を知らない人々は、その峠の形が、孕《はら》んだ女が腹のふくらみを抱《だ》いている姿に似ているからだと語り合った。

「あ、いたいたキースさまぁぁ!!」

自分を呼ぶ別の声に、キースは声のしたほうに顔を上げた。

見ると、峠の向こうから騎馬《きば》で駆《か》けて来るものがいる。

「フリッツ！」

ヒクソスの砦《とりで》で食事を持ってきてくれた見習騎士だ。その後方に続くのはシングレオ騎士団の騎馬小隊。警備にと砦に残しておいた面々だった。

「お迎えに上がりました！」

「なんだおまえたち、砦を空っぽにして…」

あきれたようにいうアーロンの肩《かた》を、ビクターがなだめるようにたたく。

「まあまあ、いいじゃねえか。新しい主人の出迎《でむか》えだ。よぉおーっし、ヒクソスに着いたら宴《えん》会《かい》だ。砦で百の樽《たる》を割るぞ!!」

わっと歓声《かんせい》が上がった。アーロンが渋《しぶ》い顔で（しかしその表情には笑みがにじみ出ていた）しかたがないなと肩を落とす。

「やれやれ、こんなことでは明日砦に攻《せ》め込まれたらひとたまりもないな…」

そうして、彼はキースを振《ふ》り仰《あお》いだ。

「行きましょう、キースさま。皆が貴方を待っています。新しい我らがシングレオに乾杯《かんぱい》しようではありませんか！」

それぞれの馬が短くいないて、いっせいに勢いよく走り出す。

キースが目指す方向に向かって、ひと足先に小さな星が流れていった。

そして天上に、三つの星《アグダミリア》は燦然《さんぜん》と輝《かがや》く

王国暦《れき》五六七年初春
エミリオ＝プレハミル＝セリー
真実の神ペルティィータの名のもとにここに記す

＊本作は、『マグダミリア 三つの星　Ⅱ．宰相の杖の章』（2000年ティーンズルビー文庫刊）を改題の上、大幅に加筆修正したものです。

外伝

エミリオより愛をこめて

——親愛なる母上様、お元気ですか。

時が経つのは本当に早いもので、パルメニアを揺《ゆ》るがせたあの出来事から、もう半年が過ぎようとしています。

ボクがいるビヨンヌでは、そろそろ夏の暑い盛りをとおりすぎたころで、ボクは毎日大学の下宿で顔を扇《あお》ぎながら勉学にいそしんでいるところです。できれば来年こそは卒業試験に合格してローランドに戻《もど》りたいと思っているのです…が…、や、休んでいたぶんを取り戻すのに思いの外《ほか》時間がかかってしまって。まったくナサケナイ限りです。もっともっと精進《しょうじん》したいと思います。

そう言えば、この間のお手紙から少し間が空いてしまいましたが、母上もお元気でいらっしゃったでしょうか。

母上が修道院に入るのをあきらめてくださって、実はほっとしているのはボクだけではないのです。母上には母上のご事情があって、あのような申し出をされたのだと思いますが…（実は、例の事件の黒幕は母上と縁《えん》の深い方だったと陛下から聞きました）、今アルフォンス陛下は、ご自身の上に起こったことがあまりにもめまぐるしすぎて、いろいろと不安に思っていらっしゃると思うのです。

だから、母上が陛下のお側《そば》に残る決心をしてくださって、本当に良かった。心からそう思っています。ボクからこんなことをお願いするのもヘンなんですけど、どうか陛下のことをよろしくお願い致《いた》します。

そうそうよろしくといえば、先日ビヨンヌの市庁舎でハインツさんとエナさんのご夫婦にお会いしました（陛下が例の街でお世話になった人たちです）。

ボクもまさかこっちで会うなんて思わなくてびっくりしてしまったんですが、あれからお二人はご結婚《けっこん》されて、ハインツさんの新しい職場であるビヨンヌに引《ひ》っ越《こ》してこられたそうです。

聞くところによると、お二人の結婚式はローランドにいる間にごく内輪だけで行われたそうです。それは、ハインツさんのビヨンヌ赴任《ふにん》が思っていたより早まったためだったんですが、自分の知らない間に結婚式がすんでしまったと聞かされたときの陛下は、それはもうふくらし粉を入れすぎたパンみたいにふてくされて手が付けられなかったんですって。

それで、王宮に出戻ってからすっかりなりをひそめていたあの陛下の癇癪玉《かんしゃくだま》がひさびさに破《は》裂《れつ》して、あの兄上がめずらしく陛下の投げられた本を避《よ》けそこなって目の上に痣《あざ》ができたと聞いています。…ほんとに、仲がいいんだか悪いんだか。

でも、それもしかたがないことなんですよね。あれからローランドでは貴族制度の改革やサファロニアとの条約改正の問題もあって、陛下はそれこそ目の回るような忙《いそが》しさで、とてもご友人の結婚式に赴《おもむ》けるような状態ではなかったですし…

それで、お二人には来年にはもう赤ちゃんができるということらしくって、エナさんの里帰りをかねて一度お会いできたらとおっしゃってました。ボクもそのときに、お二人といっしょにローランドへ戻れたらと思っています。

あっ、そうだ。この手紙を読まれた母上は、ビヨンヌにいるはずのボクがどうしてこんなにローランドのことに詳《くわ》しいとお思いでしょう。

実は、それは、ボクがシングレオ騎士団《きしだん》団長のビクターと文通をしているからなんです！

あれからビクターは、政府とレジスタンスの間をとりもつために、ローランドとヒクソスの間をしょっちゅういったりきたりしているんです。それで、ときどきビヨンヌまで寄っては、陛下やそのほかのメンバーたちのことを話していってくれます。

そうそう、そう言えばこの間、彼がこっちへ来たときにおもしろい話を聞きました。

いまヒクソスのシングレオ騎士団では、史上空前のキース様ブームが起こっているそうで、年若い騎士見習いや従士なんかが彼付きの従卒になろうとやっきになっていたり、髪《かみ》の毛《け》のとりあいがおこったりで、ものすごい騒《さわ》ぎなんですって！

なんでもエヴァリオットの主が現れたときは、シングレオ騎士団も歴史の表舞台《おもてぶたい》にひっぱりだされることが多いんだとかなんだとか。だから、みなさんがそうやって朱星さまブームでキャーキャーいうのも、やけにはりきっちゃうのもわかるんですが、それを教えてくれたビクターなんかは、

「キースのやつ、年上の騎士に真面目《まじめ》な顔をして手紙をわたされたり、熱っぽい表情でみつめられて居心地悪そうにしてたぜ。いひゃひゃひゃひゃ」

と、たいそう楽しそうでした。

でも、ボクが聞いたところによると、たしかエヴァリオットが抜《ぬ》かれた時代の騎士団では、

他のときとくらべて格段に独身率が上がるという統計結果も出ているはずなんです。あの「シングレオ騎士団万年独身伝説」という有名なジンクスのことです。

それについてはビクターは、

「俺ァ、昔ローランドの辻占《つじうらな》い師《し》のバーさんに『おまえさんはそのうちに相手が寄ってくるから心配せんでもええ』って言われたからいいんだよ」

と、すっかり他人事のようでした。

でもねえ母上、この先には実は続きがあって、

『そのかわり、知らない間に外堀《そとぼり》を埋《う》められて、気がついたときには尻《しり》にしかれておるじゃろうけどのう』

って言われているらしいんですよ。これってどういうことなんでしょうね。ま、いいですけど。

ああ、そうだ。すっかり話がそれて、こうして筆をとったもともとの用件を忘れてしまうところでした。

じ、実は母上には大変申し上げにくいことなのですが、なぜか先月からボクのところに仕送りが届かないのです。

仕送りは、いつもならセリー家から送られてくるはずなのですが、ボクが先月来ビヨンヌに戻ってきたときからストップしてしまっているのです。

はじめは、なにかの手違《てちが》いか、ローランドのセリー家のほうがいろいろとばたついていて、

忘れられているのだろうと思っていましたが、どうやらそうではないらしいのです。恥《は》ずかしながら、下宿生活はいろいろと物いりで、アルバイトをしていないボクでは仕送りがないとやっていけません。

それでなくても、休んでいた分を取り戻すためにアルバイトをするよりも勉学にうちこみたいというのが今の心境です。

ボクは、兄上に仕送りが止まっているので送ってほしいと手紙を書きました。しかし、仕送りはひと月たっても再開された気配はありません。もう一度書いてみましたが、こっちもなしのつぶてでした。

ボクは、いやな予感がしました。まさか兄上は、意図的にボクの仕送りを止めているのではないか…

そんなはずはない、と母上はお考えでしょう。ボクもはじめはそう思いました。腹違いとはいえ兄上はいままでボクにやさしかったし、意地悪をされたことなどありませんでしたから。

でも…、こんなことを母上に告げ口するようでいやなんですけど、ボクは兄上がボクの手紙を読んでいて、その上でにぎりつぶしているとしか思えないんです！

実は、ボクにはたったひとつだけ、思い当たることがあるのです。

それは、あの歴史的な全院議会が幕を閉じて、ボクがアルフォンス陛下とともに王宮に戻ったときのことでした。

アルフォンスさまが、その二、三日は体調をくずしておられて、ボクはほとんど〈鷲《わし》の目〉

の外では陛下をお見かけしませんでした。

　でも、ボクには大学がありましたし、ベロア公の反逆未遂《みすい》事件もおちつきをみせていたので、急なことではありましたけれど、ボクはその日のうちにローランドを発《た》ってビョンヌに戻ることにしたのです。

　ボクは陛下にご挨拶《あいさつ》をしてから出立しようと、〈鷲の目〉の二階にある陛下の私室を訪れました。おかしいな、と思ったことがありました。それは、部屋の前に鈴番《すずばん》をしている女官がいなかったということです。

　もちろん、その一角にたどりつくまでには何人もの衛兵の目をくぐりぬけなければなりませんし、鈴番がいなかっただけで防犯上なにか不都合があるということはありません。

　しかし、ボクはそのときいやな予感を感じはしたものの、なにか用があって席を外しているに違いないと気にせずドアに近づきました。

　そして、見てしまったのです！

　もともとわが兄上さまは、この世の全《すべ》てを「アルフォンスさま」か「その他」としか認識《にんしき》していない方です。あの方にとってアルフォンスさまはパルメニアの法律よりも優先されるべき事柄《ことがら》であって、ボクとかビクターとかもしかしたら母上も〝その他〟に分類されてしまっているだろうことは疑う余地はありません。しかも、兄上にとって美しさの基準は「アルフォンス陛下」ですし、存在意義やすばらしさや愛らしさなどといったものも、全て陛下を中心にされているようです。まあ、はっきりいえば兄上はまごうことなき陛下バカということになります。

あんまり本人の自覚はないようですけどね。

で、そのボクが見てしまった光景というのが、他称《たしよう》「陛下バカ」の兄上が、アルフォンスさまの足の爪《つめ》を切っているところだったのです。

そのとき、アルフォンス陛下はレカミエにゆったりと腰掛《こしか》けられて、素足《すあし》を兄上の前に投げ出されていました。一方兄上といえばその足元に跪《ひざまず》いて、陛下のおみ足を湯でぬぐったり拭《ふ》いたりしていました。

兄上はアルフォンスさまの足をぬぐい終わると、おもむろに陛下の足の爪を切りはじめました。陛下は足の爪を切られるのが苦手なのか、終始顔をそむけていらっしゃいました。よくは聞こえませんでしたが、「早く済ませろ」とかおっしゃっていたように思います。

そして、右の足がおわって左の爪にとりかかろうとしたとき、突然《とつぜん》陛下が、

「痛っ、マウリシオ、痛い！」

と、小さく悲鳴を上げられました。どうやら、兄上が陛下の爪を深く切ってしまったようでした。あの陛下命の兄上のことです。どんなに慌《あわ》てふためくだろうと思っていると、

「申《もう》し訳《わけ》ありません。では、消毒いたします」

そう言って、なんと陛下の足の指を口にふくんだのです！

「…………!!」

そのときボクは、見てはいけないものを見てしまったとゆーか、うわやっちゃったよ！　という感じで顔を押さえてしまいました。そのときの兄上さまは、こんないい方は不適切かも知

れませんが、たいへんたいへんお幸せそうでした（ボクに言わせれば完璧《かんぺき》に鼻の下が伸《の》びきっていました！）。そして、そんなやってられない状況《じょうきょう》を目の前にしたボクは確信したのです。

（ぜったい、わざとに違いない！）

あの注意深い兄が、あの命よりも大事なアルフォンスさまのおみ足を傷つけるはずがないのです。これはもう、十中八九計算尽《ず》くのことに違いありません。

ボクはなんとなく悲しい気分になって、そっとその場をあとにしようと思いました。正直なところ、勝手にやっとれという気持ちがなかったわけでもないのですが、それ以上そこにいても心臓に悪いだけだと悟《さと》ったのです。

しかし、運命の女神《めがみ》はボクをそっとしておいてはくれませんでした。

「!!」

ドアから離《はな》れようとしたボクは、ドライアイスのような眼光を受けて息を呑《の》みました。ついさっきまで甘くとろけるようだった兄上の視線が、ドアの隙間《すきま》からうかがっているボクを見つけたとたん絶対零度《れいど》にまで急降下したのです。

彼は、その視線でボクを正確に射殺そうとしました。言葉でいうなら「邪魔《じゃま》するな！」という意味に翻訳《ほんやく》できるでしょう。

ボクは腰をぬかさんばかりにその場から逃《に》げ去《さ》りながら、この部屋に鈴番の女官がいなかった理由が分かったような気がしたのです。

それからです。ボクに仕送りがこなくなったのは…

ねえ母上、ボクはなにも兄上のお楽しみの時間を邪魔しようとしたわけでもなんでもないんですよ。そりゃあ実の弟なのに兄的「その他」に分類されている身としては切ないものを感じずにはいられないわけですけど、それを口に出したり態度に出したりなんて一度もしていないんです。なのに、こんな大人げないことって許されるのでしょうか！　こ、こんな狭量《きょうりょう》な精神しかもたない方が、ファリャ公爵《こうしゃく》のあと王国宰相《さいしょう》の地位になんて噂《うわさ》されてよいものでしょうか。

いま階下から大家のおばさんが「これ以上滞納《たいのう》するなら出て行ってもらうよ！」と喚《わめ》いています。こんなときボクは「ボクの実家はたしかセリー侯爵家のはずなのに」と思わずにはいられないんです。そういえば、留学する際に「なにごとも社会勉強だから」と言って、わざわざセリー家の所有する不動産ではない下町に下宿するようすすめたのも、わが兄上さまでした。母上、ボクはもしかして、だま…され…て…い…た…のでしょうか…

この手紙をお読みになられましたら、後生ですからエミリオにお金を送ってください母上。もうあんな兄は信じません。弟までも「その他」に分類する兄なんて!!

ああ、書いているうちに目がかすんできました。そういえばもう二日もまともにものを食べていないんです。

どうか、母上だけがエミリオのたよりです。どうか、この哀《あわ》れなボクをお見捨てなきよう…

——エミリオより、愛をこめて

親愛なる母上さまへ

作者より愛をこめて――つまり、あとがき

どちらさまもお元気でいらっしゃいますでしょうか。某所《ぼうしょ》で「メイドカフェがあるなら執事《しつじ》カフェも作れ」と騒《さわ》いでいたところ、思いのほか同意の声が多かったのがちょっぴりうれしい高殿です。執事カフェの話書かせてください。

えー、さて、今回は…。――（数日経過）――

できればあまり多くを語りたくないのですが、そうもいかないみたいなので白状すると、このお話は私のデビュー作の改稿《かいこう》編ということになります。

…まあこの世の中いろいろと恥ずかしいことはありますが、五年経《た》った後にデビュー作を改稿することほど羞恥《しゅうち》プレイはないと思うのは私だけでしょうか。

この数ヶ月、ひたすら内容を改稿しながら私は五年前の己《おのれ》を呪《のろ》い続けました。

「だ、だれが書いたんじゃこのクソっぱずかしいラブは！」

私だ。

自分で言うのもなんですが、自分の改稿原稿を読むだけで「ラブでお腹《なか》いっぱい」になる日がくるとは思ってもみませんでした。

はっきりいってもう五年も前のことなので、当時の私がなにを考えてこんな**歳《とし》の差主**

従バカップルな話を書いてしまったのかはよくわかりません。気がどうかしていたとしか思えない（遠い目）。もしタイムマシンであの当時に戻《もど》れるなら、いろいろと目の前に座《すわ》らせて言ってやりたい気もしますが…。いやむしろ己を殺してしまう可能性大。

それくらい恥《は》ずかしかったです。ああ、年月って残酷《ざんこく》です神よ。

今回改稿するにあたって、いろいろと全編にわたって手を加えさせていただきました。王の星～のほうにも、この永遠は～のほうにもどちらにも書き下ろしの短編が入っていますし、当時よりもページ的にボリュームアップした上、表紙も中のイラストもイラストレーターさんによる書き下ろし！　というお得感満載《まんさい》な作りになっております。

すでに先に切《き》り換《か》えになっている『わが王に告ぐ』のほうと三冊で1シリーズというか、三種の神器サブタイトルでそろえてありますので、後日談をお知りになりたい方はどうぞそちらのほうもご覧になってくださいませ。

わが王…に続き挿《さ》し絵《え》を担当してくださった椋本夏夜《くちもとかや》さん、そしてこれで五年にわたるバトルに終止符《しゅうしふ》をうつことになる担当アロエリーナGには、大変お世話になりました。

そして、なによりもこの物語をもう一度読みたいと言ってくださったたくさんの読者の方々に最大級の感謝をこめて。本当にありがとうございました！

まうりんとアルの関係は実はドラえもんとのび太がモデルでした　　高殿　円

「ミゼリコルドの聖杖　永遠はわが王のために」の感想をお寄せください。
おたよりのあて先
〒102-8078　東京都千代田区富士見2-13-3
角川書店アニメ・コミック事業部ビーンズ文庫編集部気付
「高殿　円」先生・「椋本夏夜」先生
また、編集部へのご意見ご希望は、同じ住所で「ビーンズ文庫編集部」
までお寄せください。

ミゼリコルドの聖杖《せいじょう》
永遠《えいえん》はわが王《おう》のために
高殿《たかどの》　円《まどか》

角川ビーンズ文庫　BB2-13　　13831

平成17年6月1日　初版発行

発行者――井上伸一郎
発行所――株式会社角川書店
東京都千代田区富士見2-13-3
電話／編集（03）3238-8506
営業（03）3238-8521
〒102-8177　振替00130-9-195208
印刷所――暁印刷　製本所――コオトブックライン
装幀者――micro fish

ISBN4-04-445013-7 C0193 定価はカバーに明記してあります。